# Le Secours de l'Alpha

Renee Rose

Lee Savino

*Traduction par*
Marine Haven

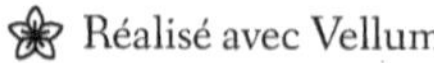 Réalisé avec Vellum

# Livre gratuit - La Vierge et le Vampire

**Abonnez-vous à la newsletter de Renee e Lee**

Abonnez-vous à la newsletter de Midnight Romance pour recevoir livre gratuit, des scènes bonus gratuites et pour être avertie de ses nouvelles parutions ! https://dl.book funnel.com/5p8orhhczq

# Livre gratuit de Renee Rose

**Abonnez-vous à la newsletter de Renee**

Abonnez-vous à la newsletter de Renee pour recevoir livre gratuit, des scènes bonus gratuites et pour être avertie de ses nouvelles parutions !

https://BookHip.com/QQAPBW

# Chapitre un

T*eddy*

Quand je m'élance pour mon footing matinal sur le sentier, le soleil réchauffe mon versant de la montagne de Bad Bear. Quelque chose dans le vent m'attire vers le sommet.

D'habitude, je dépasse le village et prends la direction du chalet familial, mais il est plus tard que d'ordinaire. Je n'ai pas envie d'être approché par mes voisins ou l'un de mes frères. La ville de Bad Bear ne compte qu'une population de deux cents âmes parsemées dans la montagne, mais certains jours, j'ai l'impression que l'on vit tous les uns sur les autres. Et ces derniers temps, tout le monde vient me rendre visite.

Si je passe par là, je ne verrai personne et je serai tranquille. C'est ce que je me dis, mais la décision paraît plus instinctive que rationnelle. Mon ours me guide.

Peut-être que des baies précoces se trouvent sur le sommet.

J'ai besoin d'une longue course, peut-être suivie d'un long vol pour me changer les idées. Depuis combien de temps ne suis-je pas monté dans mon hélico ? Mon entreprise de vols touristiques en hélicoptère ne marche pas très fort en ce moment. Mais ça non plus, je n'ai pas envie d'y penser. Je pourrais contacter la meute de loups de Taos pour leur demander du travail, pourtant je ne cesse de repousser.

Mes frères ont peut-être raison. Peut-être que je deviens un ermite. Mais depuis notre dernière mission, mon ours est à cran, plus maussade que d'habitude. J'ai fait une pause ; j'ai même arrêté de voler jusqu'à Taos et de rendre visite à la meute de loups avec qui je suis ami. Je me suis raconté que je les laissais tranquille, mais en vérité, les voir heureux auprès de leurs compagnes fait remonter trop de conneries.

J'ai beau courir de toutes mes forces, je ne peux pas distancer le passé.

Il fait beau aujourd'hui. Il n'y a pas un seul nuage dans le ciel bleu, mais une bourrasque m'indique qu'il pleuvra cet après-midi. Le printemps a été humide, et plus de fleurs que d'habitude ont fleuri. Toutefois, la tache rose vif devant moi sur le chemin n'est pas une fleur sauvage locale.

*Là.* Mon ours aimerait que je fonce en avant, mais j'arrête de courir et passe en mode furtif pour me faufiler jusqu'à un bosquet de sapins capables de dissimuler ma carrure.

La couleur rose appartient à une humaine au parfum floral. Elle sent les fleurs, le miel et autre chose. La plupart des humaines ont une odeur bizarre à cause des parfums artificiels et des crèmes pour la peau. Mais l'odeur de celle-ci est aussi fraîche que de la pluie, comme de la créosote.

Je la suis sur plusieurs pas avant de prendre conscience que je suis en train de le faire. D'habitude, je garde mes distances avec les humains, surtout les femmes. Elles n'apportent que des ennuis. Si je le pouvais, je les bannirais de la montagne. Ce que je ne peux pas faire. Notre petite ville adore les touristes. J'ai beau protester, la maire continue d'inventer de nouvelles façons d'en attirer davantage.

Bien sûr, si toutes les touristes ressemblaient à celle-ci, ça me dérangerait moins. Après l'avoir suivie une minute, je suis assez proche pour la voir clairement quand elle s'arrête pour boire de l'eau. De sa main libre, elle repousse ses longues tresses noires aux pointes rose fluo derrière son épaule, puis pose le poing sur sa hanche ronde. Le geste fait trembloter ses seins. Une poitrine magnifique se cache sous cette tenue à la couleur si violente. En principe, je n'ai rien contre le rose, mais cette teinte est assez vive pour être aveuglante, aussi subtile qu'un coup de pic à glace dans l'œil.

Je ne peux en détacher le regard.

La femme avance sur le sentier, la tête haute. Ses tresses se balancent contre ses fesses, qui font de même.

Je continue à la suivre en silence, en gardant mes distances. Je suis pieds nus, mon jean a plus de trous que de tissu, et mon T-shirt est tellement élimé qu'il est presque transparent. Ma barbe atteint des proportions bibliques. Mais elle est douce.

Je baisse la main en m'apercevant que je me frotte la barbe. Pourquoi me soucier de mon apparence ? Ce n'est pas comme si je me rendais à un rencard. Ça ne m'arrive plus.

Et même si ça m'arrivait encore, je ne sortirais pas avec une humaine. Je me suis fixé cette règle à mes dix-huit ans et n'y ai jamais dérogé depuis. Je n'ai même pas été tenté de l'enfreindre.

Alors, pourquoi le parfum de cette petite humaine m'atteint-il si fort ?

Au-dessus de ma tête, un oiseau se pose sur une branche. Il gazouille, puis se tait en me voyant.

La petite humaine se retourne en sursautant. « Bentley ? C'est toi ? »

Je me pétrifie, mais comme tous les ours métamorphes, je chasse et traque depuis que je sais marcher. Ce qui ne m'est pas venu naturellement, je l'ai appris au sein de mon unité de forces spéciales. Un vallon de sapins, trois buissons de laurier et un rocher me séparent d'elle. Je suis camouflé par la distance et les ombres mouchetées de soleil. Et je me tiens dans le sens du vent, mais de toute manière, elle ne peut pas me sentir. Les humains n'en sont jamais capables.

« Bentley, appelle-t-elle de nouveau. Je sais que tu es là. Tu n'es pas drôle. »

Un autre humain fait son apparition sur le chemin en écrasant des broussailles. Son teint est blafard et son odeur amère.

« Bon Dieu, je suis juste là, Lana. Je devais pisser un coup. »

Quel connard. Je déteste sa façon de lui parler.

« Oh. S'il te plaît, préviens-moi la prochaine fois, dit-elle d'une voix douce. Je t'ai pris pour un ours.

— Je n'aurais pas cette chance », grommelle l'homme. Je dois me retenir de gronder.

« J'ai entendu ! » Mais le ton de la femme est plus chaleureux que son compagnon impoli ne le mérite. À sa place, je lui arracherais la tête.

Je le ferai peut-être.

Ils continuent à gravir la montagne en haletant et en se chamaillant comme un couple de série télé. Je les suis en tendant l'oreille. J'ignore pourquoi je ne continue pas ma route. Ces deux randonneurs n'ont rien de spécial, mais mon ours ne veut pas que je les perde de vue.

« Maman et ton père auraient adoré ça », dit la femme. Sa voix est aussi douce et musicale que le chant d'une colombe. À côté, les geignements de l'homme qui l'accompagne m'évoquent une scie circulaire.

Alors, Lana et Bentley ne sont pas un couple, mais frère et sœur par alliance ?

Il mange une bande de bœuf séché hors de prix et jette l'emballage jaune au bord du chemin. « Non. Hors de question, déclare-t-elle. On ne laisse pas d'ordures. »

Il marmonne quelque chose, mais il ramasse l'emballage et le fourre dans son sac à dos. Un peu plus tard, elle le réprimande encore une fois quand il jette le reste d'une barre de céréales par terre après en avoir mangé la moitié. « On n'est pas censés laisser de nourriture humaine, Bentley. Tu te souviens ? Ne pas nourrir les ours.

— Ouais, ouais... » Il secoue la main comme s'il chassait une mouche.

De la déception passe sur le visage de la femme. Sans m'en apercevoir, je me retrouve quelques mètres plus près des randonneurs que je ne devrais, à une demi-seconde de présenter mon poing à la figure de ce trouduc.

« Tu veux de l'eau ? lui propose-t-elle en sortant une gourde métallique rose vif.

— Non.

— Un mélange énergie ? C'est moi qui l'ai préparé. » Elle sort un sachet qui semble rempli d'amandes et de M&M's et en mâche une poignée. « Je n'ai mis que le meilleur. Mmmm, c'est trop bon. Allez, grand frère, goûte.

— J'ai envie d'en finir, c'est tout. On doit aller jusqu'où ? » Il pose sa chaussure sur un rocher pour rattacher son lacet et foudroie du regard les fleurs blanches à ses pieds comme s'il s'agissait d'un tas de crottes de chien.

« Jusqu'au sommet.

— Si on disperse leurs cendres ici, au bord du chemin,

ils ne le sauront pas, dit-il en montrant une corniche non loin.

— On est censés se souvenir d'eux, proteste-t-elle, les mains sur les hanches. C'est une randonnée commémorative. Juste toi et moi. » Elle fait glisser son sac à dos rose et noir de son épaule et en sort une belle urne funéraire. La feuille peinte en doré sur le côté brille sous la lumière printanière. La femme la tient devant elle. « Écoute, je sais que c'est difficile... »

Le frère croise les bras avec un air blasé. Il a plus l'air d'attendre sa commande de *latte* que de porter le deuil de ses parents.

« Mais c'est ce qu'ils voulaient. Ils y tenaient assez pour ajouter cette randonnée commémorative dans le testament, dit-elle en serrant l'urne contre sa poitrine. Ils voulaient qu'on soit ici tous les deux, pour avoir des souvenirs ensemble. »

L'homme tord la bouche comme s'il avait vu quelque chose de déplaisant. « Si je le fais, c'est uniquement parce que c'est stipulé dans le testament. Dès qu'on aura terminé, tu hériteras de ta moitié de l'argent, et moi de la mienne. Ensuite, on n'aura plus jamais à s'adresser la parole.

— Écoute, Bentley, je sais qu'on ne s'entendait pas quand on était petits. Je sais que c'est toi qui as arraché la tête de mes poupées Barbie et qui les as embrochées sur une pique à kébab quand j'avais six ans, dit-elle avec un rire forcé. Je t'ai pardonné, au fait. » Elle attend qu'il réponde, mais il continue à marcher.

« Et encore une fois, je suis désolée d'avoir dit à maman et Roger que tu avais rempli mon nounours préféré de feux d'artifice et mis le feu à mon lit. Je ne savais pas qu'ils nous enverraient finir nos études en internat. »

Bentley fait comme s'il n'entendait pas.

« Maintenant qu'on est adultes, j'aimerais beaucoup reprendre contact. J'avais envie de profiter de cette randonnée pour réapprendre à se connaître.

— Pas moi. »

Quel salaud. Cependant, je ne sais pas pourquoi je me sens concerné. Pourquoi suis-je en train d'épier cette conversation sans importance, bien que triste ? Je devrais tourner les talons, mais mes pieds refusent de s'éloigner de la femme.

Ce qui est dingue. Elle est humaine. Hors limites.

Pas à moi.

Mon ours ne semble pas d'accord.

C'est pour ça que je reste hors de vue pour respirer son odeur comme un pervers.

Non. Je serre les dents et me force à m'éloigner en silence. Plus vite je mettrai de la distance entre la femme au doux parfum et moi, mieux ce sera. Fréquenter une humaine tentante ne débouchera sur rien de bon.

Je l'ai appris à mes dépens.

* * *

*Lana*

Rien à faire, j'ai l'impression que quelqu'un nous regarde.

Après m'être retournée et avoir parcouru les bois du regard pour la centième fois, je demande à Bentley : « Tu as entendu ?

— Quoi ?

— Il y a quelque chose dans la forêt. J'ai cru voir... » Je me tais et protège mes yeux du soleil. Ma mémoire me dit qu'une ombre a glissé entre les arbres un instant plus tôt, mais il n'y a plus rien. « C'était peut-être un oiseau.

— Peut-être qu'un ours féroce va sortir des bois pour te dévorer.

— On dirait que tu n'attends que ça, dis-je en plissant le nez.

— Peut-être. »

Je secoue la tête. J'abandonne. Je ne peux pas réparer ma relation avec Bentley. Nos parents l'auraient souhaité — je crois que c'est pour ça qu'ils avaient prévu ce petit rituel commémoratif pour nous. J'ai fait de mon mieux pour reprendre contact, mais c'est un con. J'ai mes limites.

Frustrée, je continue sur le chemin et me frotte la nuque pour en chasser des fourmillements.

Bentley se retourne et grimace comme s'il avait senti des chaussettes en laine trempées de sueur. Du même ton dédaigneux qu'il a employé pour me critiquer toute la journée, il demande : « Et qu'est-ce que c'est que cette foutue tenue ?

— Contente que tu poses la question, dis-je en prenant la pose. C'est la toute nouvelle collection de marche de GoddessWear.

— Pff », souffle-t-il en passant à côté de moi. Il ouvre sa bouteille d'eau en plastique. Il n'est même pas sensible au tissu de haute technologie taillé spécialement pour flatter mes courbes. Je suis petite et merveilleusement ronde. Ma nouvelle tenue est à la fois sportive et sexy.

« Personne ne fait de jolis vêtements de marche pour les femmes aux formes généreuses. Alors, j'ai décidé d'y remédier, dis-je sans réussir à dissimuler entièrement mon immense fierté.

— Il fallait qu'ils soient de cette couleur ?

— Quel est le problème avec le rose ? C'est ma couleur préférée. »

Bentley me regarde de la tête aux pieds, puis renifle avec dédain. « C'est tellement vif qu'on te voit jusqu'à Santa Fe. Ils brillent dans le noir ?

— Oui ! dis-je, triomphante. Au cas où je me perds ou tombe dans un ravin. Les secours me trouveront plus facilement. »

Il se remet à marcher en marmonnant dans sa barbe.

Je lui emboîte le pas. « Les accidents, ça arrive.

— Ça, c'est sûr. » Je ne sais pas pourquoi on dirait qu'il jubile. Il se pince l'arête du nez. « Pourquoi mon père voulait qu'on se débarrasse de lui du haut de cette montagne, au fait ? »

Je me mords la lèvre et me retiens de lui arracher la tête pour avoir qualifié le fait de disperser les cendres de nos parents de « se débarrasser d'eux ».

*Je ne suis que gentillesse.* Du moins, c'est ce que ma mère avait coutume de me dire. Il s'agissait sans doute d'un mécanisme de défense, appris à force de vivre avec un demi-frère qui me détestait et d'être élevée par des nounous et des parents riches très peu impliqués.

Ma mère et Roger, mon beau-père, n'étaient pas des parents très présents. Après l'internat, j'ai déménagé pour vivre seule.

Je m'arrête pour me frotter la poitrine, mais il s'agit d'un réflexe, pas d'un besoin. Les nœuds sous mon sternum se sont déliés. J'aimais mes parents, mais le choc et l'horreur que j'ai ressentis en apprenant qu'ils avaient perdu la vie à la suite de l'accident de leur jet privé se sont estompés. Je me sens fatiguée et un peu vide, mais je suis prête à passer cette étape du processus de deuil. L'urne contenant leurs cendres se trouvait sur ma cheminée à Hollywood Hills depuis un an et demi.

« Ils avaient de bons souvenirs de leurs séjours ici. C'était la troisième destination de leur lune de miel. Après Park City, et avant Taos.

— Je suis sûr que c'était une idée de ta mère. Je ne comprends pas qui aurait envie de venir sur cette montagne merdique de son plein gré.

— Qu'est-ce que tu racontes ? Cette montagne est parfaite. On dirait une carte postale. Tout est tellement pittoresque.

— Pittoresque ? Putain, qu'est-ce que cet endroit a de pittoresque, au juste ? » Il plisse le nez comme s'il avait senti une crotte de chien.

Je me hâte de prendre la défense du lieu. « Tout. Les montagnes roses, la petite ville. Même le nom est mignon.

— Bad Bear ? Qui appelle une montagne comme ça ?

— De toute évidence, les gens qui vivaient ici. Il y avait peut-être un problème d'ours dans la région. » Oups. Il aurait sans doute mieux valu le savoir avant de partir pour une longue randonnée dans la nature.

J'essaie de trouver sur Internet comment la montagne a hérité du nom de Bad Bear, mais la page web ne charge pas.

Nous atteignons le sommet vers midi. Je n'ai pas besoin de regarder l'heure sur mon portable : je la devine au soleil, directement au-dessus de nos têtes. Je suis quasiment une scoute.

Je pose mes bâtons de marche et mon sac. J'ai l'impression que tout ce que je porte s'est alourdi ces trente dernières minutes. « Bon. On y est. Tu veux le faire, ou tu préfères que je m'en charge ?

— Fais-le. Et dépêche-toi, répond Bentley avec un geste d'impatience.

— Maman et Roger méritent un peu plus de respect, mais d'accord. » Je sors l'urne et m'approche d'un amas de rochers qui dépassent au-dessus d'un paysage idyllique.

Pendant que Bentley attend près du sentier, les bras croisés, je monte sur le long rocher en plaçant mes pieds avec prudence à chaque pas. Arrivée à l'extrémité de la pierre, je regarde dans le vide en tenant l'urne contre moi. L'altitude me donne le vertige. Si haut, exposée, le vent fouette mes tresses et me les envoie dans la tête.

« Qu'est-ce que tu attends ?

— Que le vent souffle dans la bonne direction ! Je n'ai pas envie d'avoir maman et Roger plein la bouche. »

Il grogne, mais concède que c'est raisonnable.

Je me tiens au bord du monde, l'urne dans les mains. Maintenant que je suis là, à transpirer sous la chaleur du soleil, je regrette de n'avoir rien préparé pour rendre le moment spécial. J'aurais dû écrire un discours. « Je devrais peut-être dire quelques mots ?

— Lana, bordel de merde ! »

Très bien. J'ouvre l'urne. « Au revoir maman, Roger », dis-je en un murmure en laissant les cendres se disperser dans le vent. Je pense à nos bons moments, aux quelques vacances d'hiver passées ensemble et à ma remise de diplôme du lycée. Nos parents ont beaucoup voyagé, et nous n'étions pas souvent ensemble, mais nous avons partagé des moments précieux. Et nous n'avons certaine-ment manqué de rien. Quand j'ai eu besoin d'argent pour lancer mon entreprise...

« Tu vas rester là-haut toute la journée ?

— Je dis au revoir, dis-je par-dessus mon épaule. C'étaient nos parents.

— Non. C'était *ta* mère et *mon* père. Nous ne sommes

pas une famille. Nous n'en avons jamais été une. Et maintenant, c'est terminé. » Sa voix prend un ton sinistre.

Je pince les lèvres. Je pourrais lui demander pourquoi il se sent obligé d'être désagréable, mais il s'est toujours comporté ainsi avec moi. Ça l'aurait tué d'être gentil avec sa jeune demi-sœur ? J'avais toujours voulu un frère ou une sœur. Il aurait suffi du moindre geste gentil de sa part pour que je l'adore.

Quand je me retourne, Bentley attend au pied de la saillie rocheuse. Une joie mauvaise éclaire son visage. Le soleil se reflète sur quelque chose dans sa main et le fait briller.

Un couteau.

Je regarde l'arme avec surprise. « Bentley ? Qu'est-ce que tu fais ?

— Tu es trop bête, crache-t-il. Tu crois que je vais me taper tout ce chemin jusqu'ici et passer à côté de cette occasion ? Tout le monde croira que tu es morte dans un accident. Et je te pleurerai. Merde, je peux te mettre là-dedans. » Du menton, il désigne l'urne à présent vide. Je la serre contre ma poitrine comme si elle pouvait me protéger.

« Qu'est-ce que tu racontes ?

— Je dois vraiment tout t'expliquer ?

— Sérieusement, Bentley, qu'est-ce que tu fiches ? Pose ça. Quelqu'un pourrait être blessé.

— C'est l'idée. » Son front est rouge et brillant. Il transpire tellement que ses doigts glissent sûrement autour du manche du couteau.

Je fais un pas en arrière.

« Oui, voilà. Recule », dit-il en m'encourageant de la main qui tient le couteau.

Quelques galets glissent sous ma chaussure, rebondissent et disparaissent dans le vide. « Mais... je vais tomber.

— Exactement. » Son sourire est maléfique.

« C'est ridicule, dis-je, les mains sur les hanches. Pourquoi est-ce que tu voudrais me tuer ? À cause de l'argent ? De l'héritage ? On recevra une part égale des biens. Le testament divise leur capital en deux parts égales. Les maisons, les investissements...

— Tout aurait dû être à moi ! C'était la fortune de mon père ! » De la salive s'échappe de sa bouche. De la sueur coule sur ses sourcils fins et dans ses yeux. Il lève le bras pour s'essuyer le front.

« Oh, fais attention. Ne tiens pas le couteau comme ça. Tu vas te couper. »

Il baisse l'arme et s'essuie le front de l'autre main.

Suis-je vraiment en train de lui dire comment tenir un couteau sans risque alors qu'il a prévu de m'assassiner ? Je devrais plutôt tenter de m'enfuir.

Je cours sur le côté de la grosse protubérance rocheuse, mais mes options sont limitées. Le bord du rocher est escarpé. Au moindre faux pas, je tomberai. Dans le meilleur des cas, je ne chuterai que sur quelques mètres sur les rochers plus bas. Dans le pire...

« Encore un peu. » Bentley avance lentement vers moi sur le rocher.

Je regarde le vide par-dessus mon épaule. Au moins cent cinquante mètres, voire plus. Je campe fermement mes pieds. « Non. Tu ne m'obligeras pas à me jeter dans le vide. Tu devras te servir du couteau.

— D'accord. S'il le faut. » Il fait un autre pas en avant. Malgré moi, je recule de quelques centimètres.

« Alors, c'est ça que tu as prévu ? Tu vas me donner des coups de couteau ? Comment ça passera pour un accident ?

— Je te pousserai dans le vide. Peut-être que je laisserai

ton cadavre ici et que personne ne te trouvera. » Il n'a pas l'air sûr de lui.

Je croise les bras, puis me ravise et les écarte pour garder un meilleur équilibre. Même si ça me donne le tournis, je jette de fréquents coups d'œil vers le sol tout en bas. « Et si je ne meurs pas ? Et si je me brise seulement les bras et les jambes ?

— Oh, tu mourras. Je m'en assurerai.

— Tu descendras me défoncer le crâne ? » Je ne sais pas ce qui est le plus vexant : qu'il essaie de m'assassiner ou qu'il s'y prenne mal.

Il rougit un peu plus chaque seconde. « C'est tout toi, lâche-t-il entre ses dents. Pourquoi faut-il que tu sois si difficile ?

— Ce n'est pas juste. J'ai toujours été accommodante.

— Je ne te donnerai pas la moitié de mon héritage. Ça a toujours été l'argent de mon père. Ta mère et toi, vous n'avez fait qu'en profiter. Et puis, nos parents ont toujours su que tu étais la plus idiote de nous deux...

— Si je suis si idiote, pourquoi c'est toi qui t'y prends si mal pour m'assassiner ? Pourquoi je suis PDG ? » Mon cri couvre le vent. Les bourrasques me soulèvent les tresses, et de nouveaux cailloux glissent dans le vide. Il suffirait d'une rafale assez forte pour me faire tomber à leur suite.

C'est le moment où jamais.

Je vais devoir m'élancer en direction de Bentley et essayer de passer à côté de lui. Et ensuite, je devrai courir plus vite que lui jusqu'à la voiture de location.

Bon Dieu, j'ai horreur de courir. Mon corps n'est pas fait pour la course à pied. Il a été conçu pour se prélasser sur un canapé. Et pour nager. J'adore la nage.

Je fais mine de partir vers la gauche, puis me précipite

sur la droite, mais Bentley me bloque la route. Le couteau est entre nous, la pointe levée. Ce n'est pas bon.

À part ses joues cramoisies, le visage de Bentley est horriblement pâle. Il a les yeux écarquillés, le blanc apparent, comme s'il était plus effrayé que moi. Est-ce pour ça qu'il était anxieux pendant toute la randonnée et transpirait autant ? Il avait prévu de m'assassiner ?

Je me mets à courir. Quand Bentley essaie de me donner un coup de couteau, je lui écrase la main avec l'urne. Il glapit et lâche l'arme, mais m'empoigne de sa main libre. Nous luttons, lui essayant de me déséquilibrer et moi, de le repousser.

Il va vraiment me pousser dans le vide. Je me laisse tomber au sol comme une pierre et l'entraîne avec moi. Mais... maintenant, je suis allongée sur les morceaux d'urne. Et Bentley s'est rapproché du couteau.

Avec une rapidité dont je ne l'imaginais pas capable, il ramasse l'arme menaçante et la brandit. Je lève la main, comme si ma paume vide pouvait l'arrêter. Je me relève, mais il est trop tard. Il est presque sur moi...

Un rugissement retentit au-dessus de nous, puis une forme noire sort des arbres en courant. Le sol tremble, et je perds l'équilibre. Pendant quelques secondes atroces, je chancèle au bord du précipice.

Je me laisse tomber en avant et rampe aussi vite que possible pour descendre du rocher vers la sécurité. Vers Bentley et le couteau. J'ai failli devenir une tache rose au pied d'un paysage magnifique, mais c'est le cadet de mes soucis.

Putain, un monstre vient de foncer hors des bois. Fourrure brune, museau noir, longues dents. J'ai acquis toute mon expertise sur la nature en regardant des vidéos d'animaux sur TikTok, mais je sais reconnaître un ours quand j'en vois un. Un ours féroce.

Il fait une taille incroyable, aussi gros qu'une voiture. Et pas un petit modèle. Un SUV. Le sol tremble sous ses pattes tandis qu'il se précipite vers nous. Sa gueule ouverte est plus grande que ma tête, prête à ne faire qu'une bouchée de Bentley et moi.

Ce serait le moment de me souvenir comment réagir en cas d'attaque d'ours. Fuir ? Faire la morte ? Hurler de toutes mes forces et croiser les doigts pour qu'on me vienne en aide ?

C'est déjà ce que fait Bentley : il pousse un cri aussi perçant et sonore qu'un groupe d'adolescentes à un concert de K-pop, mais teinté de terreur au lieu d'adoration. Il lâche le couteau, qui rebondit contre un rocher et se loge entre deux pierres. Dans sa hâte de s'enfuir, il me pousse et me fait tomber. Pas tout en bas, seulement sur quelques mètres. Le monde bascule, les arbres et le ciel se mettent à tourner. Je me cogne le front, et de la lumière explose sous mes paupières.

Lorsqu'elle s'atténue, je suis allongée sur le dos et je ne vois que le ciel. Des rochers ont amorti ma chute.

Au moins, Bentley ne hurle plus. Soit il est parti, soit l'ours l'a dévoré.

Je reste immobile dans le silence. Quelque chose de mouillé goutte sur mon visage. Bentley touchera peut-être ma part de l'héritage, tout compte fait.

Alors que je serre les dents et m'exhorte à vivre, ne serait-ce que pour emmerder Bentley, une ombre immense me recouvre. C'est l'ours. Il se penche et approche son museau poilu de mon visage. J'avais un ours en peluche quand j'étais petite. La version réelle n'a rien à voir. À part les oreilles rondes et poilues. Super mignonnes.

L'ours grogne. Son haleine chaude me tombe sur le visage.

C'est la fin. Mon bagout ne me tirera pas de ce mauvais pas.

Je pourrais essayer de me lever et courir, mais les rochers sous mon dos sont étrangement confortables. Je laisse ma tête retomber mollement. Je suis percluse de douleurs. Une couverture noire me couvre le visage et fait disparaître le reste du monde.

** * **

*Teddy*

Merde, heureusement que mon ours m'a ramené auprès de la femme en rose. Je suis arrivé au sommet juste à temps pour voir l'homme au teint blême la menacer avec un couteau.

Je n'ai pas réfléchi. Je n'ai pas attendu. J'ai muté, tout simplement. Et attaqué.

Maintenant, son agresseur est parti, et elle est étendue en une pile rose sur les rochers. Du sang lui coule sur le visage.

J'ai envie de pourchasser l'homme, mais je ne veux pas la laisser là.

Toujours sous ma forme d'ours, je renifle ses cheveux pleins de sang. Elle s'est cogné la tête quand son demi-frère l'a poussée. Elle bat des cils pour essayer de me regarder.

Je dois sûrement la faire complètement flipper à cet instant.

Tout à coup, je me sens muter sans pouvoir l'empêcher. Ma colonne vertébrale se cambre et craque, et je passe de ma forme d'ours gigantesque à ma forme humaine. Haletant, je titube sur mes deux pieds.

Merde, que s'est-il passé ? Mon ours vient de m'obliger à muter. Devant une humaine. Je n'ai jamais été si incontrôlable.

Je tends la main et remue les doigts pour en chasser des crampes. Je me tiens toujours au-dessus de la petite humaine. Bien que ma carrure soit désormais plus petite, je reste imposant.

Merde. M'a-t-elle vu muter ?

Ses paupières tressaillent. Je retiens mon souffle, mais ses yeux restent fermés. Cependant, ils étaient ouverts, il y a une seconde, non ? Ce qui veut dire qu'elle connaît mon secret.

C'est le bordel, et je viens d'aggraver la situation.

À présent, on dirait qu'elle a perdu connaissance. Si elle n'était pas allongée sur un tas de pierres, un filet rouge coulant de sa tempe à son menton, on pourrait penser qu'elle vient de s'installer pour faire une sieste.

Elle ne réagit pas lorsque je lui touche la main. Elle s'est évanouie et souffre apparemment d'une blessure à la tête. Merde, les humains sont si fragiles. Elle a besoin de soins. La déplacer n'est peut-être pas une excellente idée, mais je ne peux pas la laisser ici. Son frère par alliance taré pourrait revenir pour finir ce qu'il a essayé de commencer.

Je dois emmener l'humaine loin d'ici.

Après avoir examiné sa plaie ouverte, qui a énormément saigné, mais semble désormais coaguler, je la prends dans mes bras avec grande délicatesse. La soulever ne me demande aucune force. Son corps tiède est agréable entre mes bras. Quand j'essaie de replacer sa tête sur mon bras, elle se blottit contre moi en marmonnant. Son odeur de miel me chatouille le nez.

Je me déplace aussi silencieusement que possible, calmement. Je suis nu — mes vêtements déchirés sont restés près de la ligne d'arbres. Si elle se réveille, je lui devrai des explications.

Je vais la mettre à l'abri et la faire examiner. Je répondrai à ses questions ensuite. Moi aussi, j'en aurai à lui poser. En premier et dernier lieu, j'aimerais savoir si elle m'a vu passer de ma forme d'ours à ma forme humaine.

Je vois le couteau qui scintille toujours dans les rochers. Demain, j'enverrai un de mes frères le récupérer, ainsi que son sac à dos rose vif. Maintenant qu'elle est dans mes bras, je ne veux pas prendre le risque de la secouer.

Alors que je me presse vers les arbres, à couvert, elle lève la tête. Ses grands yeux se fixent sur mon visage. Merde, elle n'a pas tardé à se réveiller. Elle paraît toujours un peu hébétée. Une ride se creuse entre ses sourcils, puis disparaît. Elle lève sa petite main et me touche la joue. Je me transforme en statue.

« Ours », articule-t-elle. Ses doigts courent sur mon visage. « Ours », répète-t-elle d'une voix plus assurée avant de laisser retomber sa main. Elle ferme les yeux et repose lourdement la tête sur mon épaule.

*Merde.*

# Chapitre deux

T*eddy*

L'adorable humaine reste inconsciente pendant presque tout le chemin jusqu'à mon chalet. Quand je l'installe dans mon lit, elle se roule tout de suite en boule. Je la couvre d'une couverture et tire les rideaux pour garder la chambre dans l'obscurité et ne pas laisser entrer de chaleur. La voir dans mon lit est plus que satisfaisant. J'essaie de ne pas trop y songer.

Je sors passer un coup de fil, puis passe quinze bonnes minutes à parcourir le périmètre pour en vérifier les points faibles, le nez levé pour sentir le vent. Je n'arrive toujours pas à croire que j'ai muté devant elle. Maintenir l'existence de son animal secrète est la première chose qu'apprend un métamorphe. Muter de façon incontrôlable n'est pas seulement une erreur de débutant, c'est une erreur mortelle. Mes frères cadets ont rencontré quelques soucis de self-control pendant l'adolescence. M'man a dû assurer leur éducation à la maison jusqu'à ce qu'ils apprennent à dissimuler correctement leur animal. Mais même à l'époque la plus délicate, ils n'auraient pas commis une erreur si fatale.

*Qu'est-ce qui t'a pris, bordel ?* Mon ours ne répond pas. Je sens sa satisfaction. La petite humaine lui plaît. Et maintenant, elle est exactement où il en a envie.

Dans mon lit.

Merde, quel bordel.

Mon frère me trouve en train de faire les cent pas devant mon chalet. Je me retourne dès que je le sens approcher en silence. « Matthias. »

Il porte sa tenue habituelle, une chemise et un joli pantalon. Contrairement au reste d'entre nous, il fréquente des humains par le biais de son emploi. J'ai eu de la chance de le voir entre deux rendez-vous.

Il me salue d'un hochement de tête qui fait briller ses lunettes. Il n'en a pas besoin, comme tout métamorphe, sa vision est parfaite, mais il les porte tout de même. « Teddy. Ça va ? »

*Non, j'ai suivi une femme dans les bois, puis son frère a essayé de l'assassiner et je l'ai secourue. Ensuite, j'ai muté sous ses yeux, comme un idiot. Mon ours est peut-être devenu totalement incontrôlable.*

« Ouais, nickel. Entre. » Je tiens la porte ouverte pour le laisser passer. Nous devons baisser la tête pour entrer dans le chalet. Quand Matthias se redresse dans mon salon, ses cheveux bruns frisés effleurent les poutres en pin au plafond. Sa carrure est plus fine que la mienne, mais il est un chouia plus grand que moi.

« Merci d'être venu si vite. Tu es monté au sommet ?

— J'ai trouvé ça, dit-il en soulevant le sac à dos rose vif. Ainsi que des morceaux de poterie brisés. Mais pas de couteau.

— Merde. » Je me passe la main sur le visage. J'aurais dû me charger du couteau immédiatement pour m'assurer que son frère ne revienne pas le chercher. Cette femme me pousse à commettre toutes sortes d'erreurs. « Tu as vu quelqu'un ?

— Non. J'ai senti l'odeur de deux humains. L'une était celle de cette femme. L'autre appartenait à un homme.

— Son frère par alliance. Il a essayé de lui donner des coups de couteau et il a pris la fuite quand je l'ai surpris. » Je brûle d'envie de me lancer à sa recherche, mais je ne quitterai pas cette femme d'une semelle tant que je ne serai pas certain qu'elle ira bien.

Matthias hoche calmement la tête, comme si je venais de décrire une situation normale. Il a l'habitude que je ne lui donne que des bribes de détails de mes missions. Rien ne le décontenance. En plus, c'est un médecin formé à soigner les humains, ce qui faisait de lui le frère idéal à contacter pour résoudre cette situation épineuse. « Où est la patiente ?

— Là. » Je montre ma chambre.

Il hausse les sourcils. Mon chalet est petit et confortable. Il se compose d'une pièce de vie, avec la cuisine et le salon en face de la cheminée, et d'une petite chambre à peine assez grande pour contenir une armoire et mon lit. « J'aurais pu l'installer sur le canapé, mais les gens blessés à la tête ont besoin de calme et de tranquillité, non ?

— Si. »

Je n'ajoute pas que le canapé est trop à découvert. Trop proche de la porte. J'ai besoin d'être sûr qu'elle est en sécurité. Je n'ajoute surtout pas que le besoin de l'avoir dans mon lit a primé sur tout le reste.

Je n'examinerai pas ce désir de trop près.

Je prends le sac rose de l'humaine, et Matthias fait glisser sa sacoche en cuir noir de son épaule.

« Je vais l'examiner. » Lorsqu'il entre dans la chambre, je le suis en me retenant de gronder. Je ne veux personne d'autre que moi à proximité de l'humaine.

Matthias va se laver les mains dans ma salle de bains avant de s'approcher de la patiente. Lorsque la porte de la salle de bains grince, je ne peux pas résister plus longtemps à mon instinct. J'abandonne et observe Matthias depuis le pas de la porte de ma chambre. Il se penche au-dessus du lit pour examiner la femme. Il porte des gants et la manipule avec délicatesse, pourtant elle fronce les sourcils quand il lui touche la tête.

« Cette plaie n'est pas belle à voir, mais c'est le dernier de nos soucis, dit-il. Elle souffre probablement d'une commotion cérébrale.

— C'est grave ? » Les blessures humaines me rendent nerveux. Certains peuvent mourir en se faisant piquer par une abeille ou en mangeant une cacahuète. Merde, comment garder celle-ci en vie ?

« Tu as vu comment elle s'est cogné la tête ? »

Je me penche en me retenant de pousser Matthias pour prendre la petite humaine dans mes bras. « J'étais sorti courir. Elle randonnait et son frère par alliance a essayé de l'assassiner. Je suis intervenu, mais dans l'agitation, elle est tombée sur des rochers. »

Matthias accepte mon compte-rendu d'un hochement de tête. Il prend une petite lampe-torche et la braque dans les yeux de Lana. « Elle a perdu connaissance depuis combien de temps ? »

Tout en expliquant les détails de mon sauvetage, j'entre dans la petite chambre et m'approche de Matthias. Le parfum de la petite humaine emplit la pièce. Mon instinct me dit de la prendre dans mes bras et de jeter mon frère dehors. Ce qui est fou. Je n'ai aucune raison d'être si possessif avec une femme que je ne connais pas.

« Et tu l'as emmenée ici, plutôt qu'à l'hôpital ?

— Elle ne peut pas partir, dis-je sans réfléchir. Son frère a essayé de la tuer, tu te rappelles ?

— Tu crois qu'il est toujours dans les parages, à sa recherche ?

— Il m'a semblé très déterminé.

— Tu vas te mettre à sa recherche ?

— Elle est la priorité. Tu sais pourquoi elle ne s'est toujours pas réveillée ?

— La commotion cérébrale. Elle s'est réveillée quelques minutes, c'est ça ?

— Un peu moins d'une minute. »

Matthias grogne. Il fouille dans sa sacoche et en sort une fiole contenant un liquide vert sombre. « Maintiens-lui la tête. »

Je le contourne pour tenir la patiente. Sa tête paraît si petite entre mes mains énormes... Elle est vraiment sublime. Une peau sombre et lisse, des pommettes sculptées, un petit nez mignon, des lèvres pulpeuses.

Matthias approche la fiole de sa bouche et la vide entre ses lèvres. L'odeur est étrange, un mélange d'herbes et de métal.

Je me raidis. « Qu'est-ce que c'est ?

— Juste une petite concoction de mon cru, murmure-t-il en vidant entièrement la fiole. Allez, avale. C'est bien.

— Qu'est-ce qu'elle contient ?

— Tu ne veux pas le savoir. »

Mon grondement nous surprend tous les deux.

« C'est un sérum de guérison, dit-il. L'une de mes créations. Ça fera du bien à sa tête. »

Toute mon inquiétude disparaît. Matthias essaie de l'aider. « Ce n'est pas bon signe qu'elle dorme si longtemps, hein ?

— Non, pas du tout. Mais ce sérum devrait lui éviter le

pire. » Il range la fiole vide dans sa sacoche et en sort un sachet de gaze. « Il mettra un moment à faire effet. D'ici là, je peux nettoyer cette coupure. Il ne semble pas y avoir d'autres contusions. » Il asperge la gaze de solution, puis la tapote sur le front de Lana. « Tu dois la garder en observation pendant au moins vingt-quatre heures. Ne la déplace plus, et pas de vacarme, si possible. Elle a besoin de repos. » Il me regarde par-dessus la monture de ses fausses lunettes. « Tu peux libérer du temps dans ton planning chargé pour le faire ? » Sa voix ne contient aucune trace de sarcasme quand il parle de mon *planning chargé,* pourtant je me hérisse comme s'il s'agissait d'un reproche.

Lors de notre dernière conversation, il m'a accusé de devenir un ermite. Entre tous mes frères, Matthias est le calme, le silencieux, le réfléchi. Il est aussi le plus susceptible d'avoir recours au sarcasme et à des façons subtiles de me manifester son mécontentement. Mes autres frères me donneraient un coup de poing. Nous autres frères de Bad Bear avons tendance à nous battre pour mettre les choses à plat, au plus grand chagrin de notre mère.

« Ouais, je peux, dis-je.

— Tu peux chercher un permis de conduire dans son sac pour savoir comment elle s'appelle.

— Lana. Elle s'appelle Lana. » Voyant Matthias hausser un sourcil, je me hâte d'expliquer : « Je l'ai entendue parler avec son frère sur le sentier de randonnée. Ils sont passés à proximité pendant que je courais. Et tu connais les humains. Ils sont bruyants. » Je n'en dis pas plus. Plus j'essaie de convaincre Matthias que je ne suivais pas Lana, moins il a l'air convaincu. Je n'aurais peut-être pas dû le contacter. Il est celui qui risque le moins de m'agacer, mais il est aussi plus intelligent que moi et la moitié de mes frères réunis. Je ne peux pas le duper.

Il nettoie la blessure de l'humaine et la panse. La patiente reste inconsciente tout le temps des soins. Sa poitrine se soulève et retombe doucement. Une fois qu'il a terminé, il examine de nouveau ses pupilles. « Beaucoup mieux.

— C'est normal qu'elle dorme toujours ?

— Elle va s'en remettre. À ce stade, le sommeil la soigne. Bon, à son réveil, elle sera peut-être désorientée. Elle se trouve dans un lieu inconnu. Et elle ne t'a jamais vu, c'est ça ? »

J'hésite. Je dois encore lui raconter une partie de l'histoire, mais ce n'est pas le moment. « Je crois, mais je n'en suis pas sûr. »

Matthias place la gaze ensanglantée et les emballages dans un petit sac à déchets, puis il retire ses gants.

Je regarde la patiente endormie et mon frère tranquille. « Attends, c'est tout ? Tu as terminé ?

— J'ai fait tout mon possible. La plaie est propre et n'a pas besoin d'être recousue. Elle n'a pas de fièvre, ses pupilles sont redevenues normales. Aucune hémorragie cérébrale. »

Hémorragie cérébrale ? « On devrait peut-être l'emmener à l'hôpital. » Je pourrais mentir, prétendre que je suis son mari pour rester à ses côtés et la protéger.

« Seulement si tu préfères te débarrasser d'elle. Les soignants de l'hôpital ne pourront rien faire de plus que moi. À vrai dire, ils auraient fait bien moins.

— Mais, et... je ne sais pas... des examens ?

— Une IRM ou un scanner ne permettront pas de déterminer si elle souffre d'une commotion cérébrale. Il faudra surveiller ses symptômes et son attitude. S'assurer qu'il n'y a pas de changement dans son comportement.

— Comment je le saurai ? Je ne la connais pas.

— Tu pourras le lui demander à son réveil. » Matthias retire ses lunettes et les nettoie. Je suis sûr qu'il ne les porte que pour s'en servir comme d'un accessoire de théâtre. Avec elles, il réussit peut-être à jouer l'humain plus facilement. Avec les lunettes et la tenue, il a l'air d'un gentil médecin de campagne. C'est un bon déguisement. « Tu as le temps de rester la surveiller ? Tu as des vols prévus ? »

Il parle de mon entreprise de vols en hélicoptère. Je propose des vols touristiques et sers de chauffeur à des hommes d'affaires entre Albuquerque et Taos. En plus de prendre part à des missions plus dangereuses avec mes amis des forces spéciales, la meute de Black Wolf.

« Non, rien de prévu. Les affaires tournent au ralenti.

— Hmmm. » Matthias n'ajoute rien, mais son regard pénétrant me dissèque. Il sait que je ne lui dis pas tout.

Je dois cracher le morceau. « Ce n'est pas tout. Une autre... complication.

— Tu as remarqué d'autres saignements ? demande-t-il en se raidissant.

— Il ne s'agit pas de ça. » Je lui fais signe de sortir du chalet. Il va se laver les mains à l'évier de la cuisine, ferme sa sacoche et me précède en silence pour sortir. Une fois dehors, j'inspire profondément l'air parfumé par le pollen de la journée printanière. Le pré devant chez moi est en fleurs. Des abeilles butinent les fleurs roses et blanches, plantées pour elles par mes frères, même si je n'étais pas d'accord. Le parfum de miel de la femme me suit à l'extérieur. Il est si doux que les abeilles essaieront bientôt d'entrer dans le chalet.

*Merde.* Qu'ai-je fait ? On ne dirait pas que mon univers vient de basculer sur son axe, mais c'est le cas.

Une fois que nous sommes parvenus à la lisière de mon jardin empli de fleurs sauvages et que les ruches sont visibles à travers les arbres, je m'arrête et me retourne vers mon frère. Matthias et moi n'avons que quelques mois d'écart. M'man nous a adoptés à peu près à la même époque. Entre tous mes frères, même mon jumeau, c'est de lui que je suis le plus proche.

Je n'ai toujours pas envie de lui avouer que j'ai merdé. Merde, prononcer les mots est difficile. « J'ai fait une erreur. Elle avait perdu connaissance et... j'ai paniqué. J'étais sous ma forme d'ours, et un instant plus tard... Je n'ai pas pu empêcher la mutation. Et... je crois qu'elle m'a vu muter. »

Matthias remonte ses lunettes. J'ai étudié les techniques d'interrogatoire, donc je sais ce qu'il fait. Pourtant, après une minute de silence, je craque et explique : « Mon ours m'a obligé à muter. Devant une humaine. Je n'avais jamais été incontrôlable à ce point. »

L'expression de Matthias est songeuse, sans aucun jugement. « C'est déjà arrivé ?

— Non, jamais.

— Peut-être que ça ira.

— Si elle m'a vu...

— Alors, on s'en occupera. Il y a un protocole en place.

— Ouais. J'espérais l'éviter. » Le protocole, c'est d'emmener l'humaine de force jusqu'à un vampire et de la tenir pendant que la sangsue l'hypnotise et lui fait oublier notre secret.

« Ce sera peut-être nécessaire. » Étant donné le sujet sérieux, le ton calme de Matthias a l'air froid. Je regarde mon reflet dans ses fausses lunettes. Il se comporte de façon si douce et gentille que j'en oublie combien il peut se montrer impitoyable. Quand j'ai dû affronter cette situation par le passé, il était avec moi. Il connaît la profondeur de ma souffrance et de ma honte.

Et maintenant, l'histoire pourrait se répéter. Je me dois

toutefois de poser la question. Sans savoir pourquoi, je me sens protecteur à l'égard de la petite humaine endormie dans mon lit. « Effacer ses souvenirs après une blessure à la tête… ça ne va pas créer d'autres problèmes ?

— Ce n'est pas idéal. Je ne peux pas promettre qu'aucun problème cognitif ou de mémoire n'en résultera. » Son ton est si clinique. Ce qu'il dit vraiment, c'est que préserver notre secret pourrait gâcher la vie de cette humaine. Il s'agit du véritable Matthias. Les gilets à la Fred Rogers et ses manières douces avec les patients font simplement partie d'un personnage. Celui de l'aimable médecin, censé procurer aux humains un sentiment de sécurité, aussi faux que ses lunettes. Il fera tout le nécessaire pour garantir la survie de notre famille. Tout comme moi. Si l'humaine à l'odeur de miel dans mon lit est un dommage collatéral, qu'il en soit ainsi. J'ai déjà été forcé de faire ce choix.

*La famille avant tout.*

« Je ne sais pas si elle m'a vu reprendre forme humaine. Je ne sais même pas si elle m'a vu muter en ours. J'imagine qu'on le saura bientôt à son réveil. » Si elle a tout vu, elle s'enfuira en hurlant vers la salle de presse la plus proche. Comme l'a fait Tiffany.

« Si tu n'es pas sûr de ce qu'elle a vu, tu devras la garder ici jusqu'à ce que tu en aies le cœur net. »

Je grogne mon assentiment.

« Ou tu pourrais l'emmener voir une sangsue et effacer ses souvenirs tout de suite. De façon préventive.

— Non, dis-je sèchement.

— Tu veux faire sa connaissance avant d'effacer ses souvenirs ? » La question de Matthias est lourde de sens. Ma réponse lui révélera plus que j'en ai envie.

Au lieu de répondre, je le foudroie du regard.

« Ou tu peux attendre et voir. Il ne sera peut-être pas

nécessaire d'en arriver là, reprend-il en passant sa sacoche en cuir noir sur son épaule. Appelle-moi à l'instant où elle se réveille, je reviendrai l'examiner.

— Tu ne peux pas rester ? » Même si j'ai très envie qu'il s'en aille, il vaut mieux qu'il reste dans les parages au cas où l'humaine serait soudain prise de convulsions ou un truc du genre.

« J'ai une visite à domicile prévue.

— Avec qui ? »

Un sourire flotte au coin de ses lèvres. « Daisy.

— Pff, elle a une santé de fer. En vingt ans, elle n'a même jamais attrapé un rhume.

— Elle a quatre-vingt-neuf ans. Elle dit qu'elle veut être encore là pour fêter son cent-cinquantième anniversaire.

— Bon courage.

— Merci, j'en aurai besoin. À part la morsure d'un vampire, je n'ai aucun moyen d'accorder une longue vie à qui que ce soit.

— Si quelqu'un peut atteindre cet âge, c'est bien Daisy. Mais ne lui parle pas des vampires. Ça pourrait lui donner des idées.

— Par le ciel, non. Tu as entendu parler de sa nouvelle idée pour encourager le tourisme ?

— Pas encore des promenades à dos d'ours !

— Non, c'était n'importe quoi. Cette idée n'a jamais été sérieuse, pas plus que celle d'un concours du plus gros mangeur de hotdogs, ours contre hommes. Non, il s'agit d'une nouvelle combine.

— Je ne veux pas le savoir, dis-je en me passant la main sur le visage.

— Elle n'a pas ses idées pour t'agacer. Elle essaie de sauver la montagne. À ce sujet, j'ai eu des nouvelles de Darius. Il veut...

— Non. » Je sais ce qu'il s'apprête à dire.

Matthias remonte ses lunettes. Je serre les poings pour me retenir de les lui enlever d'une claque. « Tu ne sais même pas ce qu'il a demandé.

— Je sais que je n'ai pas envie de le savoir. »

Il ne dit rien, mais je sais qu'il désapprouve.

« Tu ne crois pas que j'ai assez à faire ? dis-je en désignant mon chalet.

— Très bien. J'essaierai de gagner du temps avec Darius. Prends soin de ta patiente. Si elle a mal à la tête à son réveil, tu peux lui donner un cachet. Un antidouleur léger. Pas d'aspirine. » Il me donne une boîte de paracétamol qu'il tire de sa sacoche. « Ça la soulagera d'appuyer quelque chose de froid contre la plaie. Un sac de petits pois surgelés, par exemple.

— Des myrtilles surgelées, ça ira ? »

Il hoche gravement la tête, comme si je ne venais pas de dire une ânerie. « Des myrtilles, c'est très bien.

— Je la surveillerai, promis. Merci d'être venu.

— Je reviendrai après mes visites. »

Il commence à se retourner, mais je le retiens par le bras. « Encore une chose. Ne dis à personne qu'elle est ici.

— D'accord, mais tu sais que ça n'empêchera pas tes visiteurs de le découvrir. À cette époque de l'année, Everest aime venir voir les abeilles », dit-il avec un geste du menton vers les ruches.

J'étouffe un grognement. Everest est mon frère le plus énigmatique. « Je ne sais pas pourquoi il les a installées ici. Il aurait pu les mettre près de chez lui.

— C'est Everest. On ne sait pas s'il habite quelque part. Il n'a peut-être qu'une grotte dans les bois. Je suis presque sûr qu'il passe le plus clair de son temps sous sa forme d'ours. Ah, et les Trois Terribles te cherchent. »

Mon grognement se mue presque en grondement. Matthias ne peut s'empêcher de sourire. « Bordel, qu'est-ce qu'ils veulent ?

— Tu devras leur demander.

— Non. Dis-leur que je suis en mission ou un truc du genre.

— Ils savent où tu habites. »

Merde. Il a raison. Dès que mes frères veulent quelque chose, mon chalet devient aussi peuplé qu'un hall de gare. « Je pourrais peut-être la déplacer...

— Ne la déplace pas.

— Je n'aurais pas dû la déplacer, tout à l'heure ? » Un grand froid m'envahit. Je souhaitais mettre en sécurité l'adorable humaine, mais si je lui ai fait du mal, je ne pourrai jamais me pardonner. « Tu crois que j'ai aggravé son état ? »

Matthias me regarde fixement. Je ne peux dissimuler l'inquiétude dans ma voix. Et maintenant, il en sait plus sur mes sentiments à l'égard de mon invitée non désirée que moi. Je raidis le dos pour ne pas me tortiller sous son regard insistant. « Elle va s'en remettre. Le sérum de guérison est efficace pour les blessures sévères.

— Mais elle dort toujours...

— Le sommeil est une bonne chose. Elle ne guérit pas aussi vite que nous, mais le sérum l'aide. Plus elle pourra se reposer et se relaxer, mieux ce sera. À son réveil, dis-lui de prendre des vacances. Elle pourrait peut-être louer ton chalet, me taquine-t-il.

— C'est tout ce qui me manquait. Une touriste locataire.

— Daisy sera ravie.

— Super. Faire plaisir à Daisy, c'est ma raison de vivre.

— Encore une chose, mon frère. » Matthias penche la tête, comme si une idée lui était venue à l'instant. Son sourire a disparu, mais je l'entends encore dans sa voix.

« Je ne sais pas si tu t'en es rendu compte, mais l'humaine...

— Quoi ? » Je me prépare à une dernière pique.

« Elle est tout à fait ton genre. » Avant que je puisse lui dire de se barrer, Matthias baisse la tête pour éviter une branche de sapin et s'éloigne à grandes enjambées à travers les arbres.

* * *

*Lana*

De la lumière me tombe sur le visage, comme une main tiède. Je grimace et déplace légèrement la tête sur la droite. Je cligne des yeux jusqu'à ce que le mur et la fenêtre devant moi cessent d'être flous. La fenêtre est encadrée par les rideaux les plus mignons que j'aie jamais vus. Le tissu est vert sombre, avec plusieurs rangées de petits ours bruns qui se suivent en trottant.

Quand j'essaie de m'asseoir, une douleur lancinante à la tête m'empêche d'aller bien loin. Je suis allongée dans un lit moelleux, avec des draps à carreaux usés et une couverture vert forêt. Les murs sont faits de troncs de sapin brun chaud. La pièce est petite, principalement occupée par le lit à baldaquin et une armoire en sapin dans le coin à ma gauche. Une table de chevet se trouve à ma droite, elle aussi en sapin. Sur la petite table, une lampe. Son abat-jour est du même tissu que les rideaux : vert, avec des ours bruns qui se suivent.

Où suis-je ? Que s'est-il passé ? Je cherche à me souvenir, mais rien ne me revient, et ma douleur au crâne se réveille. J'abandonne. J'ignore comment je suis arrivée dans ce chalet, mais quelqu'un qui choisit des rideaux mignons et un abat-jour assorti ne peut pas être un tueur en série. Pas vrai ?

À ma nouvelle tentative, je suis capable de m'asseoir lentement. Une fois que la chambre cesse de tourner, je m'adosse à la tête de lit en sapin rugueuse pour m'examiner. Je porte toujours ma tenue de marche. Elle est un peu poussiéreuse, mais à part ça, elle ne détient aucun indice sur ce qui m'est arrivé. J'ai un pansement autour du crâne. La panique me donne envie de courir regarder dans un miroir, mais j'ai l'impression que ma tête va se fendre en deux si j'essaie de me lever. Je choisis plutôt de me laisser retomber contre les oreillers.

Quelques aiguilles de sapin sont prises dans mes tresses. Je les retire et les laisse tomber sur le tapis brun à poils épais qui recouvre le plancher en sapin brut. Tout ce sapin et ces motifs à carreaux m'indiquent que je me trouve dans un chalet de montagne. Et ça colle. Je suis dans la montagne de Bad Bear.

Mes souvenirs me reviennent peu à peu : l'urne de mes parents, mon frère Bentley. Où est Bentley ? Selon les souhaits de nos parents, nous allions nous rendre au sommet de la montagne pour disperser leurs cendres. La dernière chose dont je me rappelle, c'est quand nous sommes sortis de la voiture de location. Lorsque j'essaie de me remémorer ce qui s'est passé ensuite, une pointe de douleur me transperce le crâne, assez violente pour me faire monter les larmes aux yeux.

À un moment donné, je me suis cogné la tête, puis quelqu'un l'a bandée. Bentley ? Ou le propriétaire de ce mignon chalet ? La chambre me paraît trop douillette pour être une location de vacances. Deux portes sont closes, une au pied du lit et l'autre sur ma gauche, sur le mur opposé à la fenêtre, à côté de la grosse armoire. Les portes de l'armoire sont ouvertes. J'y vois une rangée de chemises à gros carreaux pendues d'un côté et quelques piles de vêtements proprement pliés sur les étagères. À moins que des chemises à carreaux ne soient désormais fournies à titre gracieux dans les chalets de montagne de location, je me trouve chez quelqu'un.

Je ne peux pas enquêter davantage tant que je suis incapable de bouger, mais il y a pire que cet endroit pour récupérer. Cette chambre m'inspire. Elle me donne envie de créer une nouvelle collection de Noël pour ma marque, GoddessWear. Sur le thème montagne-chic. J'imagine des pyjamas à carreaux, des robes de chambre confortables et des pantoufles en peluche. Les petits ours bruns mignons seront aussi de la partie, c'est certain.

La grosse porte en bois brut devant moi s'ouvre en grinçant, et l'homme le plus renversant que j'aie jamais vu entre dans la chambre. Un Viking géant aux cheveux blonds tondus et à la barbe déchaînée. Ses pectoraux gonflés étirent son T-shirt usé, et on dirait que ses biceps sont sur le point d'en faire exploser les manches. Il lui suffirait de bander ces muscles imposants pour que son T-shirt se déchire et tombe en le laissant torse nu. Et ce serait une tragédie.

*Tu parles.*

J'aurais l'occasion d'examiner sa peau bronzée et les belles couleurs des tatouages qui recouvrent ses bras. Audessus de son coude, je distingue une abeille et un gros ours brun.

Encore des ours. J'adore quand les gens choisissent un thème et s'y tiennent.

« Tu es réveillée », dit le Viking d'une voix rauque. Ses sourcils blonds forment une ligne maussade. Il a l'air grognon. Mais depuis que ma mère est tombée amoureuse d'un cadre hollywoodien, nous a fait déménager à Hollywood Hills et m'a coincée avec un frère par alliance cruel, j'ai l'habitude de fréquenter des personnes ronchonnes. Je réponds toujours à la bougonnerie par de la bonne humeur.

« Coucou. » Je secoue faiblement la main, puis tressaille lorsque le mouvement me fait bouger la tête.

Le Viking entre dans la chambre à pas lents. Pour un homme de sa taille, ses mouvements sont fluides. Il s'accroupit à côté du lit, ce qui place sa tête au niveau de la mienne. Ses yeux gris me transpercent. « Comment tu te sens, poupée ? »

*Poupée ?* Hum, waouh. D'accord. Ça me va. Je ne connais pas ce mec, mais il peut m'appeler poupée quand il veut. Vraiment quand il veut.

Il est incroyablement grand, beau et musclé. Si viril que mes ovaires libèrent des ovules plus vite qu'une machine à sous gagnante. Je peux même entendre la musique du jackpot...

Non, une seconde. C'est ma migraine. Je lève la main pour me toucher le front.

« Doucement », dit-il en m'attrapant le poignet. Il me fait tourner la main. Quelques cailloux sont incrustés dans ma paume. Il les retire avec délicatesse.

De la chaleur me traverse de la tête aux pieds. *Oh là là.*

« On se connaît ? » Mon ton contient un soupçon d'espoir. Une fois la commémoration pour nos parents terminée, peut-être que Bentley m'a laissée ici et que je me suis aventurée dans la petite ville de Bad Bear, où j'ai bu un cocktail dans le bar vieillot et ai rencontré ce Viking. Peut-être qu'il m'a séduite en me décrivant ses rideaux mignons et que j'ai accepté son invitation à voir sa chambre de mes propres yeux.

Et maintenant, nous sommes le lendemain matin. Mais

si nous avons fait l'amour comme des fous, comment me suis-je blessée à la tête ? Je ne serais pas courbaturée comme si j'étais tombée d'une falaise. Je le serais, mais d'une façon différente, bien plus délicieuse. Donc, nous n'avons peut-être pas couché ensemble. *Pas encore.*

« De quoi est-ce que tu te rappelles ? demande-t-il en sondant attentivement mon regard.

— Hum. Je suis venue ici et... aïe. » Une pointe de douleur se déploie sous mon crâne d'une tempe à l'autre.

« Du calme. » Même s'il paraît agacé, son ton est doux. Avec sa barbe folle et son regard intense, son visage reste intimidant même lorsque son expression est neutre. Je m'aperçois que j'ai du mal à reprendre mon souffle.

Ou peut-être est-ce à cause de son parfum délicieux et de la proximité de tous ces muscles prêts à faire exploser le tissu mis à rude épreuve de son T-shirt. Je n'ai pas eu de rencard depuis un moment. Je n'ai pas eu beaucoup de temps. Après le décès de mes parents, je me suis plongée dans mon entreprise et ma marque. Et je suis à présent complètement démunie en présence de mecs sexy.

Rien de plus. Je suis simplement bouleversée par la beauté et les muscles de ce Viking montagnard des temps modernes.

Il examine mon visage de ses yeux magnifiques.

« Comment je suis arrivée ici ?

— Tu as fait une chute dans la montagne, et je t'ai portée. De quoi est-ce que tu te souviens ? » C'est la deuxième fois qu'il me pose la question. J'ai un peu l'impression de subir un interrogatoire.

« J'ai mal à la tête », dis-je en marmonnant, ce qui est vrai.

Il se lève brusquement. Surprise par son mouvement

rapide en dépit de sa taille, je tressaille et recule. Il pose la main sur mon épaule.

« Tout va bien. Je vais te chercher de l'eau. »

Maintenant qu'il en a parlé, j'ai la bouche terriblement sèche. Je lèche mes lèvres gercées en cherchant mon sac à dos rose des yeux. Je garde toujours mon fidèle gloss à portée de main. « Excuse-moi, tu as mes affaires ?

— Ouais », répond le Viking. Il rentre dans la chambre, un verre d'eau dans une main et mon sac rose dans l'autre. « Difficile de passer à côté de ce sac. Je suis surpris que tu ne sois pas aveuglée par sa couleur, grogne-t-il en me le donnant.

— Le rose, c'est ma couleur préférée. » Je fouille à l'intérieur et trouve mon portable. Il est éteint, son écran est fissuré. Bon, ben, tant pis. Chaque chose en son temps. Je sors mon gloss et en applique deux couches, puis fais claquer mes lèvres. Quand je lève la tête, le Viking fixe ma bouche d'un air affamé. Je me sens rougir.

« Merci. » Je bois le verre qu'il me donne pour dissimuler mon trouble. Dans ma hâte, je m'en renverse sur la poitrine. J'essuie les gouttelettes sur mes seins avant que le tissu se mouille. Mes tétons sont si durs qu'ils pointent à travers trois couches de vêtements. *Arrêtez ça. Ce n'est pas un concours de T-shirt mouillé.*

Est-ce trop espérer que le Viking ne l'ait pas remarqué ? Je lui jette un coup d'œil discret.

Oui, semble-t-il. Il a tout vu.

Je bois encore une gorgée d'eau et en renverse à nouveau sur moi. « J'ai du mal à boire. Ne fais pas attention », dis-je avec humour.

Le Viking s'éclaircit la gorge et détourne le regard. « Comment tu t'appelles ? »

Je me raidis. « Comment tu as dit que j'étais arrivée ici, déjà ?

— Ne t'inquiète pas, dit-il d'une voix apaisante. Tu es en sécurité. Je t'ai trouvée sur le chemin de randonnée. Tu étais blessée. Tu t'es cogné la tête. » Il montre mon front.

Je touche le pansement. J'ai horreur de me sentir si faible. Je devrais me sentir méfiante en me réveillant dans un lieu inconnu, avec un inconnu. Même si mon intuition me dit que je peux faire confiance à ce Viking. Ou au moins lui sauter dessus. Ou alors, ce n'est pas mon intuition qui parle, mais mes hormones.

« Tu as vu mon frère ? Il randonnait avec moi.

— Non, répond-il après une hésitation.

— C'est bizarre. » J'ai l'impression que je dois me souvenir de quelque chose, mais tout est flou, dissimulé derrière un mur de douleur. « Je m'appelle Lana.

— Lana ? Moi, c'est Teddy.

— OMG ! Teddy ? Comme l'ours en peluche ? » Je lui souris.

Mon sourire a l'air de le déstabiliser. « Comme Teddy Medvedev. Tu as vraiment dit *OMG* ?

— Oh... euh, ouais. » Je me sens moins nerveuse et un peu grisée. C'est lui qui a choisi les rideaux dans la chambre. Je ne m'attendais pas à un séduisant montagnard, mais quelqu'un qui décore son chez-soi avec des petits ours mignons est automatiquement un ami. « C'est ton chalet.

— Oui, répond-il en me regardant d'un air circonspect. Je t'ai emmenée ici parce que tu ne te réveillais pas. J'ai pensé que tu avais besoin de te reposer. J'ai fait venir un médecin qui t'a examinée...

— C'est vrai ?

— Ouais. Il t'a pansé la tête, mais il a dit de te laisser te reposer.

— Je n'arrive pas à croire que ça ne m'ait pas réveillée. Hum, merci pour toute ton aide.

— C'est normal. » Il m'observe toujours, comme s'il regrettait de ne pas pouvoir lire dans mes pensées. « D'où est-ce que tu viens, Lana ? »

J'aime sa façon de prononcer mon prénom. « J'habite à Los Angeles. Je suis venue ici pour disperser les cendres de mes parents au sommet de la montagne. Tu vois ? » Je lui présente mon mélange à grignoter comme une preuve.

Il regarde dans le sachet. « Des amandes et des M&M's ?

— Mon mélange breveté. Non, vraiment, je songe à le faire breveter. Je pourrais le vendre en boutique. Je suis sûre que les gens se l'arracheraient. »

Contrairement à Bentley, Teddy ne se moque pas. Il tend la main et prend une poignée, qu'il mâche pensivement. « C'est bon.

— Tu vois ? Je te l'avais dit, dis-je, radieuse.

— Tu te souviens d'autre chose pendant ta randonnée ? demande-t-il en prenant une autre poignée du mélange.

— Pas vraiment. Seulement que je suis sortie de la voiture de location et que... j'ai essayé d'atteindre le sommet avec Bentley.

— Bentley ?

— Mon frère par alliance. Nommé d'après la voiture. »
Teddy cesse de mâcher le temps de grimacer.

« Je sais, hein ? Qui donne le nom d'une voiture à son enfant ? Même d'une belle voiture. Enfin, moi, je dois mon prénom à une bimbo du sitcom *Vivre à trois*, donc ce n'est pas beaucoup mieux. Surtout quand ledit frère s'en sert pour se moquer de moi. »

Teddy termine mon mélange énergie. Il froisse le sachet

comme s'il lui avait personnellement déplu. « Ce n'est pas très sympa, dit-il d'une voix grave, presque un grondement.

— Oh, Bentley n'est pas sympa. Je te jure, il serait content si un ours sortait de la forêt pour me dévorer. » J'ai de nouveau mal à la tête. « Attends, je crois que je viens de me souvenir de quelque chose.

— Oui ? » Teddy s'assied avec prudence au bord du lit près de moi. Son poids fait pencher le matelas, et je me retrouve appuyée contre lui.

Presque en un murmure, je demande : « Quand tu m'as secourue, tu n'aurais pas vu le pizzly ?

— Le quoi ?

— Le pizzly. Tu savais que les ours polaires et les grizzlys ont commencé à se reproduire ensemble ? »

Teddy ouvre et referme la bouche plusieurs fois avant de répondre : « On n'est pas du tout à proximité du milieu naturel des ours polaires.

— Mais à cause du dérèglement climatique, leur territoire se modifie. Et ils se reproduisent avec des grizzlys. Des ours polaires et des grizzlys donnent des pizzlys. Ou si tu préfères, tu peux aussi les appeler les ours grolaires.

— Je... n'ai pas de préférence. Lana, ça n'existe...

— Ils sont réels, je t'assure. Ils sont plus gros et agressifs que les ours normaux. Je l'ai appris avec le TikTok de Mamadou Ndiaye. Il les appelle les ours Nesquik. »

Teddy passe la main sur la barbe hirsute, puis se lève.

« Où est-ce que tu vas ?

— Appeler le médecin. Je crois que tu t'es cogné la tête plus fort que je ne le pensais.

— Non, je suis toujours un peu bizarre. D'après Bentley, c'est pour ça que le prénom me va bien. »

Son expression grincheuse s'adoucit. « Je vais quand

même lui téléphoner. Ne sors pas du chalet. Et ne bouge pas, ajoute-t-il en me pointant de l'index.

— J'avais l'intention de courir un triathlon, mais entendu. » Je me rallonge dans le lit, puis me ravise. « Attends !

— Quoi ? » Il passe la tête dans la chambre, l'air agacé même si sa voix est douce.

« Je peux au moins utiliser les toilettes ?

— Bien sûr. C'est juste là, dit-il en montrant la porte à côté de l'armoire. Tu as besoin d'aide ?

— Non. » Cependant, j'ai du mal à me déplacer de l'autre côté du lit.

« Viens là. » Il me prend dans ses bras si vite que je glapis de surprise. Je lui enlace le cou.

Bien que je ne sois pas légère, il me soulève sans problème. Mes ovaires libèrent encore une centaine d'ovules lorsque je sens son odeur boisée et masculine. Ma tête douloureuse roule sur son épaule. Celle-ci est dure et robuste.

Surtout quand il ne me pose pas immédiatement et me porte dans la salle de bains. Plus spacieuse que la chambre, il s'agit d'un ajout moderne au chalet. Un grand lavabo et des toilettes se trouvent dans une pièce à part, et une baignoire munie de jets est placée devant une baie vitrée, parfait pour se baigner en profitant de la vue de la forêt.

Je ne lève pas la tête de son épaule ; elle est bien trop lourde. Ma tête, pas son épaule. « Waouh. Cette salle de bains est sympa. » Oups, c'était malpoli. Je ne devrais pas avoir l'air aussi surprise. « Enfin, le chalet est sympa aussi. J'adore le décor. Et les petits ours sont super. »

Il grogne et me garde dans ses bras sans bouger, ma tête nichée contre son épaule. Se balance-t-il légèrement d'un côté à l'autre ?

Il a peut-être raison. Je me suis peut-être cogné la tête

plus fort que nous ne le pensions, parce que ce scénario me paraît un peu dur à croire.

Un grand Viking sublime qui me berce doucement dans sa salle de bains magnifique ?

Impossible.

Lorsque je lève la tête, il me laisse poser les pieds sur le carrelage. Il est si grand que je n'arrive qu'au niveau de sa clavicule. J'ai la taille parfaite pour examiner le gonflement de ses pectoraux sous sa chemise. Qu'est-ce que je donnerais pour le voir torse nu... Cette simple idée me donne le tournis.

Teddy fronce les sourcils et me maintient de ses grandes mains sur mes bras. « Ça va, poupée ?

— Oui, merci. » Nos regards se rencontrent quand je lève la tête. Du désir assombrit ses yeux gris. Pour moi ?

« Tu es sûre ? »

Je presse les lèvres. Il baisse les yeux sur ma bouche. « Hum, oui. Merci de m'avoir portée. Je pense que je peux gérer à partir de là.

— Je vais passer cet appel. » Mais il ne bouge pas.

« Tu sens bon », dis-je sans réfléchir.

Il se contente de hocher la tête, comme si c'était parfaitement logique. « Tu sens encore meilleur. »

OMG. Je crois que je lui plais vraiment.

Il fait un pas en arrière, à regret, semble-t-il. « Bon. Appelle si tu as besoin de moi.

— D'accord. Merci. »

Il referme la porte derrière lui. Je soupire. Tout haut.

Maintenant que je suis debout, je me sens un peu plus stable. Je fais ce que j'ai à faire, puis examine le pansement autour de mon crâne dans le miroir. Le médecin de Teddy a fait du bon travail. Mais à présent, je dois comprendre ce qui s'est passé et où est Bentley.

Chaque chose en son temps. Ce verre d'eau ne m'a donné que plus soif. Je retourne par mes propres moyens dans la chambre, en boitillant. Aucun signe de Teddy. Je passe la tête dans la pièce principale du chalet. Une cheminée occupe un pan de mur, en face d'un canapé et d'un fauteuil. À droite, la porte d'entrée est ouverte. La lumière qui passe par les fenêtres me fait plisser les yeux. Je m'appuie contre le chambranle de la porte pour reprendre mes esprits.

Une petite cuisine se trouve au-delà de l'espace salon, avec deux rangées de comptoirs face à face, plein de placards en sapin et une cuisinière Blackwood. Quelqu'un est penché devant le réfrigérateur ouvert et farfouille à l'intérieur. Des bouteilles tintent l'une contre l'autre.

« Teddy ? »

Lorsque la silhouette se redresse, tout l'air s'échappe de mes poumons. Des oreilles poilues, de la fourrure noire, un long museau. Ce n'est pas Teddy.

*Il y a un ours dans la cuisine.*

# Chapitre trois

*eddy*

J'ai une humaine chez moi. Une humaine *mignonne*. Elle se souvient de l'ours, mais si elle m'a vu muter, elle ne le dit pas.

Elle n'a pas l'air de tout se rappeler. Elle ne se souvient ni de la marche jusqu'au sommet, ni de la pitoyable tentative d'assassinat de son frère par alliance.

Je ne sais pas pourquoi j'ai gardé pour moi cette information. J'aurais pu expliquer à Lana qu'il a voulu la pousser pour la faire tomber de la montagne et qu'il a pris la fuite en me voyant, mais il semblait cruel de faire souffrir quelqu'un qui venait de se réveiller avec une blessure à la tête. Cependant, je ne peux pas la protéger éternellement. Elle a besoin de savoir la vérité. Tant que son frère est toujours en liberté, elle est en danger.

*Ce n'est rien*, dit mon ours d'un air satisfait. *On la protégera.*

Je me passe les deux mains sur le visage. Je n'ai pas besoin de cette complication. Mais que je le veuille ou non, j'ai une invitée humaine, et mon instinct de protection perd les pédales. Je dois veiller sur elle, surveiller ses symptômes. Et je dois la nourrir.

Les humains mangent des œufs, n'est-ce pas ? Les Trois Terribles gardent leurs poules non loin, même si je leur ai dit et répété de les rapprocher du chalet de M'man. Mes frères cadets ne se dépêchent jamais d'accomplir leurs corvées, ce qui signifie que je pourrai sûrement ramasser plein d'œufs.

Je téléphone à Matthias pendant que je me dirige en direction du poulailler. Il m'indique de donner du paracétamol à Lana et de lui faire garder le repos cette nuit. Je raccroche, puis chasse la grosse Bertha, la poule agressive, afin de ramasser le dîner de mon invitée.

Alors que je reviens vers le chalet, les bras chargés d'œufs, je remarque l'odeur d'un intrus. La porte d'entrée est ouverte et se balance dans la brise. « Putain de merde... »

Je presse le pas pour me précipiter à l'intérieur en faisant tomber quelques œufs. J'arrive juste à temps pour entendre le petit cri de Lana. Elle se trouve à l'entrée de la chambre, bouche bée. Un gros ours noir se tient dans la cuisine, le museau coincé dans mon congélateur.

« Non ! » Je secoue les bras, oubliant que je porte les œufs. Plusieurs autres se brisent au sol. J'en rattrape deux et les lance sur l'ours. Il recule, mais reçoit du jaune d'œuf sur le museau. Éternuant et reniflant, il secoue la tête et projette de l'œuf dans toutes les directions.

« Dehors ! » Je m'avance pour rester entre l'ours et Lana et remue le bras en montrant la porte comme un agent de la circulation. L'ours, qui est en réalité mon frère Axel, se dirige lourdement vers la sortie en m'adressant un regard lourd de reproches. À mi-chemin, il s'arrête et tourne la tête vers ma chambre. Il a senti Lana.

« Tout de suite ! » Je me place derrière lui pour le pousser vers la porte. Cet idiot cherche probablement de quoi manger dans mon réfrigérateur après avoir bu. Bordel. J'aurais dû dire à tout le monde que je participais à une mission top secrète et de ne pas me déranger.

Une fois que j'ai fait sortir Axel, mon plancher est couvert de coulures d'œufs et de coquilles brisées. Les portes du réfrigérateur et du congélateur sont restées ouvertes, et je dois ranger leur contenu pour réussir à les refermer. Des griffes ont percé un sachet surgelé — une saucisse de biche qu'Axel a préparée l'année dernière. Il en a confectionné tellement qu'il a dû entreposer le surplus chez moi. Je les avais oubliées.

Trois petits œufs ont survécu au tumulte. Ajoutés au sachet de saucisses, j'ai de quoi préparer un repas complet à l'humaine.

Oh, merde. L'humaine.

Lana est toujours près de la porte, ses yeux bruns écarquillés. Je la rejoins en quelques grands pas et pose les mains sur ses épaules pour l'examiner.

« Lana. Ça va ? Parle-moi. »

Sa lèvre inférieure tremble. « Ou-ou-ou...

— Ours. » Je la prends dans mes bras. C'est la troisième fois que je la tiens contre moi aujourd'hui. Et, merde, c'est encore mieux à chaque fois. « Oui, je sais. Il est parti, maintenant. » Je crie par la fenêtre en direction de la silhouette d'Axel, qui s'éloigne : « Et il ne reviendra pas !

— Il est entré par la porte et il a ouvert le frigo, dit Lana d'une petite voix. J'imagine qu'il y a vraiment un problème d'ours dans la région.

— Tu n'as pas idée, dis-je en la portant jusqu'au canapé. Le docteur dit que tu dois te reposer ce soir. » Elle se blottit sur le canapé. Elle a toujours l'air traumatisée. De quoi d'autre les humains ont-ils besoin pour être bien installés ? Je l'enveloppe dans une couverture. Je pourrais allumer un feu, mais je dois ramasser du bois. D'abord, je dois nettoyer les dégâts. Je m'empresse de le faire, en m'assurant que la porte d'entrée reste fermée. Je ne veux pas que d'autres frères s'aventurent ici.

« C'était lui ? demande Lana. C'était l'ours local ? Il n'a pas l'air de celui que j'ai vu au sommet. L'autre était brun. »

Je jette des bûches dans la cheminée et place les autres sur leur palette près du poêle à bois. « Non, ce n'était pas le même. Il est... Il est inoffensif. S'il entre encore, fais-le partir en secouant les bras. »

Elle me regarde avec stupéfaction. « C'était incroyable. Tu l'as chassé sans problème. Comme on chasse une mouche », dit-elle en imitant mes gestes.

Je grogne. Au fond de moi, mon ours roule des mécaniques. « Comme je l'ai dit, il est inoffensif.

— Tu étais si courageux. Comme Bear Grylls. Tu le connais ?

— Hein ? Non.

— Dommage. Il serait le mannequin parfait pour présenter ma nouvelle collection de vêtements inspirée par les ours et la montagne. Toi aussi, à vrai dire. Tu accepterais d'être modèle ?

— Aucune chance. » Je regarde la pile de petit bois, les sourcils froncés. Matthias m'a dit de surveiller des signes de commotion cérébrale. « Tu sais, le docteur a dit que les blessures à la tête peuvent causer des changements de comportement. Tu es...

— Oh, je suis toujours comme ça, dit-elle en secouant la main. Mon cerveau passe d'une chose à l'autre, il ne reste jamais sans rien faire. D'après Bentley, je suis demeurée.

— Bentley. » Je gronde le prénom, ce qui la fait rire à voix basse. J'ai instantanément envie d'entendre ce son encore et encore.

« On dirait que tu l'as déjà rencontré.

— Non. Pas encore. »

*Et quand ça arrivera, il n'aimera pas ça.*

« Je vais te chercher du paracétamol et de la glace pour ta tête. Une seconde, poupée. »

Elle tourne la tête pour me suivre du regard pendant que je vais chercher un sac de myrtilles surgelées dans la cuisine. Je reviens avec un verre d'eau, le cachet de paracétamol et les myrtilles.

Un ours intelligent lui donnerait le tout et ressortirait. Il garderait ses distances avec la séduisante humaine.

J'imagine que je n'en suis pas un. Non, aucun doute, je suis un mauvais ours. Parce que je m'accroupis à côté de mon invitée et applique moi-même le sachet de myrtilles sur sa tête.

Ce n'est pas parce que je souhaite encore respirer profondément son parfum de miel. Certainement pas parce que je ne me lasse pas de sa conversation enjouée ou de ses attirantes tresses roses. C'est plutôt que mon ours insiste pour prendre soin d'elle.

Même si à cet instant, je résiste à l'envie de la prendre sur mes genoux pour tenir le sac de glace contre sa tête tout en la nourrissant.

Mais c'est dingue.

Je dois faire machine arrière. Arrêter de la toucher. Reprendre le contrôle sur mon ours. Je me force à me lever et m'éclaircis la gorge.

« Je vais nettoyer la cuisine et te préparer à dîner.

— Tu as besoin d'aide ? demande la douce humaine.

— Non, poupée. Reste allongée et repose-toi, dis-je en montrant le canapé d'un air sévère. Ce sont les ordres du docteur. Et les miens. »

Je jure que mon ton la pousse à serrer les cuisses. Comme si me voir devenir autoritaire l'excitait.

Mon membre devient instantanément dur comme la pierre pour elle. Alors que je n'ai même pas encore senti la douce odeur de son désir.

Oh, merde. La nuit va être longue. Très longue.

* * *

*Lana*

Teddy essuie l'œuf sur le plancher avec un chiffon mouillé, puis il finit de nettoyer le sol à l'aide d'une serpillère. Pour un montagnard baraqué, il sait se servir d'un balai à franges. Rapide et efficace. Gracieux, en dépit de sa taille.

« Qu'est-ce que tu fais dans la vie, Teddy ?

— Je pilote des hélicoptères.

— Vraiment ? » Cette carrière en tête, je me redresse pour mieux le regarder. Je l'imaginais plutôt bûcheron ou pompier parachutiste. Mais pilote, c'est sexy aussi.

« Repose-toi. » Il me pointe de nouveau du doigt. Ce geste contracte mes muscles internes et humidifie ma culotte.

En tant que PDG de ma propre entreprise et multimillionnaire, sans parler du fait que je m'habille en grande taille, en général, c'est plutôt moi qui donne les ordres. Est-ce mal d'être excitée par un homme plus grand, plus fort et bien plus dominant que moi, pour changer ?

Je souris. « Qu'est-ce qui t'a fait choisir cette carrière ?

— Je ne l'ai pas choisie. L'armée l'a choisie pour moi, répond-il en haussant les épaules.

— Ah, un militaire. J'aurais dû deviner, avec ce torse en acier. »

Teddy baisse les yeux sur son buste, les sourcils froncés. Il secoue la tête. « Je vais te nourrir. Et ensuite, tu retournes au lit. Tu vas te coucher tôt.

— Oui, papa », dis-je de manière suggestive. Il peut me paterner quand il veut. Tout le temps. Avec assiduité.

Il hausse un sourcil. Je serre les cuisses pour dissimuler mon frisson.

« Tu veux des œufs et des saucisses, ou quelque chose de moins gras ? »

J'écarte le sachet de myrtilles surgelées de ma tête. « Je peux manger ça ?

— Oui. Mais ce n'est pas un repas. » Il prend le sac et se tourne vers la cuisine. Après avoir fouillé dans les placards et le congélateur, il revient avec un bol de myrtilles plongées dans ce qui ressemble à de la glace. « C'est du lait. Ma mère nous en préparait quand on était petits. Des myrtilles surgelées dans du lait. Le froid le fige, et il devient violet.

« C'est délicieux, dis-je en mangeant des copeaux de lait glacé.

— Mange doucement, sinon le froid te donnera mal à la tête. » Il s'assied à côté de moi. Une fois de plus, son poids fait pencher le canapé et me colle contre lui.

« Ma mère me donnait de la glace quand j'étais malade, dis-je entre deux bouchées. Une fois qu'elle a rencontré Roger, ils ont été très occupés, mais la nourrice faisait la même chose. Du moins, elle le faisait avant que je parte en internat.

— Tu avais quel âge quand ta mère a rencontré Roger ?

— Huit ans. Bentley en avait dix. Maman et Roger

étaient vraiment amoureux, et j'étais heureuse pour eux. Elle était comédienne, et il l'avait engagée dans quelques films. Ils se sont rencontrés sur un tournage. Elle est vraiment belle... enfin, elle l'était, je veux dire.

— Toutes mes condoléances.

— Merci. Mes parents n'étaient pas très présents dans ma vie. En vérité, je souffrais déjà de leur absence depuis mon enfance. Et puis, ils sont morts en faisant ce qu'ils aimaient. En allant à Cabo.

— C'est une blague ? demande Teddy en fronçant les sourcils.

— Hum, ouais. En quelque sorte. » Je pose le bol et lèche mes lèvres froides. « J'ai les lèvres bleues ?

— Violettes. » Il les regarde et se penche vers moi. « Tu as un peu... » Sa voix est basse et rocailleuse. De la pointe de la langue, il touche ma lèvre inférieure. Je retiens ma respiration. « De glace ici », achève-t-il.

Je me penche et presse ma bouche contre la sienne. Je souhaite désespérément recevoir le baiser que je le croyais sur le point de me donner.

Il me retient par la nuque en grognant. Lorsqu'il me rend mon baiser, je le sens de partout. Des chatouillis se déploient en dansant sur ma peau. Une pulsation grandit entre mes jambes, et un frisson parcourt mes clavicules.

Mais j'ai la tête lourde et je suis prise de vertiges. Teddy recule dès que je laisse échapper un geignement involontaire. « Désolé, dit-il en toussant. Tu es blessée. Je ne sais pas ce qui m'a pris. »

Pendant un terrible instant, je crois qu'il va se lever et s'en aller, mais il pose le bol sur la table basse et me fait pivoter afin que mes jambes couvrent les siennes. J'imagine que nous n'allons plus nous embrasser pour le moment. Je suis déçue, mais c'est sans doute pour le mieux. Le martèlement sous mon crâne s'atténue un peu plus chaque fois que son torse se soulève et retombe.

Lorsqu'il prend la parole, il parle si bas et d'une voix si apaisante que je me blottis davantage dans ses bras. « M'man a adopté mon frère et moi quand on avait sept ans. »

Je reste parfaitement immobile et attends qu'il poursuive.

« Notre mère biologique nous a eus jeune. On était un accident, et elle ne savait pas vraiment quoi faire de nous. On a été élevés dans un van, toujours en train de bouger et de camper. Elle nous a appris à nous débrouiller dans la nature. Puis un jour, elle a décidé qu'on était assez grands pour survivre seuls. Elle nous a laissés ici, dans la montagne de Bad Bear, et elle est partie. »

Je serre les lèvres pour ne pas rester bouche bée. Mes parents aussi aimaient voyager, mais quand ils prenaient leur jet, ils engageaient une nourrice pour veiller sur Bentley et moi. Qui abandonne ses enfants à peine sortis de la maternelle au milieu des bois ?

« Elle avait appartenu à une communauté dans cette montagne avec M'man, alors elle a pensé qu'on y serait bien, continue Teddy. Mais la communauté s'était dissoute. Il ne restait que M'man. Elle nous a trouvés en train de dormir dans une tente en lambeaux. Elle nous a persuadés de la suivre jusqu'à son chalet en nous donnant des cookies aux pépites de chocolat, et elle nous a construit des lits superposés.

— C'est... » Je ne sais pas quoi dire. La façon dont son frère et lui ont été abandonnés est horrible. Et ce que leur mère adoptive a fait est incroyable. « Je suis contente qu'elle vous ait trouvés.

— Ouais, moi aussi. Environ à la même époque, elle a

recueilli mon autre frère, Matthias, à la mort de ses parents. En fait, elle avait toujours voulu des enfants, mais elle était célibataire. Ensuite, elle a adopté les triplés. Elle nous a tous recueillis. »

Je cligne des yeux pour en chasser des larmes. La mère de Teddy passe du statut de superhéroïne à celui de déesse.

« Matthias était le frère sérieux. Il a toujours eu la tête sur les épaules. Darius et moi, on était à moitié sauvages. Toujours en train de nous battre. Je crois qu'on passait notre rage l'un sur l'autre.

— Je peux imaginer. Teddy, c'est... » Je ne sais toujours pas quoi dire. « Je n'arrive pas à croire que tu as subi tout ça.

— Ouais. J'en parle pas beaucoup. Pas du tout, même.

— Je comprends. »

Il me serre le genou d'un air absent. Je pose ma main sur la sienne, grande et rugueuse. Nous restons un moment à nous tenir la main, comme s'il s'agissait de la chose la plus naturelle au monde. Comme si je ne venais pas de faire la connaissance de cet homme aujourd'hui dans des circonstances des plus étranges.

Un bâillement me prend par surprise, si puissant que ma mâchoire craque. J'essaie de le dissimuler, mais Teddy le remarque.

« Bon, poupée. C'est l'heure d'aller au lit.

— Quoi ? Déjà ? » Le soleil s'est couché pendant que nous parlions.

« Viens. » Il me soulève dans ses bras. Malgré mon poids, ce grand Viking me porte sans effort. Sérieusement, il doit entraîner ses biceps en soulevant des troncs d'arbre. Je lui enlace le cou et profite du moment.

« Tu sais, je pourrais bien m'y habituer, dis-je pendant qu'il m'emmène dans la chambre. À ce que tu me portes. Je suis navrée d'avoir loupé la première fois, comme j'avais perdu connaissance.

— Ouais, à ce propos, dit-il en me posant. Je n'aurais pas dû te déplacer, mais...

— Oh, je ne t'en veux pas. Je suis désolée d'avoir manqué notre premier câlin, c'est tout.

— Hein ? Non. Il n'y a eu aucun câlin.

— Je te taquine. Mais je suis sûre que tu fais d'excellents câlins, même si tu dois piquer un peu. Tu sais, à cause de ta barbe. »

Teddy penche la tête en me regardant fixement comme si j'étais une espèce de créature étrange.

« Ta barbe est tellement épaisse qu'on dirait qu'elle peut zigouiller des rasoirs. » Sur un coup de tête, je tends la main et touche les poils sur son menton. « Oh, elle est douce. Je ne m'y attendais pas. Tu sais, à cause de ta tête de tueur naturellement flippante.

— Bon, ça suffit. » Il m'attrape la main, mais ne recule pas. « Tu as besoin de repos.

— Bonne nuit, Viking, dis-je en lui caressant encore une fois la mâchoire. Bonne nuit, barbe de Viking. »

Il lève les yeux au ciel et me montre la salle de bains. « Il y a une brosse à dents neuve dans son emballage dans le tiroir à côté du lavabo. Prends ce que tu veux dans mon armoire. Si tu jettes tes vêtements dans le salon, je les laverai, et ils seront propres demain matin. Appelle si tu as besoin de moi. »

La brosse à dents est exactement là où il avait dit. J'ouvre l'armoire, ravie, et y prends un boxer doux à la couleur délavée et un T-shirt en guise de pyjama. Bon Dieu, je n'ai jamais rien porté de plus confortable. Et en plus, le boxer me fait un cul mignon.

Bon, je laisse tomber les robes de chambre et les

nuisettes. Ma prochaine collection pour GoddessWear sera centrée autour du style *boyfriend*. Des tenues parfaites pour être portées par le petit ami et volées par la petite amie.

Une fois habillée, j'entrouvre la porte et passe la tête dans le chalet plongé dans l'obscurité. Il me faut un moment pour repérer mon Viking. Accroupi devant la cheminée, il couvre le feu.

Je m'approche de lui en silence et pose mes vêtements sales en tas sur la table basse. « Teddy ? Où est-ce que tu vas dormir ?

— Sur le canapé. »

Peut-il seulement tenir sur le canapé ? « Mais...

— Ça ira, poupée. »

Je meurs d'envie de lui demander de me border, mais je lui ai déjà emprunté des vêtemênts et volé son lit. Je me contente d'aller me coucher en laissant la porte ouverte. L'oreiller sent comme Teddy. Je n'avais encore jamais apprécié l'odeur d'un homme, mais la sienne est divine. Elle m'évoque l'air frais de la montagne et des herbes, comme du romarin, avec une note salée de sueur. Une bonne sueur, produite par une longue course à travers la forêt, suivie d'un marathon sexuel inoubliable.

Maintenant, je suis excitée. Enfin, plutôt, je suis excitée depuis notre moment sur le canapé. Le canapé sur lequel Teddy est recroquevillé en ce moment même...

Je me tourne d'un côté, puis de l'autre. Je n'arrive pas à me mettre à l'aise. Si je ne suis pas bien installée, Teddy doit souffrir également.

« Teddy ?

— Je suis là. » Sa voix est plus proche que je ne m'y attendais. Je l'entends juste derrière la porte. « Tu ne dors pas. »

Sa silhouette sombre apparaît dans l'embrasure de la

porte. Quand je tends la main vers lui, il s'approche pour la prendre dans la sienne. Pour un type si baraqué, il se déplace en silence.

« Je ne me sens pas bien, dis-je.

— Ah bon ? »

Je ferme les yeux et me rappelle mes affirmations quotidiennes. *Sois courageuse. Réclame ce que tu désires.*

Je m'éclaircis la gorge. « J'ai de la fièvre. Et le seul remède, c'est un autre câlin.

— Ah oui, poupée ? » Il a la tête penchée, mais j'entends un sourire dans sa voix.

« Oui.

— D'accord. Pousse-toi. »

*Victoire !*

Son poids fait pencher le lit, et il m'installe là où il le souhaite, devant lui, sur le flanc, face à l'armoire. Le lit est grand, mais Teddy l'est aussi ; il doit me serrer contre lui pour que nous tenions tous deux sur le matelas.

Ce qui ne me pose aucun problème. Pas le moindre. J'échangerais tous mes rendez-vous nuls avec mes petits copains au lycée contre un câlin de dix minutes avec Teddy.

« Tu es bien installée ? demande-t-il.

— Oui. Tu fais de très bons câlins. » Je ne peux m'empêcher de me tortiller. Teddy me laisse me trémousser quelques secondes, puis il me serre plus fort dans ses bras.

« Arrête ça.

— D'accord. » J'essaie de m'endormir, mais ne peux cesser de pouffer.

Son soupir tombe sur ma nuque. « Quoi, maintenant ?

— J'étais en train de penser... tu es tellement baraqué que tu possèdes ta propre force d'attraction. Chaque fois que tu t'assieds près de moi, je tombe vers toi. »

Silence.

J'attends qu'il réponde, et deviens nerveuse lorsqu'il ne le fait pas. « Ça va, n'est-ce pas ?

— Oui. Maintenant, endors-toi. »

Tellement autoritaire. Mais il est tiède et il me tient comme j'en ai envie ; au lieu de protester, je fais ce qu'il m'a demandé.

# Chapitre quatre

*eddy*

À six heures pile, j'ouvre les yeux. Un rouge-gorge hurle à pleins poumons devant ma fenêtre. Surexcité par le printemps, il essaie d'attirer une compagne et de s'accoupler.

*Moi aussi, oiseau taré. Moi aussi.*

Lana est endormie, une boule tiède blottie contre moi. Nous avons passé la nuit ensemble. Je ne me suis levé que deux fois pour surveiller le périmètre, et une fois pour placer ses habits mouillés dans le sèche-linge. J'ai dormi avec mon jean, mais mon sexe fait de son mieux pour le traverser et se nicher dans la douce, si douce raie des fesses de Lana.

En grognant, je m'écarte de sa séduisante perfection et m'extirpe des couvertures. Mon sexe est si dur que je marche d'un pas raide jusqu'à la salle de bains et m'y enferme. Après m'être masturbé quelques minutes en imaginant les courbes magnifiques de Lana, j'éjacule dans ma main comme un adolescent.

Mais dès que j'ouvre la porte et que son odeur de miel

emplit mon nez, mon membre se transforme de nouveau en barre de fer. Me masturber ne m'a même pas un peu calmé, mais je devrai m'en contenter.

Je sors dans l'aube froide et prends mon portable pour envoyer plusieurs messages. Un à mon frère Matthias pour lui dire que sa patiente a passé une bonne nuit et qu'il devrait venir l'examiner. Un autre à mon ami Rafe Lightfoot, de Taos. Rafe est l'alpha de la meute de Black Wolf. Ils faisaient tous partie de mon unité à l'armée, et maintenant, ils ont une entreprise de sécurité qui leur permet d'effectuer des missions secrètes en parallèle. S'ils ne réussissent pas à trouver le connard de frère de Lana, personne ne le peut.

J'emprunte le sac de Lana pour trouver son permis de conduire, que je prends en photo et envoie à Rafe. Lana dort toujours, sa respiration est régulière. Elle ne se réveillera sans doute pas avant un moment, mais elle aura faim à son réveil. Je dois m'approvisionner. Heureusement, l'épicerie de Bad Bear ouvre dès le lever du jour.

Matthias me rappelle pendant que je marche en direction de la ville.

« Comment va la patiente ? » Bien qu'il soit de bonne heure, mon frère semble bien réveillé. Comme moi, il est matinal.

« Elle se remet.

— Elle se souvient de quelque chose ?

— Je ne sais pas.

— J'ai envoyé un message à la sangsue de Las Cruces. Il se tient prêt. »

Je montre les dents. C'est le vampire qui a effacé la mémoire de Tiffany. Si je me souviens bien, il aimait le côté ironique d'habiter dans une ville nommée *Les Croix*. Les sangsues ont un humour bizarre.

« Plus vite ce sera fait, moins on aura besoin d'effacer de

souvenirs », continue Matthias. Il a l'air si pragmatique que j'ai envie de le frapper.

Envisager d'effacer la mémoire de la belle femme dans mon lit me rend malade. Et si ça la changeait ? Et si sa façon de penser ou sa personnalité solaire étaient altérées ? Elle pourrait devenir une personne différente. Sa vie pourrait être gâchée.

Et, égoïstement, je n'ai pas envie qu'elle m'oublie.

Mais l'alternative est pire. « Si on ne fait rien, on a une chance qu'elle oublie ce qu'elle a vu pour de bon ?

— Le sérum que je lui ai administré est puissant. Tôt ou tard, elle se souviendra de tout. »

Merde.

Matthias laisse le silence se prolonger. Quand il est clair que je ne dirai rien, il demande : « Tu veux que je le fasse ? Après mes patients aujourd'hui, je pourrais passer la chercher et l'emmener. »

Je soupire, obligeant l'image de Lana, paisiblement endormie dans mon lit, à sortir de ma tête. Je l'ai tenue dans mes bras pendant une nuit, et celle-ci devra suffire. « Non. Quand le moment sera venu d'effacer ses souvenirs, je m'en chargerai. »

* * *

*Lana*

Une nouvelle fois, les rideaux mignons m'accueillent dès que j'ouvre les yeux. Les ours dansent dans la brise et laissent entrer la puissante lumière du matin. J'ai l'impression qu'un bulldozer m'est passé dessus, mais d'une bonne manière. Je n'ai plus de douleur lancinante sous le crâne, et je suis dans les vapes, comme si j'avais passé la plus grande partie de la nuit profondément endormie.

Je suis seule, mais un creux de la taille d'un montagnard est imprimé à côté de moi dans le lit. La preuve que Teddy a passé toute la nuit auprès de moi. Il a dû se réveiller tôt et me laisser dormir.

« Teddy ? » Je me lève en bâillant. Je porte toujours son boxer et son T-shirt, mais mes vêtements propres sont apparus comme par magie au pied du lit. Il fait frais, ce matin ; j'enfile mon pantalon rose. Je troque le T-shirt pour ma brassière et emprunte une chemise à carreaux pour me couvrir les bras. Je dois rouler les manches trop grandes sur mes poignets, mais je ne peux pas la boutonner sur ma poitrine. Si je reste encore ici un moment, j'aurai besoin de vêtements.

Et encore combien de temps resterai-je ici ? Hier, j'étais dans le cirage, mais je devrais m'occuper de retrouver Bentley et quitter cette montagne. Laisser Teddy tranquille. Au minimum, je dois réparer et charger mon portable.

Le chalet est vide. Aucun signe de Teddy dans la cuisine ni le salon. Au moins, il n'y a pas d'ours. Je ne suis pas sûre d'être d'attaque pour chasser un ours avant d'avoir bu un café. Ou dans cette vie.

Je sors du chalet. À part la piste d'atterrissage d'un hélicoptère dans le pré, l'herbe et les fleurs sauvages sont aussi belles que sur une carte postale. Si mon portable n'était pas aussi fissuré que ma tête, je prendrais une photo.

Mince, il m'est arrivé plein de choses, ces vingt-quatre dernières heures. J'ai gravi une montagne, je me suis cogné la tête, j'ai perdu mon frère, j'ai été secourue par un montagnard sexy et j'ai dormi dans son chalet... il s'est passé trop d'événements pour en dresser la liste. Câliner Teddy était le meilleur moment. Ma blessure à la tête, et oublier comment elle a eu lieu, le pire. Voir des ours, y compris celui qui fouillait dans le réfrigérateur de Teddy, se trouve quelque part entre les deux.

Je m'inquiète aussi pour mon frère. Si, au fond, je ne pensais pas qu'il m'a abandonnée et est tout simplement reparti sans moi, j'essaierais de le chercher plus activement. Je lui laisserai le bénéfice du doute ; il est peut-être parti avant que je me blesse.

Hmmm.

Toutes ces pensées sont sombres. C'est une belle journée. Je me trouve dans un champ rempli de fleurs joyeuses. J'ai passé la nuit dans les bras d'un montagnard. Pour le moment, je peux faire comme si j'étais en vacances. Je m'occuperai du reste plus tard.

J'avance dans la prairie en me protégeant les yeux du soleil. Je pourrais tenter de reproduire une scène de *La Mélodie du bonheur* en me mettant à tourner sur moi-même, mais ce ne serait peut-être pas bon pour ma tête. Je me contente de marcher tranquillement à travers l'herbe et suis un sentier menant vers la ligne d'arbres. Au-delà du bosquet de sapins, je découvre une rangée de boîtes en bois. Encore quelques pas, et j'entends un bourdonnement. Des abeilles. Les boîtes sont des ruches.

Une silhouette sombre se déplace entre elles. Alors que je suis sur le point d'appeler Teddy tout en me protégeant les yeux, elle s'approche à pas lourds.

Il s'agit d'un ours. Le plus gros que j'aie jamais vu. Sa fourrure est mouchetée d'ombres, mais ses pattes sont clairement définies tandis qu'il soulève le couvercle d'une ruche et le place, couvert d'abeilles, sur une autre. Les abeilles volent autour de la tête de l'ours. Certaines se posent sur sa fourrure, mais elles ne paraissent pas énervées. Les mouvements de l'ours sont lents et calmes alors qu'il se déplace entre les ruches.

Je me frotte les yeux. Est-ce réel ? Je suis figée dans la futaie, incapable d'avancer, réticente à courir, de peur d'attirer l'attention de l'ours.

Mais il me voit quand même. Il se dresse sur ses pattes arrière. Il est toujours dans l'ombre, ce qui m'empêche de déterminer s'il est brun, noir, ou s'il s'agit d'un pizzly. Non que sa couleur importe. S'il veut me dévorer, de toute manière, je suis morte.

L'ours et moi nous regardons un long moment pendant que les abeilles bourdonnent entre nous.

Il lève son immense patte, puis tombe à quatre pattes et s'éloigne à pas lourds dans la forêt.

Je m'appuie contre un tronc. Teddy a raison. J'ai dû me cogner la tête plus fort que je ne le croyais.

Teddy arrive en courant de derrière le chalet. « Lana !

— Teddy », dis-je faiblement.

Il me porte pour me raccompagner dans le chalet. « Tu ne peux pas rester dehors, c'est trop dangereux.

— Je sais. » Je m'accroche à son cou. La sensation de sa barbe qui m'irrite le front me semble naturelle.

Une fois à l'intérieur du chalet, je me remets de mon choc. « Je viens de voir un ours qui essayait de récolter du miel dans les ruches, là-bas. Tu aurais dû voir ça, Teddy. Il ne se comportait pas comme les autres. Je n'ai pas vu la couleur de sa fourrure, mais il était immense. C'était forcément un pizzly.

— Tu vas bien ? grogne-t-il en me posant sur le canapé.

— Je ne suis pas blessée. » Il me palpe, mais je lui prends les mains. « C'est incroyable. Je n'arrive pas à croire que personne n'ait tourné un documentaire sur cette montagne. »

Il s'écarte. « Pas de caméras. On aime notre tranquillité.

— Je comprends. Mais c'est dommage que personne n'ait fait un seul documentaire. Cette région est un trésor national. Par ici, c'est presque comme si les ours se comportaient comme des personnes. »

Teddy s'est approché de la porte. Il la ferme, puis reste dans l'ombre en se frottant la nuque.

« Tu vas bien ? »

Il ne répond pas. Ai-je dit quelque chose qu'il ne fallait pas ?

C'est marrant, autant être rejetée par Bentley ne me fait ni chaud ni froid, autant l'être par Teddy me dérange. Je rapproche mes genoux de ma poitrine.

Teddy a la tête baissée, mais je sens son agitation. J'ai dû dire quelque chose. Ou faire quelque chose.

« Je ferais sûrement mieux d'y aller. De te laisser tranquille. De rentrer chez moi.

— Non !

— Non ? » Je le regarde, ahurie.

Il revient auprès de moi aussi vite qu'il s'est éloigné. Une fois à mes côtés, il semble ignorer quoi faire. Il finit par prendre la couverture et m'en envelopper. « Tu dois rester et te reposer, dit-il d'un ton doux, qui me détend.

— Je pense que je suis assez reposée. Je devrais au moins m'organiser, aujourd'hui. Tu aurais un téléphone dont je peux me servir ? Un chargeur d'iPhone ?

— Pourquoi ?

— Pour passer quelques coups de fil. Appeler mon entreprise. Et je devrais faire le tour des environs. Au moins, découvrir ce qui est arrivé à Bentley. J'ai l'impression d'être une mauvaise sœur, à me prélasser alors qu'il est peut-être perdu dans la montagne. Ou pire. Et s'il s'était blessé à la tête, lui aussi ?

— Il n'est pas dans la montagne. J'ai demandé à Matthias et mes frères qui font partie des secouristes de passer la montagne au peigne fin. S'il est là, il est bien caché. Il est plus probable qu'il soit parti. J'ai une équipe qui s'occupe de trouver sa trace.

— Une équipe ? Ça a l'air sérieux.

— Désolé, poupée, je ne veux pas t'effrayer. Il n'a sûrement rien.

— Ouais, sans doute. Il est possible qu'on se soit disputés avant que je me cogne la tête. C'est peut-être pour ça qu'il est parti sans moi. »

Teddy ouvre la bouche, puis la referme et me serre la main. « Ouais, peut-être, marmonne-t-il après s'être éclairci la gorge.

— Bentley a toujours été dur avec moi. On dirait que le simple fait que j'existe l'agace au plus haut point. » Je hausse les épaules. Même si j'aimerais qu'il en soit autrement, si je regarde les choses en face, je sais que c'est la vérité. Néanmoins, je peux faire contre mauvaise fortune bon cœur. « Bon, je peux tout de même me rendre en ville et trouver comment charger mon portable. Ou le réparer. Je ne suis pas en état de partir en randonnée jusqu'au sommet, mais marcher en pente douce jusqu'à un endroit où je pourrai faire du stop... »

Voyant Teddy secouer la tête, je ne termine pas ma phrase.

« Ou alors, je peux t'emprunter une voiture ? Je suis une bonne conductrice.

— Pas de voiture.

— Une moto ? Un tracteur ? Une voiturette de golf avec des roues de 4x4 ?

— Non, dit-il sans cesser de secouer la tête.

— Bon, tant pis. On dirait bien que je vais devoir

marcher. » Je me lève et me dirige tranquillement vers la porte pour vérifier quelque chose.

Je ne me suis éloignée que d'un mètre cinquante lorsque Teddy me soulève et me ramène jusqu'au canapé.

J'enfonce mon index dans son torse. Ses pectoraux sont tellement fermes que mon doigt se plie. « C'est bien ce qui me semblait. Tu ne veux pas que je m'en aille.

— Tu es blessée », gronde-t-il.

Après des années de la cruauté de Bentley et de l'indifférence de mes parents, son inquiétude m'adoucit. Et alimente ma bonne humeur. Dès que je suis blottie dans les bras de ce sublime Viking, mes cellules semblent devenir lumineuses. Comment ai-je été si chanceuse ? Genre, vraiment, que s'est-il passé ?

« Je suis une femme importante. J'ai des choses à faire. Des endroits où je dois être. » Je le repousse en flirtant un peu, partagée entre l'envie d'être productive et celle de rester pour toujours juste là, dans ses bras, mais il ne bouge pas. « Sérieusement, Teddy, combien de temps tu crois pouvoir me garder ici ? » Je lève la tête pour le regarder droit dans les yeux, en me demandant qui est ce doux Viking et où il était toute ma vie.

Une couleur vive brille un instant dans ses iris, puis disparaît. Il doit s'agir d'un jeu de lumière. « Aussi longtemps que j'en ai envie. »

Longtemps. Ouais, ça me va. Voyons s'il est sincère.

« Ah oui ? C'est ce qu'on va voir. » Sans détacher mon regard du sien, je me tourne et appuie *accidentellement* mes fesses contre son bas-ventre, puis je me tortille jusqu'à ce qu'il me saisisse les hanches en grondant.

« Lana..., m'avertit-il.

— Viking », dis-je sur le même ton. Mon entrejambe se

contracte si fort que Teddy doit sentir mon corps réagir. Je me mords la lèvre en espérant que ce soit le cas.

Il m'allonge sur le canapé et se penche au-dessus de moi, la main près de ma tête. « Tu ne pars pas. Je suis sérieux.

— Tu ne peux pas me retenir, dis-je en un murmure, ravie par ce nouveau jeu.

— Essaie, pour voir. » Il s'appuie sur moi, pas de tout son poids, mais assez pour me plaquer contre le canapé et me laisser sentir son érection. Celle-ci m'évoque l'aiguille d'un compas géant, pointant vers le nord véritable. La sensation est paradisiaque.

« Je m'enfuirai quand tu ne feras pas attention. »

Il frotte le nez contre mon visage. Sa barbe griffe délicieusement ma joue lisse. « Je t'attacherai à mon lit. »

Mon bas-ventre se contracte de nouveau. « Ça pourrait me plaire, dis-je d'une voix étranglée.

— Ah oui, poupée ? Alors, je vais peut-être devoir trouver d'autres façons de te punir. »

*OMG*. « C'est promis ? »

Il penche la tête et m'embrasse. De la chaleur se déploie entre nous. Sa main glisse sous ma cuisse et me masse, me promet de me toucher d'autres manières. Je l'attire contre moi. Je veux sentir tout son poids sur moi. Ça laissera peut-être un creux permanent dans le canapé, mais ça en vaudra la peine.

Dans un état second, alors que je m'accroche à Teddy pour frotter le bas de mon corps contre le sien, mon ventre gargouille.

Il s'écarte et me regarde en fronçant les sourcils.

« Ne fais pas attention ? S'il te plaît ? » Mais mon ventre grogne de nouveau.

Il dépose un dernier petit baiser sur mes lèvres et se

lève. Je gémis en tendant les bras vers lui, mais il m'attrape les mains et m'embrasse les paumes. « Je ne peux pas. Je dois te nourrir. Le petit déjeuner d'abord.

— Le petit déjeuner ?

— Ouais, je me suis réveillé tôt pour aller faire des courses.

— Alors, c'est ce que tu faisais. Je te cherchais.

— Je suis désolé, poupée. Je ne pensais pas que tu te réveillerais avant mon retour. » Il me tapote doucement le nez avant de partir vers la cuisine, où de nouveaux sacs sont apparus. Des provisions. Les provisions qu'il a achetées. Pour moi ? « Je laisserai un mot, la prochaine fois. »

*La prochaine fois ?* Je m'enlace la taille et détourne la tête pour dissimuler mon sourire.

Teddy se déplace à pas feutrés dans la cuisine. Il sort des œufs et du lait, puis un énorme gril en fonte qui occupe la moitié de la cuisinière.

Je m'approche, charmée par le spectacle d'un Viking musclé occupé à des tâches domestiques. « Je peux t'aider ?

— Non, je gère. »

Je m'approche de la porte et reste sur le perron. Je ne suis pas très rapide, mais si je me montre silencieuse, je pourrai peut-être m'échapper discrètement...

C'est un test. Je n'ai pas vraiment envie de partir, mais je suis curieuse de voir si mon Viking mettra ses menaces de me garder ici à exécution.

Je pose le pied sur une planche grinçante.

« N'y pense même pas », dit Teddy sans lever la tête.

Je me retourne, les mains sur les hanches. « Alors, c'est comme ça ? Je suis ta prisonnière, c'est ça ?

— Ouais », dit-il avec un sourire en coin. Il s'amuse beaucoup trop.

Je plisse les yeux. Il ne veut pas que je m'en aille, mais

ne me dit pas pourquoi. Hier soir, j'étais déçue qu'il ne tente rien.

Mais je dois admettre qu'avec mon crâne douloureux, ça ne se serait probablement pas bien passé.

« Assieds-toi », m'ordonne-t-il. J'obéis et retourne m'installer sur le canapé. Même si j'avais réussi à sortir du chalet, Teddy est incroyablement rapide. Il m'aurait attrapée avant que j'aie traversé le pré.

« Je te prépare des pancakes. Tu aimes ça ? demande-t-il en s'affairant dans la cuisine.

— Tout le monde aime les pancakes. »

Il sort des emballages en papier brun retenus par de la ficelle de boucherie. « Et du bacon. J'ai acheté deux kilos de bacon.

— Ça fait beaucoup de bacon.

— Tout le monde aime le bacon. »

Je touche le bandage sur ma tête. « Mais je devrais quand même préparer mon départ. Au moins trouver où faire réparer mon smartphone. Ou le charger.

— Non.

— Pourquoi ?

— Parce que le médecin a dit que tu as besoin de repos. »

*Hmmmm.* Il est possible qu'il s'inquiète pour ma blessure à la tête. Ou alors, il me garde ici pour une autre raison. À part l'alchimie torride entre nous.

Ce n'est pas grave. Je deviendrai insupportable jusqu'à ce qu'il me mette dehors. Il est temps de commencer l'opération *Agacer Teddy*. « Enfin, c'est le bon moment pour te dire que je suis végane. »

Teddy lève la tête et cesse de déballer le bacon sur le comptoir. « Sérieux ?

— Oh, oui. Aucune exception.

— Même le bacon ? »

Mon ventre gargouille. Dans une minute, il va commencer à faire frire le bacon, et je serai incapable de résister. « Sauf le bacon. » Je réfléchis à toute vitesse aux ingrédients contenus dans les pancakes, puisque j'ai dit que j'en mangerai. « Et le lait. Et le beurre. Et la levure. » Contient-elle des produits animaux ? « Et un faux-filet, à l'occasion », dis-je par sécurité. Si Teddy prépare des steaks, je ne refuserai pas ma part.

« Donc, ce que tu dis, c'est que tu es une mauvaise végane.

— Tu vois à quel point ce sera agaçant de m'avoir dans les parages ? » J'écarte les bras.

« Tu appelles ça agaçant, moi je trouve ça mignon.

— Mignon ? » Je mets les poings sur les hanches, mais intérieurement, je me pâme.

« Ouais, confirme-t-il sans cesser de préparer le petit déjeuner.

— Eh bien, je trouverai peut-être un moyen d'être une mauvaise invitée. Les ours ne m'arriveront pas à la cheville.

— Continue comme ça, et je te donnerai la fessée avant de t'attacher au lit », dit-il en me pointant avec la spatule.

Tout l'oxygène s'échappe de la pièce. J'inspire en sifflant et finis par trouver assez d'air pour demander en un couinement : « C'est une promesse ?

— Tu peux en être sûre, poupée. » Le regard qu'il me décoche à travers la pièce me donne la chair de poule. Toute l'eau contenue dans mon corps se concentre entre mes jambes pour mouiller ma culotte.

Je m'écroule sur le canapé et approche un coussin de mon visage. Je me cacherai jusqu'à ce que je retrouve mes moyens.

Dans la cuisine, Teddy sourit. Il s'imagine avoir gagné.

Apparemment, être une invitée agaçante ne fonctionnera pas.

Mince, suis-je réellement retenue en otage par un mec séduisant ? Va-t-il me séduire avec sa gentillesse avant que je me réveille attachée au lit et qu'il me fasse le coup de Kathy Bates dans *Misery* ? Si ce beau gosse a l'intention de flirter pour me prendre en otage, me tuer et me manger ensuite, je vais être vraiment furax.

Avec un peu de chance, il est simplement autoritaire et inquiet ?

Je me mordille la lèvre en réfléchissant à la situation. J'ai l'impression que je n'ai rien à craindre de Teddy. En fait, je me sens totalement en sécurité en sa présence.

Je peux peut-être attendre encore un jour. Je me reposerai et reprendrai des forces, puis je ferai fonctionner mon portable et je trouverai Bentley.

Après tout, avoir une autre occasion de me retrouver dans un lit avec mon Viking sexy ne me dérangerait pas. Ma libido est d'accord avec ce plan. Après le petit déjeuner, l'opération *Sauter sur Teddy* commencera officiellement.

# Chapitre cinq

*eddy*

Je me retourne en entendant toquer à la porte, mais ce n'est que Matthias.

Mon frère entre en baissant la tête pour ne pas toucher le plafond bas. « Bonjour. Je vois que la patiente se sent mieux.

— Bonjour », dit Lana en le saluant d'un petit geste de la main.

Je me retrouve tout à coup entre eux.

Derrière moi, elle pousse un petit cri. « Ouf, Teddy, tu te déplaces tellement vite ! »

Matthias fronce les sourcils.

J'ai recommencé. Je perds le contrôle devant une humaine. Que se passe-t-il ?

« Teddy ? » Lorsque mon frère veut me contourner, un grondement involontaire reste bloqué dans ma gorge.

*À moi,* dit mon ours. *Compagne.*

Merde.

* * *

*Lana*

Teddy a commencé une espèce de concours de regards avec l'homme de grande taille qui vient d'entrer. Rasé de près, l'inconnu est vêtu d'un pantalon et d'une chemise. Avec sa grosse sacoche en cuir noir, il a l'air d'un missionnaire faisant du porte-à-porte.

« Teddy ? » Je ne suis pas rassurée. Je n'aime pas les médecins, et je me sens nerveuse après l'incident avec l'ours dans la cuisine. Je préfère garder mon Viking près de moi. Quand je tends la main vers lui, il s'approche et s'assied à côté de moi sur le canapé.

« Tout va bien, dit-il. Lana, c'est le médecin. »

L'homme me regarde à travers ses lunettes rondes, qui lui donnent un air sage. « Lana ? Je m'appelle Matthias, dit-il d'une voix grave. Je t'ai examinée hier.

— Merci », dis-je à voix basse. Ma tête palpite douloureusement. Je me colle contre Teddy.

Le médecin suit mes moindres mouvements du regard. « Tu te sens bien ?

— Elle a mal à la tête », grommelle Teddy. Il me prend sur ses genoux. « Tout va bien, poupée. »

J'adore qu'il m'appelle ainsi. Je me sens réchauffée de l'intérieur et aussi molle qu'un cookie aux pépites de chocolat tout juste sorti du four.

Je me blottis dans la chaleur de Teddy et offre un sourire courageux à Matthias. « Je vais bien. Je ne suis pas la plus grande fan des médecins, c'est tout.

— C'est compréhensible, dit Matthias en posant sa sacoche sur la table basse en sapin. Moi non plus, je n'aime pas beaucoup aller chez le médecin.

— Oh. » Je détache mon regard du visage bronzé de

Teddy pour regarder Matthias. Sa peau est légèrement plus sombre que la mienne.

« Nous sommes adoptés, dit-il.

— Ah, oui. Vous êtes six en tout, c'est ça ?

— Sept ou huit », répond Teddy en haussant les épaules.

Je tourne la tête pour regarder ses yeux gris. « Sept ou huit ? Tu n'es pas sûr ?

— On est tellement que je perds le fil. Les triplés sont identiques. Ça complique les choses. »

Je suis bouche bée.

« Je plaisante, Lana.

— Ah », dis-je entre mes dents. Je regarde Matthias d'un air suppliant et surprends son sourire avant qu'il ne le dissimule.

« Teddy, ce n'est pas gentil de raconter n'importe quoi à quelqu'un qui a été blessé à la tête, le réprimande-t-il.

— Ouais, *Teddy.* » Je me tortille sur ses genoux pour trouver une position confortable. Il me serre dans ses bras et m'immobilise de ses gros biceps. J'en palpe un pour en vérifier la fermeté. Comme je le pensais, même au repos, ses muscles restent durs.

Quand je lève la tête, Teddy et le médecin me regardent sans ciller.

« Je vérifiais quelque chose. Hum, continuez.

— J'aimerais t'examiner la tête, dit Matthias en s'asseyant sur la table basse devant moi. Rassure-toi, rien de trop invasif. Hier, j'ai nettoyé la coupure et examiné tes pupilles pendant que tu étais inconsciente. J'aimerais vérifier que tu n'as pas d'hématome. Si tout va bien, ça ne sera pas douloureux.

— D'accord. » Je me tiens immobile.

Matthias me palpe la tête et me demande si j'ai mal en me voyant grimacer. Il me braque une lampe dans les yeux, puis annonce que mes pupilles se dilatent normalement. « Pas de signe d'hémorragie interne. Et ta coupure à la tête cicatrise bien.

— Tant mieux. » J'ai recommencé à me trémousser. On dirait qu'une bûche se trouve dans le pantalon de Teddy et... *oh*. Je cesse de me frotter contre son sexe. Teddy s'installe dans le fond du canapé en m'entraînant avec lui. Il me tient dans le creux de son bras musclé.

« Je pense que tu n'en garderas aucune séquelle, dit Matthias. Avec du repos. Pas d'agitation excessive aujourd'hui, et aucune activité éprouvante pendant un moment.

— Donc, pas de randonnée ? » Je me montre effrontée.

« Pas aujourd'hui. »

Mince. Je devrais réfléchir à la suite. Mon smartphone est cassé. Je dois le faire réparer et contacter mes employés, pourtant je n'ai qu'une envie : me blottir contre Teddy. L'idée de rester me reposer ici a quelque chose de si réconfortant... Et maintenant que Matthias m'a donné une excuse pour le faire, je suis heureuse de saisir l'occasion.

« Il y a un endroit où je peux passer la nuit ?

— Ici. Tu restes ici, gronde Teddy si fort que je sursaute.

— Tu peux rester quelques jours ? demande Matthias.

— Oui, j'imagine. » J'ai pris une semaine de congés. Je n'avais pas prévu de rester injoignable même par e-mail pendant une semaine, mais ça me fera peut-être du bien. Je pourrai réfléchir à d'autres idées pour la collection limitée de pyjamas et de nuisettes inspirée par Bad Bear. Si mon équipe ne peut pas faire tourner l'entreprise en mon absence, quel intérêt d'être PDG ?

« Alors, c'est entendu. Tu resteras ici », dit Teddy en me serrant le genou.

Matthias se retourne pour refermer sa sacoche de médecin, mais la ride sur sa joue m'indique qu'il rit en silence.

« Merci pour la visite, docteur, lui dis-je avant de me tourner vers Teddy. Ça doit être sympa d'avoir un professionnel de la santé dans la famille.

— C'est pratique quand mes frères ont besoin qu'on leur replace un os après une bagarre », grogne-t-il.

Je pousse un petit cri.

« Il plaisante », m'assure Matthias. Mais Teddy a l'air sérieux.

« J'ai toujours eu envie d'avoir des frères, dis-je. Ou des sœurs. Avec mon frère par alliance, on ne s'est jamais entendus. J'ai essayé, mais... Je pense que nos parents espéraient qu'on se rapproche... c'est pour ça qu'ils nous ont envoyés ensemble ici.

— Matthias va continuer à chercher ton frère », dit Teddy. Il lui adresse un regard lourd de sens que je ne parviens pas à interpréter.

« Tout à fait. Et on peut prévenir le reste de nos frères, ajoute Matthias après s'être éclairci la gorge.

— Vous habitez tous ici, dans la montagne ?

— La plupart d'entre nous, oui. Mon chalet est plus proche de celui où nous avons grandi, répond-il.

— J'ai appelé Matthias dès que je t'ai emmenée ici. C'est lui qui a retrouvé ton sac à dos. Je lui ai dit qu'il ne pourrait pas le manquer.

— Parce qu'il est rose. Ma couleur préférée se révèle utile. » Je soulève l'une de mes tresses et en tiens la pointe couleur flamant rose devant le nez de Teddy.

Tandis qu'il secoue la tête, je lui chatouille la barbe avec l'extrémité de ma tresse pour voir ce qu'il fera. Il me laisse le chatouiller sous le menton deux secondes avant de me capturer la main et de l'appuyer contre son torse.

Même si je me sens rougir, je me tourne vers Matthias

comme si de rien n'était. « Tu n'aurais pas aussi vu une urne à côté du sac, là-haut ?

— Je l'ai vue, répond-il après avoir jeté un coup d'œil à Teddy. Elle était en morceaux. Je suis désolé, Lana.

— Elle a dû tomber. » Je me frotte le front, et me souviens du pansement. « Elle était vide ? »

Matthias hoche la tête.

« Donc, on a dû arriver au sommet. » J'essaie de me souvenir, et suis récompensée par une vive douleur à la tête. « Aïe. »

Matthias revient de la cuisine avec un verre d'eau, un cachet de paracétamol et un autre sachet de myrtilles surgelées.

Teddy me frotte le dos pendant que j'avale le comprimé. « Doucement, poupée. Tu n'as pas besoin de te préoccuper de ça aujourd'hui. » Il maintient avec douceur le sachet froid contre ma nuque.

Je m'autorise à me détendre contre lui. « Tu as raison. Quel Viking intelligent.

— Viking ? » Matthias étouffe un rire en faisant mine de tousser.

« Tu n'as pas besoin d'être ailleurs ? lâche Teddy.

— Pas vraiment, mais je vais y aller, dit-il en passant sa sacoche sur son épaule. Au fait, Daisy te passe le bonjour. Elle aimerait te parler avant la prochaine réunion publique.

— Daisy ?

— Notre maire, m'explique Matthias. Elle a quatre-vingt-neuf ans, mais en paraît cinquante.

— Une emmerdeuse, marmonne Teddy.

— Hé ! Ce n'est pas gentil. » Je lui tape de nouveau le biceps. Il est si ferme que je recommence.

« Bien dit, Lana », lance Matthias. Il s'éloigne tranquillement vers la porte, que le vent a de nouveau entrouverte. « Euh, Teddy... »

Teddy tire sur mes tresses. Je me venge en lui donnant un petit coup dans les côtes. « Quoi ?

— Viens voir ça. »

Teddy se raidit et tourne la tête vers la porte. Je m'assieds bien droite. Je l'entends, moi aussi : un lointain claquement rythmique de pales d'hélicoptère.

« Reste là, poupée. » Teddy me pose avec précaution sur le canapé, puis il sort du chalet avec Matthias à grandes enjambées.

Trop curieuse pour rester là, je laisse les myrtilles surgelées dans un saladier décoratif sur la table basse et leur emboîte le pas. Quand j'arrive à la porte, une rafale l'ouvre en grand.

Un hélicoptère survole la prairie herbeuse devant le chalet de Teddy. Pendant qu'il se pose, de la poussière se soulève, les branches des sapins se balancent dans tous les sens et les fleurs sauvages s'aplatissent.

Je me couvre les oreilles et m'écarte pour me protéger du vent. Teddy se retourne, me prend dans ses bras et me couvre la tête d'une main protectrice.

Dès que l'hélicoptère s'est posé, un homme de grande taille qui tient une mallette noire saute de l'arrière de l'appareil et salue le pilote de la main. Il avance lentement vers le chalet tandis que l'hélicoptère redécolle et s'envole. Je plisse les yeux pour distinguer le nouveau venu, mais ne le reconnais pas. Avec son costume et ses lunettes noires, on dirait l'un des *Men in Black*.

Ses cheveux blonds, un peu plus longs que ceux de Teddy, sont décoiffés par les bourrasques créées par l'hélicoptère. Sa barbe taillée avec une précision chirurgicale encadre sa mâchoire puissante. « Mon frère », dit-il.

J'étouffe un cri de surprise quand l'homme d'affaires enlève ses lunettes. Si on lui retire le costume et la coupe réalisée en salon de coiffure, et qu'on lui ajoute des vêtements usés et une barbe broussailleuse, il est le portrait craché de Teddy.

Il a posé la mallette et ouvre les bras. « Je t'ai manqué ? »

Collée contre son torse, je sens le grondement de Teddy vibrer à travers moi. Il me décale délicatement sur le côté.

« Teddy... », commence Matthias sur un ton d'avertissement, mais il traverse déjà le pré en direction de son sosie.

Je me place à côté de Matthias. « C'est un des triplés ? » Teddy n'a pas précisé qu'il était l'un des trois, mais j'ai peut-être mal compris.

« Non. C'est le jumeau de Teddy.

— Darius », gronde Teddy. Il s'approche lentement de son jumeau. Les épaules carrées et les bras écartés, il m'évoque un combattant tournant autour de son adversaire.

Son jumeau plie ses lunettes et les range dans sa poche. « Théodore. Comment ça va ?

— Bien. Et ce n'est pas grâce à toi.

— Bonjour, Matthias. Et... Bonjour ? » Un sourire étire les lèvres de Darius lorsqu'il me voit.

Teddy se place entre nous pour me dissimuler à son jumeau. Tandis qu'ils sont face à face, j'ai l'occasion de remarquer d'autres différences entre eux. Teddy a plus de tatouages. Darius semble sortir d'une salle de conférence, Teddy de rentrer d'un rallye moto.

« Qu'est-ce que tu fais ici ? grogne-t-il.

— Je suis venu voir comment ça se passe.

— Mon cul. Rappelle ton pilote et casse-toi.

— Théodore. » Son jumeau se moque d'enrager Teddy. Je me note de ne jamais l'appeler Théodore. Darius continue de le faire, et je ne sais pas s'il est très courageux ou très idiot. « Mon pilote est déjà à mi-chemin de Santa Fe, à l'heure qu'il est. Je pensais que tu pourrais me ramener. Ou est-ce que tu as déjà abandonné ton entreprise de vols en hélicoptère ?

— On fait une pause, dit Teddy en mettant les mains dans les poches.

— Dommage. » Darius sourit. « Je pourrais t'envoyer plein de clients. Peut-être même t'embaucher directement. Si tu me fais bénéficier d'un rabais familial.

— Tu ne bénéficies de rien du tout.

— Dommage, alors que je suis venu résoudre les problèmes de la ville. Tu vas me faire partir avant que j'aie pu présenter ma proposition ? Que dira Daisy ?

— Que tu racontes n'importe quoi. On ne tombe plus dans ton panneau.

— Très bien, dit Darius en reculant. Je m'en irai dès que j'aurai vu M'man.

— M'man ne veut pas te voir.

— Tu en es sûr, mon frère ? Et si tu lui posais la question ?

— On ne peut pas, et tu le sais. C'est ta faute.

— Ma faute ? C'est toi qui es parti. Tu as intégré l'armée et tu n'es plus revenu. On a dû se débrouiller, et devine quoi ? J'ai réussi à m'en sortir.

— Tu es un putain de vendu ! »

Je me plaque la main sur la bouche. Je croyais qu'il y avait des histoires dans ma famille, mais celles de la leur se situent à un tout autre niveau. Teddy est sur le point de péter un câble, et à en juger par le cou rougissant de Darius, lui aussi va perdre son calme dans deux secondes.

« C'est moi qui sauverai cette montagne. Pendant ce

temps, tu te planques ici avec une femme », dit Darius en me montrant du doigt. Cette fois, c'est Matthias qui se place devant moi, une main tendue en arrière pour me faire signe de ne pas approcher.

« Laisse-la en dehors de ça, lâche Teddy. Ne la regarde pas. Je t'interdis même de la sentir. »

Sa façon immédiate de me défendre fait accélérer mon cœur.

Darius n'a pas terminé. « Comment s'appelait la dernière ?

— Ferme-la, murmure Teddy d'une voix douce.

— Oh, c'est vrai, continue-t-il en claquant des doigts. Elle s'appelait Tiffany, c'est ça ? Tu n'as pas retenu ta leçon, à fréquenter des hum... »

Je n'ai pas l'occasion d'en apprendre plus sur Tiffany ; Teddy recule le bras et envoie son poing dans la figure de Darius.

* * *

*Teddy*

Je me bats avec mon jumeau depuis que nous sommes assez grands pour ramper. Mes poings connaissent son visage mieux qu'aucun autre, tout comme les siens connaissent le mien. Mais j'ai appris quelques tours depuis notre dernier combat.

J'ai appris la discipline en intégrant l'armée. Lorsque le colonel Johnson m'a recruté au sein de son équipe spéciale de soldats métamorphes, j'ai appris à piloter un hélicoptère en territoire hostile, à surprendre l'ennemi et à accomplir une mission. J'ai appris toutes sortes de styles de combat. Mais c'est entre les missions, quand mon unité s'ennuyait et que nos animaux avaient besoin de se défouler, que j'ai réellement appris à me battre.

Pendant ce temps, Darius a intégré une école de commerce et s'est réinventé pour devenir un requin sans âme. Combien de fois s'est-il battu contre un métamorphe ? Il passe tout son temps avec des humains détenteurs de masters en gestion.

Sous ce joli costume, Darius a à peu près ma carrure. Ses vêtements sont coupés de façon à lui donner l'air plus mince. Il s'agit d'un bon camouflage. En le sous-estimant lors des premières minutes de notre combat, j'ai durement appris que ses coups de poing restaient puissants.

Nous tournons l'un autour de l'autre, moi pieds nus, lui avec de brillants souliers neufs qui s'éraflent rapidement. Son dernier coup de poing fait toujours palpiter ma joue.

« Tu t'es entraîné, on dirait. Mais ça ne suffira pas pour me battre. Tu passes trop de temps assis sur ton cul dans un bureau. »

Derrière ses poings, Darius a le menton levé. Il a l'air ridicule, tel un boxer victorien sur le point de commencer un duel à mains nues. « Parce que toi, tu t'es maintenu au top de ta forme ? C'était quand, ta dernière mission ? »

Je ne réponds pas.

« Matthias dit que tu deviens un ermite, continue Darius en me tournant autour. Que tu as pris tes distances avec la famille. Quel est l'intérêt que tu vives ici, si tu ne comptes pas nous aider ?

— Nous ? Tu as quitté la montagne. » J'envoie quelques coups pour tester ses défenses, mais le cœur n'y est pas, et Darius le sait. Il n'esquive même pas. C'est l'inconvénient d'affronter mon jumeau. Parfois, il connaît mon esprit mieux que moi-même.

Ou alors, il a prévu de me saouler de paroles jusqu'à ce que mort s'ensuive.

« Qui paie les factures, d'après toi ? fulmine-t-il. Qui a payé les études de médecine de Matthias ? Qui a obtenu une subvention pour installer les nouveaux panneaux solaires que voulait Everest ? Qui remplit la déclaration d'impôts de M'man ? Tu crois que je suis allé en école de commerce pour le plaisir ?

— Ouais. Pour le plaisir et le profit. Tu serais prêt à tout pour l'argent. » J'enchaîne les coups, mais Darius me prend par surprise ; il esquive et se place vivement derrière moi. Tout en se déplaçant, il me donne un coup de poing dans le rein.

Quand nous nous retrouvons de nouveau face à face, ma respiration est laborieuse. « Tu as brisé le cœur de M'man.

— Toi le premier. »

Il n'a pas tort. Ce combat n'est peut-être qu'une façon de me punir. Darius a toujours été partant quand j'avais besoin d'une raclée.

*Qu'il en soit ainsi.* Je m'élance pour recevoir davantage de pénitence, esquive son poing et le plaque au sol. Nous finissons à terre. Il me roue le visage de coups de poing pendant que je tente de lui briser les côtes.

Un grondement fait trembler le sol. Je ne sais pas s'il provient de ma gorge ou la sienne.

« Pas d'animaux, dis-je en grognant. L'humaine.

— Alors, tu ne lui as pas encore dit.

— Personne ne doit être au courant à moins d'extrême nécessité. Tu sais comment c'est. » Je n'ajoute pas qu'il est possible que Lana ait découvert que je suis un métamorphe.

Darius n'a pas besoin d'une raison supplémentaire pour me botter le cul.

Nous sommes à présent l'un en face de l'autre, toujours à terre, soulevant de la poussière. Notre combat s'est mué en un affrontement au sol.

Darius cligne des yeux pour en chasser la poussière. « Ce que je ne comprends pas, c'est que tu aies choisi une autre humaine. Ça n'a pas suffi, avec Tiffany ? »

Même à terre, tandis que je me bats contre mon frère, l'odeur de miel de Lana emplit mes narines. « Elle n'est pas à moi.

— Oh. » Darius se dévisse le cou pour la regarder. « Elle est magnifique. Je lui proposerai peut-être une promenade dans mon hélicoptère, après... »

Avec un hurlement, je me relève en balançant les jambes et ferme les mains autour du cou de mon jumeau. Cette fois, je vais vraiment le tuer.

*Lana*


Un nuage de poussière recouvre Teddy et Darius. Des grondements s'en échappent, mais je n'arrive pas à suivre ce qui se passe. Toute la terre qui s'envole transforme les deux combattants en d'informes ombres monstrueuses qui se tordent au sol.

Je crie à Matthias : « Tu peux les arrêter ?

— Il vaut mieux les laisser régler leurs comptes, répond-il en haussant les épaules.

— Matthias !

— Tu veux que je me fasse tabasser aussi ? »

Un rugissement retentit. Les quelques oiseaux revenus se poser dans les arbres après le départ de l'hélicoptère s'envolent de nouveau.

« Il vaut mieux que tu rentres », dit-il en essayant de m'entraîner vers le chalet. Je fais mine d'obéir, puis lui échappe et me mets à courir.

« Teddy ! À l'aide !

— Lana ? » Une silhouette se relève de la poussière. Entièrement concentré sur moi, Teddy baisse les poings.

J'ai le souffle coupé. Teddy était en train de se battre, et il s'est arrêté. Pour moi.

Malheureusement, Darius n'est pas au courant que Teddy a déclaré un cessez-le-feu. Il le frappe encore quelques fois avant de s'apercevoir qu'il ne réagit plus.

Teddy crache du sang en le foudroyant du regard, puis il le pousse d'un coup d'épaule pour me rejoindre.

« Ça va ? » Il a les mains enflées après avoir roué son frère de coups, mais ses doigts sont délicats lorsqu'il me touche le visage.

« Je crois que je vais m'évanouir », dis-je d'une petite voix. C'est la vérité. Je n'avais jamais vu un combat pareil. Toute la poussière et le pollen qu'ils ont soulevés me donnent du mal à respirer.

« Lana a besoin de calme et de repos, dit Matthias. Ce n'est pas bon pour elle. »

Le joli costume de Darius est sale. Sa chemise bâille, et il lui manque quelques boutons. Mais pour quelqu'un qui vient de se prendre plusieurs coups de poing dans la figure, il a bonne mine. Des ombres violacées commencent à apparaître autour de son œil et sur sa mâchoire, mais à part ces bleus, il paraît indemne.

Du sang s'écoule d'une coupure au-dessus de l'œil de Teddy. « Le spectacle est terminé. » Il me soulève dans ses bras musclés et me porte vers le chalet. Je remue les bras une seconde, puis me blottis contre lui. Il est brûlant. J'enfouis la tête dans son cou et le renifle. Mmm, l'odeur virile de la sueur.

À cet instant, il doit ressembler au héros conquérant qui emporte sa dulcinée. Sa façon de prendre la situation en main m'émoustille.

« Joli combat, mon frère, dit Darius derrière nous.

— Oui, c'est vrai, répond Teddy en s'arrêtant sur le perron. Tu t'es bien débrouillé, pour un mec en costard.

— J'ai trouvé des adversaires pour m'entraîner. Brick Blackthroat, un ami, est propriétaire d'un club de sport privé pour les... combattants comme nous.

— Barre-toi, grogne Teddy par-dessus son épaule en tournant le dos à son frère. Tu n'es plus le bienvenu. » Il ferme la porte du chalet derrière nous. Elle claque, me tirant un petit cri surpris.

« Désolé. » Il me pose sur le canapé. Ses épaules sont crispées, ses muscles tendus comme s'il était sur le point de ressortir pour mettre son frère dans un cercueil. Et je ne peux pas le laisser faire.

Il grogne quand je pose la main sur son torse. Son T-shirt blanc est taché, et pas seulement par de la poussière. Je suis presque sûre que cette trace brun-rouge est du sang.

« Tu es blessé. » Sans réfléchir, je m'agenouille et soulève son T-shirt. Je me fige en me retrouvant face au plus beau torse musclé qu'il m'ait été donné de voir. Il est sale, couvert de poussière, mais magnifique.

« Lana. » Je me rends compte qu'il répète mon prénom depuis un certain temps.

Je pourrais passer une éternité à regarder les bosses et creux parfaits de ses abdos et de son torse, mais un hématome se déploie sur son pectoral droit, et un autre sur son flanc. « Il ne t'a pas loupé. Je peux appeler Matthias...

— Non, grommelle-t-il. Ça ira mieux dans un moment, poupée. » Il s'assied sur la table basse et se passe la main sur le visage.

« Tu as l'air stressé. Viens, je vais te masser les épaules. » J'enfonce mes pouces dans les muscles rigides autour de son cou. « Houlà, oui, tes muscles sont durs comme de la pierre.

— C'est une mauvaise idée. » Son visage est toujours dissimulé derrière sa main.

Mince, il n'a pas envie de flirter. Je recule les mains. « Désolée. Si tu n'es pas intéressé...

— Pas intéressé ? » Avec un regard noir, il me prend la main et la pose sur l'avant de son jean. Son sexe se presse contre ma paume. « Je suis intéressé, poupée, me murmure-t-il à l'oreille. Dans deux secondes, je vais arracher ta jolie tenue rose et découvrir le goût de ta jolie chatte. »

Je laisse échapper un son à mi-chemin entre le cri et le gémissement.

Il se penche au-dessus de moi et enfouit la tête dans le creux de mon cou. Ma colonne vertébrale se détend, et je me sens réchauffée de l'intérieur. L'air parfumé de pin dans le chalet devient trop dense pour respirer.

« Teddy...

— Chhhh. » Il frotte le nez contre ma mâchoire, puis sa joue couverte d'un début de barbe blonde contre la mienne. Son odeur me fait défaillir. Tout à coup, il marmonne : « Et puis merde. » Il tourne la tête et possède sa bouche.

Teddy a un goût de menthe et de miel. Je me cambre contre lui pendant qu'il m'embrasse, en me maintenant d'une main sur ma nuque. Mes seins sont gonflés, mes tétons pointent et menacent de traverser le soutien-gorge renforcé intégré à ma brassière. C'est trop intense. Pas assez. J'ai besoin de plus.

Il baisse ma brassière pour prendre un mamelon dressé dans sa bouche, puis l'autre. Je frotte mon clitoris contre son énorme érection, me soulevant au moment où il avance les hanches. Lorsque nos têtes s'entrechoquent, la douleur me fait gémir.

Et mince !

Teddy s'écarte et baisse son T-shirt. « Merde, Lana. Tu es blessée.

— Moi ? Je vais bien. Et toi ? Il t'a frappé plusieurs fois. » Sa coupure ne saigne plus, mais le bleu est toujours là. Il a beau le couvrir d'un T-shirt, je ne l'oublierai pas. « Tu as besoin que Matthias t'examine ?

— Non. Il me faut une minute, c'est tout. Je vais me rincer. » Il se lève brusquement et disparaît dans la chambre.

Je me mords la lèvre. J'imagine que les montagnards durs à cuire se recousent seuls après un combat.

La porte d'entrée s'ouvre sur Matthias. Sa sacoche est un peu poussiéreuse après l'affrontement devant le chalet, mais il est souriant. « Comment va Teddy ?

— Bien, d'après lui. »

Mon ton dubitatif le fait rire à voix basse. « Tant qu'il n'a pas perdu connaissance et que sa respiration n'est pas sifflante, il s'en remettra. »

Mince. Jusqu'où vont ces frères lorsqu'ils se battent ?

Matthias déchiffre mon expression sans mal. « Ce n'est rien, Lana. Il se passe rarement une journée sans que l'un de mes frères n'en frappe un autre pour une broutille.

— Je vois. Heureusement que tu es médecin.

— Oui. Je vais y aller, suivre Darius pour l'aider à quitter la montagne. Toi, tu dois te reposer. » Il prend le sachet de myrtilles surgelées et me le donne après en avoir essuyé la condensation.

« Oui, docteur. » Je pose le sachet sur ma tête. Le froid me fait grimacer. Derrière la porte fermée, j'entends Teddy se déplacer dans la chambre, aussi j'ajoute en un murmure : « J'en déduis que Darius ne vous rend pas souvent visite ?

— Non, pas à Teddy. Je reste en contact avec lui. Il a effectivement financé mes études de médecine. »

J'aimerais poser tant de questions. « Ça va aller pour lui ? Il a renvoyé son pilote.

— Il y a un héliport non loin. Il y trouvera un moyen de rentrer. Ou un de nos frères le ramènera. Axel a prévu de descendre de la montagne. Tu as déjà rencontré Axel ?

— Je n'ai rencontré que Darius et toi, dis-je en secouant la tête. Je me serais rappelé quelqu'un appelé Axel.

— Je suis sûr que tu rencontreras tout le monde d'ici peu. Teddy est notre grand frère. On l'admire tous. »

J'essaie de faire le tri parmi toutes les accusations que se sont envoyées Teddy et Darius, mais c'est trop compliqué. Je rapproche mes genoux de ma poitrine. « Je ne devrais peut-être pas rester ici. Je pourrais m'en aller. Je gêne.

— Non ! aboie Teddy depuis la chambre.

— Tu ne gênes pas, m'assure Matthias d'un ton apaisant.

— D'accord. » Je peux encore rester ici au moins une nuit. Je pose la tête sur les coussins du canapé. « Mais après toute cette agitation, j'ai besoin de m'allonger.

— Repose-toi », dit Matthias. Il salue Teddy de la tête avant de sortir en refermant la porte du chalet avec douceur.

Teddy s'approche. Il s'est rincé et a passé un T-shirt blanc propre, identique à celui qu'il portait auparavant. La coupure sur son visage cicatrise rapidement. Avant qu'il n'entre dans la chambre, la peau était fendue, mais elle s'est à présent refermée. La tête baissée, il semble examiner ses pieds nus. Il s'est battu sans chaussures contre son frère. Sauvage.

« Je suis désolé que tu aies dû voir ça, marmonne-t-il.

— Oh, non, c'était intéressant. J'ai beaucoup appris. »

Il hausse un sourcil.

« Non, sérieusement, c'était un cours magistral pour apprendre à t'énerver. Première étape, t'appeler par ton prénom », dis-je en levant l'index. Teddy ne rit pas. J'essaie une autre approche. « Ce n'est pas grave. La famille, c'est comme ça, non ? Les frères et sœurs peuvent nous faire sortir de nos gonds mieux que personne. Ils savent exactement comment faire.

— Mais quand même, c'était moche, et je n'avais pas envie que tu voies ça.

— Ce n'est rien. Merci de m'avoir défendue. » Du moins, il me semble qu'il me défendait. J'ai envie d'en savoir plus sur Tiffany et Darius, mais il s'agit de toute évidence de sujets sensibles. « Tu te bats comme ça contre tous tes frères ?

— Tout le temps.

— Même Matthias ? » J'écarquille les yeux.

« Matthias se bat autant que le reste d'entre nous. Mais il est plus malin. Avec lui, le combat est terminé presque au moment où il commence.

— Des jumeaux et des triplés. Mon Dieu. Votre pauvre mère.

— Crois-moi, elle avait les épaules.

— Avait ? » Je déglutis. Teddy a-t-il parlé de sa mère au passé sans que je le remarque ? Est-elle décédée ?

« Elle n'est pas morte. Mais elle... prend un peu de temps pour elle.

— Elle habite près d'ici ?

— On habite tous sur la montagne.

— Tous tes frères et toi ? Ou... presque tous, dis-je en me souvenant de Darius. Tes frères habitent tous dans des chalets mignons comme celui-ci ? Les triplés sont identiques ? Quand est-ce que je pourrai les rencontrer ? »

Il se redresse et fronce les sourcils. « Oui, non, et jamais. »

# Chapitre six

L*ana*

« Tu es sûre que tu te sens mieux ? me demande Teddy en me servant des pancakes tandis que je suis installée sur le canapé.

— Super. Beaucoup mieux. Je ne devrais sans doute pas faire de sport aujourd'hui, mais j'évite d'en faire même quand je ne me suis pas cogné la tête. Une fois, mes seins ont cassé une brassière de sport après seulement trois sauts. »

L'air surpris, Teddy soutient mon regard en une admirable tentative pour ne pas baisser les yeux vers ma poitrine. « Tu te rappelles autre chose à propos d'hier ?

— Non, je ne crois pas. Mais si je me repose, je parie que je me souviendrai de tout très bientôt. J'ai simplement besoin d'un peu de tranquillité.

— D'accord, poupée. De la tranquillité, c'est dans mes cordes. »

Une explosion de bruit ouvre la porte à la volée. Je pousse un cri aigu et me couvre les oreilles, oubliant que je tiens une fourchette. Celle-ci vole à travers la pièce. Teddy se lève si vite que le canapé manque de se renverser et de m'emporter avec lui. Il s'approche lourdement de la porte en criant, mais avec le vacarme, je ne comprends pas ce qu'il dit. J'ignore ce qui produit ce bruit dehors, mais on dirait qu'un million de belettes se font écraser par un orgue. C'est si fort et désagréable que des larmes me montent aux yeux.

Une seconde après que Teddy est sorti du chalet, le bruit cesse, laissant place à un merveilleux silence. J'essuie mes larmes et sors voir ce qui se passe.

Teddy se tient sur le pas de la porte face à trois jeunes hommes aux cheveux en bataille. Le premier et le troisième portent des kilts à carreaux identiques. Le premier est torse nu, révélant un torse pâle et maigrichon. Celui au milieu est vêtu en noir de la tête aux pieds. Derrière l'écran de cheveux devant son visage, j'aperçois ses yeux encadrés d'eyeliner.

Chacun tient une poche en tissu à carreaux dont sortent des tuyaux noirs décorés. Des cornemuses. Voilà qui explique le tapage.

Le jeune homme torse nu repousse ses cheveux pour dégager son visage. Il penche la tête sur le côté et souffle une note discordante dans son instrument. Le son me donne l'impression qu'on m'enfonce des aiguilles dans le crâne.

« Non ! crie Teddy, faisant lâcher l'instrument à l'adolescent.

— Allez, grand frère. Si on ne s'entraîne pas, comment on est censés se faire payer pour jouer ? »

Teddy croise ses gros bras musclés. « Vous croyez que des gens vont se bousculer pour payer pour entendre jouer de la cornemuse ?

— Mais non ! Le plan, c'est de commencer à jouer, et qu'on nous paie pour arrêter. »

Le jeune homme en noir incline la tête, ce qui fait tomber plus de cheveux devant son visage. « Dans ce cas, pourquoi on a besoin de s'entraîner ? Ça ne marchera pas mieux si on est nuls ?

— Ça suffit ! aboie Teddy. Pas d'entraînement aujourd'hui. On ne forme pas de groupe de cornemuse.

— Tant pis, dit l'adolescent torse nu. J'ai plein d'autres idées.

— Hé, ça sent les pancakes ? demande le troisième.

— Non », dit Teddy. Mais je pousse la porte et me place à côté de lui.

« Oui, dis-je. Il y en a plein. Je n'ai pas l'intention de manger deux kilos de bacon.

— Du bacon ? » demande le jeune homme torse nu avec espoir.

Les deux autres me regardent avec insistance. Leur chevelure à hauteur d'épaules leur tombe toujours devant les yeux, mais je distingue assez leurs visages pour voir qu'ils sont identiques.

« OMG ! Vous devez être les triplés.

— Les Trois Terribles », murmure Teddy dans sa barbe. Je lui donne un petit coup dans les côtes.

« Et toi, tu es qui ? demande l'adolescent en noir.

— Je m'appelle Lana. » Je regarde Teddy jusqu'à ce qu'il soupire et fasse les présentations.

« Hutch, Bern et Canyon, dit-il en les montrant tour à tour. Vous pouvez entrer manger des pancakes, mais n'embêtez pas mon invitée. Et pas de cornemuse. » Il décoche un regard noir à Hutch, dont l'instrument vient de laisser échapper un couinement étouffé.

« D'accord. » Bern — celui au style gothique — pose sa cornemuse par terre. Les deux autres l'imitent et suivent

Teddy en file indienne. Canyon, l'adolescent torse nu, m'adresse un clin d'œil.

Une fois dans le chalet, ils prennent part à une routine bien ficelée. Bern et Canyon repoussent leurs cheveux devant leurs yeux assez longtemps pour décrocher du mur une longue planche de sapin et l'installer sur des tréteaux en guise de table. Ils ressortent, puis reviennent avec cinq souches poncées pour les utiliser comme sièges. Affairé devant la cuisinière, Teddy enfourne un plateau de tranches de bacon et confectionne des piles de petits pancakes fins pendant qu'Hutch dresse la table et apporter la nourriture déjà prête.

Assise sur le canapé, je les regarde faire jusqu'à ce que Canyon m'invite à venir m'asseoir à table. Il pose mon assiette à une extrémité de la planche, et remplace ma fourchette tombée par terre aussi gracieusement qu'un serveur de restaurant. Le chalet paraît bien plus petit avec trois autres personnes à l'intérieur, même s'il s'agit d'adolescents maigrichons qui se déplacent avec des mouvements synchronisés pour préparer le petit déjeuner. Mais à en juger par la quantité de pancakes qu'ils ingurgitent, ils ne tarderont pas à s'étoffer.

Canyon, le triplé torse nu à l'air dragueur, rapproche sa souche de la mienne. « Alors, Lana, comment tu as rencontré Teddy ? »

Je lui souris aimablement, tentant de donner au jeune homme l'impression d'être une mère ou d'une grande sœur, pour qu'il ne s'imagine pas que je flirte avec lui. « On vient de se rencontrer. Je suis tombée et je me suis cogné la tête pendant que je randonnais. Il m'a secourue.

— Elle a dormi ici, dit Teddy en se penchant pour déposer une pile de pancakes dans mon assiette.

— Et maintenant, il dit que je suis sa prisonnière. » Je lui donne un petit coup dans les côtes lorsqu'il passe à côté de moi. Il tire sur une de mes tresses, puis se redresse et lance un regard sévère à son frère charmeur.

Canyon s'éclaircit la gorge. « Alors, vous vous êtes rencontrés hier ?

— J'ai pensé que quelqu'un qui s'appelle Teddy ne peut pas être un tueur en série, dis-je avec un haussement d'épaules.

— Et Ted Bundy, alors ? » demande Bern en levant la tête.

Je bafouille un instant avant de répondre : « Quelqu'un qui s'appelle Teddy et dont la chambre est décorée de petits ours mignons ne peut pas être un tueur en série. »

Les triplés acquiescent de la tête, comme si l'argument était logique. Teddy lève les yeux au ciel. « Mange, m'ordonne-t-il.

— Oui, chef », dis-je d'un air narquois.

Canyon se tourne vers ses deux frères. « Alors, on laisse tomber le groupe de cornemuse. Nouveau plan. On s'engage dans l'armée.

— Certainement pas ! » Teddy claque la porte du four.

« Tu avais notre âge quand tu as rejoint l'armée », lui fait remarquer Canyon.

Cette information me redonne de l'énergie. Je suis aussi affamée d'informations sur Teddy que de petits pancakes. « Vous avez quel âge ?

— Dix-huit ans », me répond Hutch avec fierté.

Ouf. Ils paraissent si jeunes. Je me tourne vers Teddy : « Tu es entré dans l'armée quand tu avais dix-huit ans ?

— Ouais. J'étais un gamin. M'man a eu le cœur brisé. »

Je déglutis en me souvenant du combat entre Darius et Teddy. *Tu as brisé le cœur de M'man*, a dit Teddy à Darius, qui lui a rétorqué : *Toi le premier.*

« M'man voulait que j'aille à la fac, mais ça ne s'est pas passé comme ça.

— Teddy a fait partie des forces spéciales, m'apprend Canyon. Hutch pense que son commandant pourrait nous recruter. Et qu'on pourrait battre tous les records de Teddy. »

Ce dernier pose brutalement une assiette de bacon au milieu de la table et pointe du doigt les Trois Terribles l'un après l'autre. « Pas d'armée.

— Mais la prime d'embauche...

— Non. On trouvera un autre moyen. »

Je dois avoir l'air perplexe. Canyon se penche et m'explique : « On a besoin d'argent.

— D'argent ? J'adore l'argent. Je peux vous aider. J'ai ma propre entreprise.

— Attends, je te connais, dit Hutch en claquant des doigts. Tu es Lana. Tu es célèbre.

— Quoi ? demande Teddy, sourcils froncés.

— Quoi ? répètent les deux autres Trois Terribles.

— Je t'ai vue sur Insta. Tu es mannequin pour GoddessWear.

— Oui. Au début, je ne pouvais pas payer de mannequins, alors je le faisais moi-même. Il m'arrive encore de participer à une campagne de temps en temps.

— Attends, c'est ton entreprise ? demande Hutch.

— Oui, dis-je en haussant les épaules. Au lieu d'aller à la fac, je l'ai créée. Au lycée, je cousais tous mes vêtements.

— *Des vêtements mignons pour les filles qui ont des formes.* » Je m'illumine en entendant Hutch répéter le slogan de ma marque.

« Exactement ! C'est un modèle de ma nouvelle collection de marche, dis-je en me levant pour montrer mon pantalon léger.

— Très sympa, approuve-t-il en rapprochant sa souche pour l'examiner de plus près. La qualité des coutures est excellente. Il est coupé dans le biais ?

— Absolument ! Tu couds ?

— M'man nous a appris, répond Bern à travers un rideau de cheveux. Hutch est le plus doué.

— C'est moi qui ai fait ces rideaux, dit-il en montrant la chambre de Teddy.

— OMG ! J'adore ces rideaux. Ça m'a donné envie de créer une collection d'hiver avec plein de petits ours mignons.

— OMG ! s'exclame Hutch avec un enthousiasme équivalent au mien.

— Il y a des ours partout, ici. J'en ai déjà vu trois. C'était incroyable.

— Ouais, on a beaucoup d'ours, dit Hutch avec un rire nerveux.

— Vous aussi, vous en voyez souvent ? L'un d'entre eux est entré dans le chalet et il a ouvert le frigo.

— Hum, non, ça ne m'est jamais arrivé. » Il jette de petits coups d'œil dans tous les sens. Les deux autres triplés regardent fixement leurs assiettes.

« J'envisage de réaliser une séance photo ici. De trouver quelques montagnards sexy pour les engager comme mannequins. Qui sait, on réussira peut-être à prendre un ou deux clichés des ours ! »

Un silence glacé s'abat sur la pièce. La pomme d'Adam de Hutch remue. « Je ne suis pas sûr que ce soit une bonne idée...

— Pourquoi pas ?

— Lana, tu vas devoir nous excuser, dit Teddy en se levant de table. Je dois parler à mes frères. À l'extérieur. »

* * *

*Teddy*

Je marche jusqu'à la lisière du pré, au niveau de la ligne d'arbres qui sépare mon chalet des ruches, pendant que mes frères me harcèlent de questions.

« Qu'est-ce qui se passe ? veut savoir Hutch.

— Tu sors avec Lana ? Elle était sérieuse, pour la séance photo ? demande Canyon en contractant ses pectoraux sur son torse gracile. Je pourrais être mannequin.

— Elle sait, pour nous ? » Cette question, posée d'une voix calme, provient de Bern.

Ils se taisent quand je me retourne pour leur faire face. « Pas de mannequinat. Et quant à savoir si elle sait ce que nous sommes... je l'ignore. Elle m'a peut-être vu muter, mais elle s'est cogné la tête et elle a des pertes de mémoire. J'essaie de découvrir ce dont elle se souvient.

— Tu pourrais la séduire, propose Canyon en remuant les sourcils. La pousser à te le dire.

— On ne sort pas ensemble. » *Compagne,* me rappelle mon ours. Je serre les dents. « Elle est vraiment célèbre ?

— Euh, ouais. » Hutch sort son portable. Il tapote sur l'écran, puis me montre l'appareil. Sur la photographie, Lana a les yeux mi-clos et sourit à l'objectif, sa chevelure coiffée en une douce afro. Un bikini jaune caresse ses courbes, et la roseur de ses joues brillantes reproduit subtilement l'émoi d'un orgasme.

*À moi,* gronde mon ours.

« Hé, Teddy, ne le serre pas si fort. Tu vas le casser ! » Hutch essaie de récupérer son smartphone, mais je le tiens hors de sa portée. J'ai du mal à respirer.

« Tu peux la supprimer ?

— Non, c'est sur Instagram. Il y en a plein, tu vois ? » Il fait défiler les images sur l'écran, et ma température corporelle atteint quarante degrés. Sur une autre photographie, Lana est perchée sur une Corvette, vêtue d'un jean et d'un petit haut blanc affriolant qui dénude l'une de ses épaules. Lana en pin-up, les cheveux bouclés et la bouche écarlate, assortie à sa robe rouge moulante. Elle est sublime. Mon sexe palpite dans mon jean. Je suis sans doute un homme parmi un million d'autres qui se masturbent sur cette bombe atomique.

Hutch évite mon regard. Je lui rends son portable. « Si tu as téléchargé des photos d'elle, efface-les. Tout de suite.

— Donc, tu couches bien avec elle, dit Canyon. Ou tu en as envie.

— Non. C'est... compliqué. »

Bern penche la tête, ce qui fait tomber ses cheveux devant ses yeux. « Donc, c'est la même histoire qu'avec Tiffany.

— Non, dis-je en un grondement. Ça ne se passera pas comme ça.

— Tu vas parler de nous à Lana ? De ce qu'on est ? demande Hutch.

— Elle le sait peut-être déjà. Elle a vu Everest s'occuper des abeilles. Et hier, elle a vu Axel fouiller dans mon congélateur.

— Ah, oui, il nous a raconté. Il nous a dit qu'il venait juste chercher sa saucisse de biche, explique Canyon.

— Il a un frigo chez lui. Je ne sais pas pourquoi il remplit le mien.

— Pour la même raison qu'on a mis les poules près de chez toi. Et qu'Everest garde les ruches par ici. On garde un œil sur toi, dit Hutch. Pour M'man. Elle s'inquiète.

— M'man dort ! » Je lève les bras.

« Eh bien, si elle n'hibernait pas, elle s'inquièterait. Matthias dit qu'on a raison de passer te voir.

— Matthias ne sait pas ce qui est le mieux pour tout le monde, dis-je, excédé. Nouvelle règle. Personne ne vient ici, sauf sous forme humaine. Prévenez Axel et Everest.

— Mais Everest doit venir voir les abeilles, dit Hutch. Tu sais qu'il préfère être sous sa forme d'ours. D'après lui, elles ne le piquent pas autant.

— Dis-lui de porter la tenue d'apiculteur.

— Il la déteste.

— Très bien. Je m'en chargerai », dis-je en me pinçant l'arête du nez.

Canyon s'approche. « Qu'est-ce que tu vas faire, pour Lana ? »

*L'attacher au lit et la revendiquer,* propose mon ours. « Je ne sais pas encore.

— Tu ne vas pas lui effacer la mémoire, hein ? » Il me regarde avec colère.

*Non !* Mon ours crie si fort que je suis surpris que personne ne l'entende. « Si elle sait ce que nous sommes, c'est ce que je devrai faire.

— Mais ce n'est pas juste. » Hutch se place à côté de Canyon. Un mur de trois frères maigrichons m'empêche à présent de rentrer dans le chalet. « Elle ne le dirait à personne.

— Tu ne peux pas en être sûr.

— Elle ne dira rien. Tu peux lui faire confiance. Ce n'est pas Tiffany », dit Bern. Je me tourne vers lui, prêt à le frapper.

Trois visages identiques me foudroient du regard.

Je maîtrise ma colère. Il s'agit de mes petits frères, et leurs remarques partent d'une bonne intention. « Écoutez, je suis obligé d'effacer ses souvenirs. Elle m'a peut-être vu muter. Elle s'est cogné la tête et elle ne se rappelle pas. »

Les Trois Terribles semblent découragés. « Quand est-ce que tu le feras ? demande Canyon.

— Bientôt. J'attends d'être sûr que sa blessure à la tête est guérie, pour que ça ne la perturbe pas plus que ça ne le fera déjà. » Je me raconte des histoires. Effacer des souvenirs affecte n'importe quel humain. Je ne peux qu'espérer que ça ne l'altérera pas trop.

Bern secoue la tête. Hutch me regarde comme si j'avais mangé son hamster.

« C'est mal, dit Canyon, les poings serrés. Tu ne pourrais pas...

— Il n'y a pas d'autre solution. » Je dois éliminer cette idée. Tout de suite. « On ne peut pas faire confiance aux humains. Vous le savez. Et la famille passe avant tout, dis-je en dépassant mes frères pour me diriger vers le chalet. Je dirai au revoir à Lana de votre part. »

# Chapitre sept

Teddy

Quand je rentre dans le chalet, j'entends l'eau couler dans la douche. Je débarrasse la table et range la cuisine.

C'est maintenant ou jamais. Je devrais appeler Matthias et lui demander de faire venir une voiture pour emmener Lana voir la sangsue la plus proche. Si elle proteste ou se débat, il faudra lui administrer un sédatif. C'est ce que nous avons dû faire avec Tiffany.

L'idée de traiter Lana de cette façon me retourne les tripes. Mais je ne peux pas prendre le risque de la laisser quitter cette montagne sans être sûr qu'elle ignore notre secret, et je ne peux pas la garder ici éternellement.

Ensuite, il y a la question de son frère par alliance. Quand Rafe l'aura trouvé, je devrai déterminer s'il représente encore une menace pour Lana.

S'il en est une, il ne le sera pas longtemps. Je le tuerai.

« Teddy ? » Lana m'appelle depuis la salle de bains. À l'aide de ma vitesse métamorphe, je traverse la pièce au pas de course pour la rejoindre.

Je pile net dans la chambre à la dernière seconde. Merde, pas encore. Je n'arrête pas de commettre des erreurs. C'est comme si mon ours souhaitait que Lana sache ce que je suis vraiment.

La porte de la salle de bains est entrouverte, mais je toque tout de même contre le bois. « Qu'y a-t-il ? Tout va bien ? Tu t'es fait mal ?

— Non, tout va bien. Entre. » Elle m'accueille avec un sourire qui me fait l'effet d'un coup de poing dans le ventre. Elle est si belle. Si solaire. Je la connais depuis moins d'un jour, et je ne peux déjà plus imaginer qu'elle ne soit pas dans ma vie.

« Regarde ça », dit-elle en me montrant son front. Elle a enlevé le pansement. En dessous, la peau douce est lisse, sans une seule marque.

Le sérum que Matthias lui a administré a trop bien fonctionné. Je vais devoir effacer ses souvenirs.

« La coupure a complètement disparu ! Tu ne trouves pas ça bizarre et super ?

— Si », dis-je entre mes dents. Je m'appuie contre la porte.

« Il n'y a même pas de cicatrice. » Elle se penche vers le miroir pour examiner sa tête sous divers angles. « Et ma tête aussi va beaucoup mieux. En fait, ça faisait longtemps que je ne m'étais pas sentie aussi bien. Sûrement grâce au grand air de la montagne.

— Sans doute. »

Lorsqu'elle se retourne et me regarde, les yeux mi-clos, je prends conscience de deux choses. La première est qu'elle ne porte qu'une serviette. La seconde est que sa façon de se mordiller la lèvre me donne envie de la mordre.

« Teddy ? Tu as entendu ?

— Hmm ?

— Je dis que j'ai besoin de faire réparer mon téléphone. De contacter mon entreprise, de consulter mon Instagram. La dernière fois que je suis restée déconnectée des réseaux si longtemps, c'est l'été où ma nourrice m'a confisqué mon portable à cause de mes mauvaises notes en français. »

Non. Je ne peux pas la laisser obtenir un smartphone en état de marche. Je ne peux pas la laisser partir. « Tu ne m'avais pas dit que tu as ton entreprise, dis-je pour gagner du temps.

— L'occasion ne s'est pas présentée. C'est sympa d'être complètement déconnectée comme ça. » Elle repousse ses tresses, révélant ses épaules. La serviette glisse, et je distingue la courbe douce de son sein.

Je m'approche. J'ai besoin d'être près d'elle. « Alors, c'est vrai. Tu es célèbre.

— Un peu. » Elle hausse les épaules.

Merde. Encore plus de raisons d'effacer ses souvenirs. En un coup de fil, elle pourrait se retrouver devant des caméras pour parler au monde des métamorphes.

*Elle n'est pas Tiffany.*

« Teddy ? Ça va ?

— Oui, poupée, ça va », dis-je d'une voix rauque. Je remets une tresse de travers en place. Son odeur de miel emplit la pièce.

« J'ai adoré rencontrer les triplés. Mais ils ont l'air si jeunes...

— Ouais. Ils ont été un peu couvés. Ils ont été scolarisés à domicile et ne sont pas allés à l'école. S'ils paraissent un peu immatures, c'est pour ça.

— Je les trouve gentils, dit-elle en s'appuyant contre moi de manière presque inconsciente. Tu as été génial. Tu m'as secourue, tu as pris soin de moi. Je suis vraiment reconnaissante. Mais je n'ai plus besoin de repos. C'était marrant d'être ta prisonnière, mais je n'ai vraiment aucune raison de rester. » Elle mordille sa lèvre charnue. « Sauf... si tu m'en donnes une. »

Je joue avec l'une de ses tresses.

Elle referme sa main sur la mienne. « Donc, c'est entendu ? Il vaut mieux que je m'en aille ?

— Non. » Je serre le poing autour de ses tresses pour lui faire lever doucement la tête.

« Teddy ? » Lorsqu'elle entrouvre la bouche, je ne peux plus le supporter. Je baisse la tête et l'embrasse.

*Lana*

Teddy se penche vers moi, le poing serré autour de mes tresses. Sa bouche se plaque sur la mienne, autoritaire, avide.

« Tu ne t'en vas pas », gronde-t-il. Le son vibre à travers moi et me fait frissonner. Je laisse tomber la serviette.

Il me porte jusqu'au lit, m'allonge et se couche sur moi. « Toute la nuit, je mourais d'envie de faire ça. »

*Waouh !*

Il se redresse entre mes cuisses et pose la main sur mon entrejambe avant de frotter la paume contre mon sexe.

« Ça brûle ici, poupée ? Tu veux que j'arrange les choses avec un baiser ?

— Oui, s'il te plaît. » Je remue déjà les hanches. Dès que son index effleure mon sexe, je me soulève du lit.

« Doucement, murmure-t-il.

— Et toi ? » Je pose la main sur son entrejambe. Un monstre palpitant se cache dans son jean, et j'ai hâte de faire sa connaissance. « Ça m'a l'air dur et douloureux. Je peux lui faire un bisou magique...

— Plus tard. » Ses doigts me caressent. « Je serai doux, chérie. Cette fois.

— Tu n'es pas obligé.

— Ne me tente pas. » Il frotte son nez contre mon ventre, trouve quelques vergetures et les embrasse. J'ai le souffle coupé.

Il continue de descendre le long de mon corps en me léchant et m'embrassant. Sa barbe chatouille ma peau sensible. Quand je me tortille pour lui échapper, il glisse ses grandes mains derrière mes genoux pour m'écarter les cuisses.

« Oui, poupée, souffle-t-il en se délectant de la vue de mon sexe offert. C'est ça que je veux. »

Le premier baiser doux sur mon pubis fait remonter une vague de plaisir à travers mon corps. Je baisse les bras pour poser les mains sur sa tête, mais il me capture les poignets et les plaque contre mes flancs.

« Sois sage, m'ordonne-t-il, sinon je t'attache au lit.

— OMG... » Je halète.

J'essaie d'être sage, mais après encore quelques baisers, je me trémousse trop au goût de Teddy. Il se redresse et me retourne pour m'administrer trois vives tapes sur les fesses. Je gémis et me cambre. Si je ne suis pas bonne pour être sage, je serais bonne pour être vilaine.

« C'est bien, poupée. » Sa barbe me chatouille lorsqu'il m'embrasse chaque fesse. Je me tortille encore, cette fois à dessein, ce qui me vaut une autre série de tapes sexy.

Les ours ne sont pas les seuls à être sauvages sur cette montagne.

« Et toi qui parlais d'être doux. C'est tout ce que tu peux faire ? » J'appuie mon buste contre le lit et lève les fesses. Sa paume me brûle, mais la douleur se métamorphose en autre chose, une chose merveilleuse. Je ressens le choc de sensations directement dans mon entrejambe. « Oui, comme ça. Plus fort.

— Comment c'est possible que tu sois si parfaite pour moi ? » marmonne-t-il. Je fonds de bonheur. « Viens là. »

Il m'attire contre lui et me positionne à quatre pattes, face à la tête de lit, puis il s'allonge et me guide jusqu'à ce que je le chevauche. Je me tiens à la tête de lit pour me soulever pendant que Teddy me saisit par les fesses pour attirer mon sexe vers son visage.

« J'ai besoin de te goûter, gronde-t-il. Laisse-moi faire.

— Je ne sais pas. » Il tente de me tirer vers lui, mais je résiste. « Je vais t'étouffer.

— Je mourrai heureux. »

Je me baisse et laisse mon sexe entrer en contact avec son visage. Il frotte le nez entre mes grandes lèvres. « Tiens-toi à la tête de lit. »

Je m'y accroche de toutes mes forces. Sa langue plonge et tournoie entre les lèvres de mon sexe. J'enfonce mes ongles dans le bois tout en me déhanchant au-dessus de sa bouche. Sa langue touche mon clitoris et me fait frissonner. Je me détache un instant de lui, mais ne peux aller bien loin : il me serre les fesses pour me garder contre lui.

« C'est ça, poupée, dit-il, sa voix étouffée. Viens-là. Laisse-moi te donner ce dont tu as besoin. »

Je laisse la gravité faire son œuvre et m'abandonne à l'attirance inexorable de Teddy en me laissant de nouveau descendre. Sa barbe chatouille la peau tendre de l'intérieur de mes cuisses. Sa langue est partout. Elle se glisse à l'entrée de mon sexe, tourne autour de mon clitoris, lape mon désir comme s'il s'agissait d'ambroisie. Comme s'il ne s'en lassait pas.

Ses lèvres puissantes et sa langue indiscrète associées au doux chatouillement de sa barbe me procurent de violentes ondes de plaisir. « Oh, mon Dieu ! » Je tombe sur le flanc sur le lit. Teddy roule pour me suivre, le visage toujours entre mes cuisses. Il me mordille le sexe, m'embrasse le clitoris, puis s'assied en se léchant les lèvres. Il pose sa grande main entre mes jambes et me pénètre d'un long doigt épais pour me tenir en place. Mon orgasme met une éternité à se terminer.

« Ce n'était que le début, me promet-il en essuyant sa barbe mouillée.

— À mon tour. »

Son grognement semble chagriné. Son regard s'est plus qu'assombri. On dirait presque que ses yeux ont changé de couleur, qu'ils sont passés de gris à un brun doré. « Laisse-moi te pénétrer. » Sa voix est rauque. Il déchire presque son T-shirt en l'enlevant, puis déboutonne son jean. « Tu serais d'accord ? »

*Hum, oui, volontiers.* Je m'éclaircis la gorge et exprime ce que je veux. « Je prends la pilule et je n'ai pas de MST.

— Moi non plus. On peut se protéger si tu veux, mais je n'ai aucune MST.

— Je te fais confiance. »

Ces mots semblent lui faire quelque chose. Son regard s'assombrit encore, et un étrange grondement lui monte dans la gorge.

« On dirait un des ours féroces, dis-je en l'aidant à baisser son jean sur ses hanches.

— Cet ours féroce a besoin de toi. Désespérément, dit-il en se levant pour retirer le jean.

— Moi aussi, j'ai besoin de toi. » C'est la vérité. Sa bouche était incroyable, mais la pénétration a quelque chose de final que je désire. Ce besoin biologique de participer à l'acte qui permet de faire des bébés. Non que nous nous apprêtions à en faire.

Mais l'idée de porter le bébé de Teddy s'enracine tout à coup dans mon esprit et m'attire énormément. Il est si généreux. Il serait un véritable soutien pendant une grossesse. Je parierais gros là-dessus. Soudain, je suis furieusement jalouse de l'hypothétique mère de son enfant.

Il se redresse entre mes cuisses, m'embrasse et me lèche le sexe, puis remonte en traînant sa bouche ouverte sur la courbe de mon ventre. Il prend ensuite un téton brun dressé entre ses lèvres.

Je me cambre et crie pendant qu'il le suce. En réponse, il tire mon mamelon entre ses lèvres. La sensation se répercute directement dans le creux de mes reins.

« J'ai besoin de toi », dis-je de nouveau en tendant les mains vers son sexe. Je serre les doigts autour de son érection. Il grogne tandis qu'elle tressaute et s'allonge dans ma paume. J'adore qu'il grogne. Quel parfait montagnard.

Son sexe est épais et dur, le plus long que j'aie jamais vu, même dans les pornos. « J'ai besoin de te prendre », dit-il. Il se redresse et me laisse le guider vers l'entrée de mon sexe.

« Oui, s'il te plaît.

— Ah, poupée. J'essayais d'être doux. Mais tu me rends fou. » Il plonge en moi d'un coup de reins puissant. La pénétration profonde me tire un cri.

« Oh, mon Dieu ! »

Il se fige, puis écarte les tresses devant mon visage du bout des doigts. « Ça va, poupée ? C'est trop ? »

Je secoue la tête. Mon corps s'habitue déjà à sa taille. « Non, c'est parfait. Continue.

— Merde », marmonne-t-il. Il donne des coups de bassin pour aller et venir en moi.

Je ne suis ni petite ni légère, pourtant il emploie assez de force pour me faire remonter sur le matelas, vers la tête de lit. Il me retient en posant la main sur ma clavicule sans cesser de me limer.

Il est brutal.

Passionné.

Très, très dur.

Et je ne m'en lasse pas. Chaque va-et-vient semble affirmer quelque chose sur moi. Une chose dont j'ignorais manquer.

La sensation d'être désirée.

Jusqu'alors, je ne suis pas sûre d'avoir eu conscience à quel point je ne me sentais pas désirée. Par mes parents, par Bentley. Je n'ai jamais trouvé ma place. Ni dans ma famille, ni dans ma communauté. Pendant mon enfance, personne ne savait quoi faire de moi, une fille fortunée à la peau noire vivant à Los Angeles, la belle-fille d'un réalisateur.

En revanche, Teddy sait quoi faire.

Il sait exactement quoi faire de moi. Avec moi. Pour moi.

Il me pilonne comme si nos vies en dépendaient. Comme si ce moment était aussi significatif et épanouissant pour lui que pour moi.

Je remue les hanches pour venir à sa rencontre et le prendre plus profondément. Quand je contracte mes muscles internes autour de son membre pour lui procurer plus de sensations, il laisse échapper un grondement surnaturel. Un son vraiment étrange qui semble secouer le chalet.

« Oui ! » Je hurle, comme si ce son m'était aussi familier

que mon prénom, alors que je n'avais encore jamais entendu ces notes.

Il gronde de nouveau.

Je lève la main et lui pince le téton. Il devient fou, secoue la tête et me pénètre si fort que mes yeux se révulsent.

À l'instant où il jouit, je lâche prise et l'accompagne. Mes muscles se contractent autour de son érection. Je jure que je sens sa semence en moi. Sa chaleur me brûle et m'emplit d'amour.

Teddy baisse la tête dans mon cou, puis je sens quelque chose de pointu me griffer la peau. Il recule, la main sur la bouche.

J'ai trop perdu la tête pour comprendre ce qui se passe. Il est peut-être gêné par son expression pendant qu'il jouit.

L'idée me fait rire. Hilare, je serre les jambes autour de sa taille pour l'attirer de nouveau sur moi.

« Lana, halète-t-il. Oh, par le destin. Tu vas me tuer. »

* * *

*Teddy*

J'ai failli la marquer.

Merde, mon ours a complètement perdu le contrôle. Je n'avais aucune idée que j'allais faire ça. Je repousse dans un coin de ma tête toutes les implications de mon ours marquant une humaine.

Je ne peux pas y penser tout de suite.

Une fois que nous avons repris notre souffle et qu'elle a cessé de rire, je m'écarte.

« J'ai besoin d'un instant. » Je vais lui chercher un verre

d'eau et m'arrête dans le salon. Ma porte d'entrée est entrouverte. Il n'y a pas d'ours dans ma cuisine, et rien n'a été déplacé sur les comptoirs ou dans le salon, mais une feuille de papier est placée sous un caillou sur la table du petit déjeuner. Le coin de la feuille se soulève dans le courant d'air provenant de l'entrée.

*Salut grand frère, merci pour le petit déj'. On a emprunté l'hélico pour faire une course, mais on te le ramène d'ici ce soir. Bisous, L.T.T.*

L.T.T. signifie Les Trois Terribles. C'est la signature des triplés. Les petits merdeux ont dû repasser sans se faire remarquer pendant que j'étais occupé avec Lana.

Les clés de l'hélicoptère ont disparu du portant dissimulé dans le placard de la cuisine.

« Bordel de merde. » Ils ont pu voler les clés tandis que j'étais avec Lana, ou plus tôt, pendant qu'ils m'aidaient à préparer le petit déjeuner.

J'ai déjà fait monter mes frères dans mon hélicoptère. Ils ont sauté en parachute, et j'ai même commencé à leur apprendre à piloter. Bern est le plus prometteur, mais il n'est pas prêt pour les vols en solo. Loin de là.

S'ils abîment mon hélico, ils feraient mieux de mourir dans l'accident. Sinon, je leur ferai regretter de s'en être sortis.

« Tout va bien ? » me demande Lana. Elle est toujours dans le lit, les yeux ensommeillés. J'enfile mes chaussures et m'approche rapidement pour l'embrasser.

« Tout va bien, poupée. J'ai une... urgence familiale. Je dois m'en occuper, mais je reviens tout de suite. »

Son front se plisse. Elle s'assied. « Tu veux que je...

— Non. Reste. Je suis sérieux. À mon retour, j'ai envie que tu sois là, dans ce lit.

— D'accord, soupire-t-elle en se réinstallant. Je ferai

peut-être une petite sieste. Prépare-toi pour le deuxième round. »

Mon sexe palpite, et je manque de me recoucher pour la reprendre dans mes bras. Pour la revendiquer convenablement.

Au lieu de quoi, je dois aller sauver les Trois Terribles de leur stupidité.

* * *

*Lana*

Étourdie de plaisir, je suis allongée dans le lit et contemple les brûlures de barbe à l'intérieur de mes cuisses lorsque quelqu'un toque à la fenêtre.

« Lana ? »

Je me tourne sur le côté en m'assurant d'être enveloppée dans la couverture. « Qui est-ce ? » Je regarde à travers les rideaux au moment où l'un des Trois Terribles appuie son visage contre la vitre. Je n'ai aucun moyen de déterminer de quel triplé il s'agit. Il ne porte pas d'eyeliner et il est vêtu d'une chemise. À mon avis, il s'agit de Hutch.

« C'est Hutch, confirme-t-il en un murmure. Je suis venu te secourir.

— Hein ?

— Vite, habille-toi. » Il montre ma pile de vêtements du doigt, puis s'éloigne de la fenêtre.

Je me dépêche de faire ce qu'il me demande et m'habille en un temps record. Il m'attend dans le salon.

« Tout va bien ? » Sans savoir pourquoi, je murmure aussi.

« Oui, tout va bien. Allons-y. Où sont tes chaussures ? »

Il les ramasse et les rapproche pour que je les enfile, puis il va chercher mon sac à dos rose dans la chambre. « Tu as tout ? Allez. On doit faire vite.

— Quoi ? Où est Teddy ?

— Il est occupé. On l'a occupé ailleurs, mais on n'a pas beaucoup de temps.

— Qu'est-ce que tu racontes ?

— Vite, avant qu'il revienne. » Il me prend par la main et m'entraîne hors du chalet.

« Hutch, arrête, dis-je en trébuchant derrière lui. Qu'est-ce qui se passe ? Pourquoi on court ? »

Au milieu du pré, un cri me fait lever la tête. Un hélicoptère passe au-dessus de nous. Pendu au patin d'atterrissage, un adolescent torse nu crie comme un cowboy : « Yeehaw ! »

Je m'arrête et regarde la scène, bouche bée, mais Hutch me pousse pour que j'avance. « C'était Canyon ?

— Ouais. Avec Bern, ils ont volé l'hélico de Teddy pour l'occuper. Pour que tu puisses t'enfuir. »

M'enfuir ?

« Hutch, je sais que j'ai dit que j'étais la prisonnière de Teddy, mais c'était pour plaisanter...

— Lana, s'il te plaît, fais-moi confiance, dit-il en m'entraînant dans la forêt. Tu dois partir tout de suite.

— D'accord », dis-je d'un ton apaisant. Il paraît déterminé à me *secourir*. Je ne sais pas du tout ce qu'il a en tête, mais le suivre ne me coûte rien. Je verrai si je parviens à faire réparer ou charger mon smartphone. J'appellerai mon entreprise. Je m'achèterai peut-être même des vêtements dans une boutique afin de pouvoir rester plus longtemps avec Teddy. « Je peux au moins laisser un mot à Teddy ?

— Je lui dirai que tu reviens tout de suite, dit Hutch en me faisant dépasser les ruches au pas de course. Voilà. Je dois y retourner. Suis le chemin jusqu'au ruisseau. Mon frère Everest t'y attendra. Il a trouvé ta voiture de location. »

Cette nouvelle me redonne le moral. J'avais oublié la voiture de location. « C'est vrai ?

— Ouais, ce matin. Il t'aidera à la rejoindre. Tu as les clés ?

— Je crois... » Je fouille dans mon sac rose. Maintenant que je me suis souvenue de la voiture, je me rappelle que Bentley m'a demandé de ne pas faire *encore une connerie* en égarant la clé. « Je l'ai rangée dans la poche intérieure. Là. » Je la montre à Hutch, qui hoche la tête.

« Bien. Suis le chemin, dit-il en me m'indiquant le sentier battu entre les arbres. Everest t'attendra près du ruisseau.

— D'accord. » J'ai envie de lui demander comment je le reconnaîtrai, mais Hutch s'éloigne déjà en courant. Je passe mon sac sur mon épaule et commence à marcher sur le sentier en pente. Je réfléchis déjà à ce que je dirai à mon équipe pour prolonger mes vacances. Ce soir, je séduirai peut-être Teddy dans le bain... et demain matin, je lui servirai le petit déjeuner au lit.

J'imagine que je devrais essayer de découvrir ce qui est arrivé à Bentley. Teddy m'a dit qu'une équipe est à sa recherche, mais je ne comprends pas pourquoi il n'a pas encore été localisé. Ce n'est pas logique. Sans savoir pourquoi, je n'ai pas l'impression qu'il est perdu, seul sur la montagne. Mon intuition me dit qu'il m'a abandonnée et qu'il est reparti. Bien sûr, il n'avait pas la clé de la voiture. Mais il est du genre à se tirer de n'importe quelle situation grâce à son argent.

J'essaierai de l'appeler une fois que mon portable remarchera.

Je descends le sentier en fredonnant, sans jamais remarquer l'ombre silencieuse qui me suit à distance.

* * *

*Teddy*

Je gravis la montagne en direction du chalet.

Hutch m'attend sur le pas de la porte. « Ne sois pas en colère, dit-il en levant les mains dans la position universelle pour rendre les armes.

— Trop tard. J'ai passé une demi-heure à pourchasser tes idiots de frères.

— Ils vont bien ?

— Ils ont failli planter l'hélico. » Je le pousse d'un coup d'épaule et entre dans le chalet silencieux. La porte de ma chambre est entrouverte. Le lit est vide. Je me retourne d'un bloc vers Hutch. « Où est Lana ?

— Elle est partie. » Sa pomme d'Adam remue.

« Quoi ?

— Je ne pouvais pas te laisser effacer ses souvenirs », dit-il en se redressant.

Je bafouille, furieux, mais mon téléphone vibre. Seules quelques personnes possèdent mon numéro, et elles n'appellent pas à moins que ce soit urgent. « Ne bouge pas, dis-je à Hutch avant de décrocher.

— Teddy, c'est Rafe. On a localisé le mec que tu nous as demandé de retrouver. Bentley Dupree.

— Ouais ?

— Ça craint, mon pote. Il a mis à prix la tête de ta copine, Lana Langmeyer. Dix millions pour la liquider. »

La planète ralentit, cesse de tourner. Dix millions représentent un montant suffisant pour tenter un assassin. Pour cette somme, Bentley pourrait engager la crème de la crème. Toute une équipe de tueurs.

« Dis-moi que la mission est toujours à prendre.

— J'aimerais bien. On dirait que quelqu'un l'a acceptée. Tu dois mettre Lana en sécurité au plus vite. »

Je raccroche et me tourne vers Hutch. Il est blême.

« Tu as entendu ? »

Il hoche la tête.

« Quelqu'un essaie d'assassiner Lana. On doit la trouver. Tout de suite. »

* * *

*Lana*

J'entends le ruisseau avant de le voir. Il scintille au loin devant moi à travers les créosotiers, mais je ne vois personne qui m'attend. Ni montagnard baraqué, ni médecin respectable, ni triplé identique. À quoi ressemblera Everest ?

Une ombre géante se déplace entre les arbres. Je me retourne en serrant mon sac contre ma poitrine. « Everest ? »

Une longue tête poilue avec un museau noir apparaît entre deux trembles. Je me pétrifie. Je me trouve face à l'ours le plus gros que j'aie jamais vu. Il a quelque chose de familier. Quand il avance lentement dans une trouée de soleil, je distingue sa fourrure blanche.

Oh, mon Dieu. C'est l'ours qui se trouvait près des ruches. Je n'avais pas réussi à déterminer la couleur de sa fourrure, mais je la vois désormais clairement. Elle est d'un blanc jauni, de la tête aux pieds. Un ours polaire. Pas un pizzly.

Lorsqu'il se dresse sur ses pattes arrière, je reste bouche bée. Il me fait signe d'une patte.

Suis-je en train de rêver ?

Je regarde autour de moi, mais ne vois aucun signe d'Everest, le frère de Hutch. À la place, un énorme ours polaire s'impatiente en reniflant et en secouant la tête, comme pour me demander de le suivre. Il retombe à quatre pattes et se met à trotter sur le chemin, puis, de sa grosse patte, il semble me faire signe de lui emboîter le pas.

Bon, d'accord. Je hoche la tête et suis la grosse silhouette de l'ours polaire à travers un bosquet de sapins.

Il me faut un moment pour atteindre le bas de la pente, mais l'ours est patient. De temps à autre, il s'arrête et lève la patte pour m'encourager à avancer. J'ai l'impression que s'il me connaissait mieux, il me proposerait de monter sur son dos.

Je n'arrive pas à croire ce qui se passe dans cette montagne. Qui dresse tous ces ours incroyables ? Peut-être ce frère mystérieux, Everest. Lorsque je retrouverai Teddy, je l'interrogerai jusqu'à ce qu'il me le dise.

Je ne sais pas du tout où se trouve le chalet de Teddy par rapport au sentier qui mène au sommet de la montagne, mais l'ours finit par s'arrêter et me regarde en reniflant. Il remue la tête vers l'avant. J'avance et regarde au pied de la colline à travers les sapins. Le parking se trouve en contrebas, avec le SUV noir de location qui m'attend.

« Génial ! Merci », dis-je en me tournant vers l'ours polaire. Teddy a parlé à l'ours dans sa cuisine, donc il me paraît naturel de m'adresser à celui-ci à voix haute.

Il baisse sa grande tête poilue, puis lève la patte. Je le salue à mon tour de la main et le regarde repartir lentement dans la forêt sans retourner une seule feuille sur son passage.

À part une fine couche de pollen sur le pare-brise, le SUV est dans l'état où Bentley et moi l'avons laissé. Je me dépêche de descendre la colline pour rejoindre le véhicule et sors la clé électronique de mon sac. Je n'arrive toujours pas à croire que j'ai été guidée à travers la forêt par un ours. Mais plus vite je ferai ce que j'ai prévu, plus vite je retrouverai Teddy.

Quand j'appuie sur le bouton, l'alarme de déverrouillage du SUV se déclenche. Je vois mon chargeur sur le siège avant. Parfait. Je pourrai allumer mon portable et passer quelques appels, puis trouver ma route jusqu'au village pour acheter des sous-vêtements de rechange et obtenir l'itinéraire pour regagner le chalet de Teddy.

Alors que je suis arrivée à moins d'un mètre de la portière, quelqu'un sort des arbres en criant. Teddy.

« Lana ! » Surprise, je le regarde descendre la colline en courant pour me rejoindre, plus rapidement qu'il ne devrait en être capable. À la dernière seconde, il se penche, me plaque comme un rugbyman et me pose sur son épaule. Mon sac s'envole.

« Teddy, qu'est-ce que tu fiches ? » J'ai les fesses en l'air et la tête en bas, pendue sur son épaule. Mes tresses ruissellent sur ses fesses moulées dans son jean. « Je ne m'en allais pas vraiment. Je voulais charger mon téléphone, c'est tout ! » Je m'agrippe à son T-shirt pour me tenir pendant qu'il se retourne et s'éloigne du véhicule de location. « Tu vas me poser, oui ? »

Pas de réponse. J'ai affaire à un montagnard déterminé.

« Laisse-moi au moins verrouiller la voiture. » Je lève la tête à grand-peine en grognant pour m'assurer que les lumières signalant le verrouillage clignotent. Nous nous trouvons à quelques mètres du véhicule. Je lève la clé électronique et appuie sur tous les boutons pour essayer de verrouiller le SUV. Mes doigts glissent, et le klaxon retentit. J'y arriverais plus facilement si un Viking fou n'était pas en train de me porter sur son épaule. J'essaie d'appuyer sur un autre bouton. La commande circulaire qui démarre le moteur.

Le monde disparaît dans une explosion de lumière et de chaleur.

# Chapitre huit

*eddy*

La boule de feu qui s'élève de l'épave du véhicule de location de Lana brûle mes bras nus et ma nuque.

Je plonge à terre en tenant Lana en dessous de moi pour la protéger de l'explosion. Je la couvre de mon corps en lui tenant la tête contre mon épaule. La position étouffe ses hurlements.

Des morceaux de métal enflammé pleuvent autour de nous. L'un me tombe sur le dos. Je me cambre et siffle en le faisant tomber. Aucune blessure corporelle ne résiste à ma cicatrisation métamorphe. Protéger Lana est ma priorité.

Quelqu'un a dû connecter une bombe au contact de la voiture de Lana. Soit son frère, soit l'assassin qu'il a engagé. L'explosion est terminée. Il ne reste que des flammes qui crépitent sur le SUV détruit et un sifflement persistant dans mes oreilles.

Je l'ai éloignée de la voiture juste à temps. Alors que je sortais des arbres, j'ai senti une odeur étrange qui provenait du véhicule. Mon instinct a pris le dessus, et je me suis servi de ma vitesse métamorphe pour secourir Lana. Peu importe qu'elle ait vu mes dons surnaturels en plein jour. La seule chose qui compte est de la garder en vie.

Elle s'agrippe à mon T-shirt en tremblant. Elle halète. « Oh, mon Dieu.

— Tout va bien. Je te tiens. Tu vas bien, dis-je en m'écartant pour prendre son visage dans mes mains.

— Qu'est-ce qui vient de se passer ?

— Une bombe. »

Le sifflement de la balle est mon seul avertissement. Je me penche sur Lana et nous plaque au sol en me maintenant sur les avant-bras pour ne pas l'écraser. Un objet noir apparaît dans le ciel au-dessus d'un tremble. Un drone. Il nous tire dessus.

Merde, son frère par alliance met le paquet. Si la bombe ne l'a pas tuée, le drone sniper le fera.

Une balle ricoche sur mon dos. Je hurle.

Et mon ours décide qu'il en a eu assez. Je suis sous forme humaine lorsque j'inspire, mais quand j'expire, je deviens un monstre poilu, assez gros et lourd pour cacher la lumière du soleil à Lana et la protéger de l'air brûlant. Mon cri se déforme dans ma gorge et émerge en un rugissement inhumain.

Les lambeaux de mon jean et mon T-shirt nous encerclent. En dessous de moi, Lana gémit.

Le drone est toujours armé et tire à volonté. C'est le moment de se casser d'ici.

Je soulève Lana et la porte sur mon dos en me mettant à courir à toute vitesse. Sous ma forme d'ours métamorphe, je suis plus rapide que n'importe quelle créature. Je tiens devant moi les parties les plus vulnérables de Lana, sa tête et son buste, afin de les protéger des balles.

Je bondis dans la forêt en écrasant les buissons. Le

drone nous suit, rejoint par un second. Ils volent en bourdonnant à travers les arbres et nous tirent dessus. Ils essaient de m'abattre. Les balles sifflent comme des frelons furieux au-dessus de nos têtes. Je serre Lana contre moi et accélère de plus belle de toute ma vitesse métamorphe. Je dois l'emmener loin d'ici. Je dois la protéger.

Rien d'autre ne compte.

* * *

*Lana*

Mon visage chauffe comme si j'avais pris le soleil trop longtemps près de la piscine. Une odeur désagréable de métal brûlé s'attarde dans mes narines, et je crache de la fumée quand je tousse. Je me colle en frissonnant contre la grande créature poilue qui me porte.

Ma voiture de location vient d'exploser. Je suis presque sûre que l'assurance de voyage ne couvre pas ce genre d'incident. Mais c'est le cadet de mes soucis.

Quelqu'un nous tire dessus. J'ai beau me dévisser le cou, je ne vois pas le tireur. Une balle fend un tronc à côté de moi. Je baisse la tête en geignant. Les arbres, les rochers et les buissons se mélangent en un fouillis vert-brun.

Le monstre poilu grogne et se crispe, puis il accélère, penché sur moi. Le vent siffle dans mes oreilles. Nous nous déplaçons si vite que je pleure. Je gémis et baisse la tête en m'accrochant de toutes mes forces à la fourrure. Je presse mon visage dans le creux de son cou et respire. Je reconnais l'odeur de Teddy.

Je ne sais pas comment la chose est possible, mais cette créature est Teddy. Je l'ai vu de mes propres yeux. Mon

Viking bourru est sorti de la forêt en courant pour me secourir, et il s'est tout à coup transformé en une créature. Et pas n'importe laquelle : un ours. Le même ours brun que j'ai vu au sommet de la montagne. Tout me revient brusquement.

Enfin, l'ours ralentit. Le monde redevient net. Nous nous trouvons dans une fissure rocheuse, à l'ombre d'un bosquet de sapins. L'endroit est tranquille, sans le moindre bruit de balle ni d'explosion. Nous sommes en sécurité.

L'ours me pose, puis se redresse sur les pattes arrière. Sa silhouette rétrécit peu à peu jusqu'à ce que ce soit Teddy qui me regarde. Un Teddy très, très nu, chaque muscle et tatouage coloré visible.

Je le pointe d'un doigt tremblant. « Teddy. Tu es un...

— Un ours », confirme-t-il. Il s'exprime en un grondement presque trop bas pour être humain. Il s'éclaircit la gorge sans me quitter des yeux. Son regard habituellement gris a une étrange teinte dorée à la lumière du soleil. « Tu vas bien ? Tu as été blessée ? »

J'étale les mains sur ma poitrine et baisse la tête pour dresser l'inventaire. « Non, je ne suis pas blessée. » Je me touche le front en m'attendant presque à y trouver un pansement. Peut-être que j'hallucine toute la scène dans un hôpital. « Qu'est-ce qui s'est passé ?

— Quelqu'un nous tirait dessus. Avec des drones.

— Ma voiture a explosé.

— Tout va bien, poupée. On s'en est sortis. Tu ne risques plus rien. »

Soudain épuisée, je me laisse glisser par terre et m'adosse à un rocher pendant que Teddy me regarde en fronçant les sourcils. « Quelqu'un essaie de me tuer. Et tu es... Teddy, tu es un ours... »

Il s'accroupit devant moi avec un air méfiant. « Un ours métamorphe », précise-t-il.

Un ours métamorphe. Un humain qui se transforme en ours. Un véritable ours. Fourrure épaisse, petites oreilles mignonnes.

« Oh, mon Dieu », dis-je en un murmure.

Teddy m'observe étroitement. Les lignes de ses pommettes, ses sourcils et ses cheveux blonds, sa barbe en broussaille... tout est si humain. Il s'agit du même Teddy, un beau Viking grognon.

Mais une créature est tapie en lui. Son ours. C'est impossible, pourtant réel. Au fond de moi, je sens que c'est la vérité. Je repense à tous les ours que j'ai vus depuis que je l'ai rencontré, et je comprends tout à coup. Chacun de ses frères doit aussi être un ours métamorphe.

Il baisse les yeux vers le sol, l'air... triste.

Je m'agenouille et m'approche de lui en me mordillant la lèvre. Je tends la main et la laisse ouverte entre nous. J'ai envie de lui toucher le visage, mais n'ose pas.

En un souffle, je demande : « Ça va ? Ça te fait mal ? Quand tu...

— Quand je mute, précise-t-il avant de secouer la tête. Non, ça ne fait pas mal. »

Je me place contre lui et pose la main sur sa joue. Sa peau est chaude, fiévreuse. Elle me brûle la paume, mais la sensation est agréable. Il est vivant. C'est réel.

« Teddy... » Il appuie la joue contre ma paume. Je pose l'autre main sur sa joue et attire son visage vers moi. Son odeur me frappe de plein fouet, du sapin, de la menthe sauvage et un soupçon de fumée. Enivrante comme un verre de whisky. « Tu m'as sauvée. » Je pose mon front contre le sien. J'ai besoin de sentir encore plus sa peau contre la mienne. Encore plus son odeur et sa chaleur. J'effleure ses lèvres des miennes. Il grogne.

« Lana. » Il me saisit la nuque et ferme le poing autour

de mes tresses pour m'attirer contre lui. Puis nous nous enlaçons, moi sur ses genoux, essayant de le serrer entre mes jambes pendant qu'il me fait reculer la tête et m'embrasse si fort que sa barbe me brûle les joues.

Il se détache de moi et me repousse sur le dos avant de se lever devant moi, nu et sublime.

Je tends les bras vers lui en me débarrassant de mon pantalon de marche. « Teddy. » Je lui agrippe les épaules et me redresse pour me serrer contre lui. Ma poitrine est gonflée et douloureuse. Je la frotte contre son torse pour tenter de l'apaiser. Mon visage est couvert de zones irritées, et ça m'est égal. J'ai envie que sa barbe égratigne chaque centimètre de mon corps. J'ai envie qu'il me tire les tresses jusqu'à ce que j'aie mal au crâne. Jusqu'à ce que je sache que nous sommes en vie.

* * *

*Teddy*

Lana soupire dans ma bouche. Quand j'essaie de m'écarter d'elle, elle me griffe les fesses. « Doucement, poupée. Je m'assure que tu es bien installée, c'est tout.

— J'ai besoin de te sentir en moi maintenant », s'impatiente-t-elle. Elle n'a pas l'air terriblement choquée de découvrir que je suis un ours. Et elle n'a pas non plus le regard brillant et calculateur qu'avait Tiffany. Non, Lana paraît simplement... excitée.

C'est pourquoi il m'est impossible de lui résister. Qu'elle sache la vérité devrait me rendre malheureux. Désormais, il est certain que je devrai effacer ses souvenirs. Pourtant, je ne pense qu'au sexe.

Je suis totalement nu, et elle à moitié. Elle est allongée sur la terre, des feuilles autour de son crâne. Je n'ai même pas une couverture ou un manteau à étaler en dessous d'elle.

Elle me regarde et gronde assez fort pour impressionner n'importe quel ours métamorphe. Je décide de lui enlever la chemise à carreaux qu'elle m'a empruntée ce matin. Le tissu sent déjà comme elle : le miel et le laurier, mêlés à mon odeur. La meilleure odeur du monde.

Elle me reprend dans ses bras avec avidité. Je lui attrape les poignets dans une main et pose mon autre paume sur son entrejambe doux. Son petit murmure me fait mal.

« J'ai besoin de te préparer, dis-je en la pénétrant de deux doigts et en les pliant pour trouver son point G. Merde, poupée, tu es trempée. » Son plaisir coule sur ma paume. « Je veux que tu jouisses pour moi. » Je baisse son haut pour lui dénuder les seins. « Les mains au-dessus de la tête. » Dès que je lui lâche les poignets, elle tend les bras et place les mains où je lui ai demandé comme si je l'avais attachée. Elle se cambre, et ses seins se soulèvent en un spectacle à couper le souffle.

« Merde, tu es parfaite. » Je la récompense en lui caressant le sein, puis frotte le pouce sur son mamelon dur tout en la baisant à l'aide de mes doigts. « Tu vas jouir, chérie. Maintenant. Jouis partout sur ma main. Laisse-moi te sentir. »

Ses hanches frémissent, et elle se tortille pour aller et venir autour de mes doigts. Je lui pince le téton avant d'approcher la tête pour effacer la douleur de ma langue. Ma barbe irrite la peau entre ses seins. Elle se tord en tous sens et jouit sur ma main.

« Merde, oui, chérie. C'est ça. » Je continue de la caresser pour décupler ses sensations. « C'est bien, ma chérie. Maintenant, mets-toi à quatre pattes pour moi. » Je la laisse se retourner et m'assure qu'elle est toujours installée sur ma chemise à carreaux. « C'est mon tour. »

Je m'enfonce dans sa chaleur soyeuse en lui tenant les hanches. Elle se penche en avant tandis que je lui donne des coups de reins de plus en plus forts. « C'est bien, ma chérie, lui dis-je pour la féliciter pendant que je la propulse vers l'avant à chaque coup de bassin. Tu prends si bien ma queue.

— Oui, oui, oui », gémit-elle. Elle écarte les genoux et se cambre un peu plus.

Je tends le bras pour poser la paume sur son ventre doux, puis descends la main jusqu'à ce que je trouve l'endroit humide entre ses cuisses et lui caresse le clitoris. « Tu vas jouir encore. C'est compris ?

— Oui, Teddy.

— Caresse-toi. »

Avec un petit cri, elle m'obéit.

« Jouis encore. Tout de suite. »

Je lui caresse les seins, les pince et les stimule, à l'écoute de son souffle. Je continue mes va-et-vient au même rythme jusqu'à ce que ses muscles internes frémissent le long de mon érection. Son sexe se contracte si fort autour de mon membre que je vois des étoiles.

Je n'ai jamais rien entendu de plus doux que son cri tremblotant. Je lui attrape les tresses de ma main libre pour lui tirer la tête en arrière. « Je vais te baiser tellement fort. Et tu vas jouir. Encore et encore. » Je la redresse et l'attire sur moi. À nouveau, elle est pratiquement sur mes genoux et rebondit sur mon érection pendant que je la pilonne. Chaque coup de bassin brutal fait rebondir ses seins.

Je lui libère les cheveux, et sa tête retombe naturellement en arrière sur mon épaule, révélant sa belle clavicule.

Je baisse la tête et la mordille, sans la faire saigner. *Oui,* crie mon ours. Merde, j'ai encore failli la marquer. Il serait si naturel de laisser mes crocs s'enfoncer dans sa chair et de la revendiquer pour toujours. Pour laisser mon odeur dans sa peau de façon permanente, afin que tous les autres métamorphes sachent qu'elle m'appartient.

Mais je me contente de remuer les hanches et de la pénétrer profondément sans relâche jusqu'à ce qu'elle jouisse, si fort que je n'arrive pas à déterminer la fin d'un orgasme et le début de l'autre.

Enfin, j'éjacule en elle avec un hurlement. Ma semence jaillit interminablement et l'emplit. Il y a tant de sperme que je parie qu'il ne reste plus une goutte d'eau dans mon corps quand j'ai terminé. Et ça ne me suffit pas. Je veux la marquer, ici et maintenant, puis la baiser encore, m'imbriquer inlassablement avec elle.

« Lana. » Je la retourne pour voir son visage. Elle est molle entre mes bras, mais un petit sourire flotte sur ses lèvres. J'embrasse ses joues brillantes et m'écarte d'elle, puis l'allonge sur moi pour protéger sa peau douce du sol. Au-dessus de nos têtes, le soleil est masqué par un nuage, et la température refroidit. Nous sommes allongés, les bras et les jambes entrelacés, laissant le calme revenir, nos cœurs battant à l'unisson.

J'ai couru assez vite et assez loin pour que les drones ne puissent pas nous retrouver. Pour le moment, nous sommes en sécurité ici. Nous devrons finir par nous déplacer, mais pour l'instant, j'ai simplement envie de rester allongé en tenant cette humaine parfaite dans mes bras.

Lana se blottit contre moi quand la brise se lève.

J'écarte les brillantes tresses roses et noires devant son visage et en retire quelques morceaux de feuilles brunes. « Tu as froid ?

— Non, ça va.

— On s'en ira bientôt.

— Teddy, murmure-t-elle. Je ne veux pas gâcher l'ambiance, mais j'ai besoin de savoir. Quand est-ce que tu comptais me dire que mon frère essaie de me tuer ? »

Je pousse un soupir abattu. « Donc, tu te souviens.

— Oui, je crois. Il avait un couteau et il m'a menacée. Je lui ai jeté l'urne dessus, mais je n'allais pas m'en tirer. Et ensuite...

— Un ours est sorti des bois », dis-je à sa place.

Elle se retourne dans le creux de mon bras pour me regarder. « C'était toi, n'est-ce pas ?

— J'ai senti ton odeur dans la forêt. Je ne pouvais pas le laisser te faire du mal. Je ne laisserai jamais personne s'en prendre à toi.

— Pourquoi ? »

Au lieu de répondre, je baisse la tête et l'embrasse. Sentir ses lèvres met mon sexe au garde-à-vous. Je m'écarte d'elle, sinon je vais la faire rouler sur le dos et la baiser jusqu'à ce qu'elle ne marche plus droit.

Une petite ride se creuse entre ses sourcils. Je la fais disparaître en la frottant du pouce.

« Pourquoi tu ne m'as pas dit ce qui s'est passé avec Bentley ?

— Je voulais voir si tu retrouvais la mémoire. Et je ne savais pas comment te l'expliquer sans parler de mon rôle.

— Que tu peux te transformer en ours ? »

Je suis aussi heureux que consterné d'entendre Lana dire les mots à voix haute. « C'est un secret, poupée. Il est gardé depuis toujours sur cette montagne. Nous devons le protéger.

— Je n'arrive pas à y croire. Les ours métamorphes existent. Tu es super rapide, ajoute-t-elle d'un air absent.

— Et fort. Et je guéris rapidement.

— Comme quand tu t'es battu contre ton frère. Ou la fois où tu as traversé la pièce si vite. Ou quand tu as été touché par les balles, mais que tu n'as pas été blessé. »

Merde, j'ai déconné tant de fois… Mon enfoiré d'ours ne cesse de se manifester devant elle. Il voulait qu'elle le voie. Il voulait qu'elle sache ce que je suis.

*Compagne,* me rappelle-t-il.

« Et l'ours dans ta cuisine ? Et l'ours polaire, celui qui était près des ruches ? »

Mon ventre se noue, mais ma nervosité est suivie de soulagement. Lana est intelligente. Elle va tout comprendre ; autant tout lui expliquer. J'ignore de quoi demain sera fait, mais à cet instant, je ne veux aucun secret entre nous.

« Ce sont mes frères. Celui dans la cuisine, c'était Axel. L'ours polaire, c'est Everest.

— Everest… Hutch m'a dit que son frère Everest me ramènerait jusqu'à ma voiture. Un ours polaire est arrivé. Il avait un comportement très humain.

— Oui. C'est Everest. »

Lana tend le bras pour frotter le pouce sur mon front. Elle suit mes traits du bout du doigt en les observant, comme si elle cherchait des traces de mon ours.

« Et les triplés ? Hutch, Canyon et Bern ? Matthias ?

— Ce sont aussi des métamorphes. Des ours. Tu ne les as pas encore vus sous leur forme animale. » Le problème avec le fait de tout révéler à Lana, c'est que ce ne sont pas uniquement des secrets qui me concernent. Tout le monde est affecté lorsque l'un d'entre nous révèle notre véritable nature à un humain. Si cet humain décide de nous trahir, tout le monde est en danger.

*Elle ne dira rien,* a affirmé Bern. Je le pense aussi. Mais rien n'est certain.

« C'est incroyable, dit-elle. J'ai l'impression d'être dans un tout nouveau monde. Un monde gouverné par les ours. Je trouvais les ours particuliers dans la région. Et ils le sont. » Elle pouffe. « Vous êtes tous des ours métamorphes.

— On n'a rien de spécial. » Elle est si mignonne que je ne peux m'empêcher de sourire.

« Je ne suis pas d'accord. Oh ! s'exclame-t-elle en plaquant les mains sur sa bouche. Tu as des rideaux décorés avec des ours. J'ai adoré le thème récurrent. De petits ours mignons partout.

— Hutch croit être drôle. Je n'ai rien de petit, dis-je en me collant contre elle et en pressant mon sexe contre son dos pour le lui rappeler.

— Non, c'est vrai, murmure-t-elle. Mais ton ours est très mignon. »

Je la serre dans mes bras et lève la tête pour regarder le ciel. Mon ours fait le fier.

« Huit frères, tous des ours métamorphes..., continue-t-elle d'un ton rêveur. Ta mère a dû faire des photos de famille du tonnerre, à Noël. »

Ma colonne vertébrale se glace. « Non, dis-je, de nouveau crispé. Pas de photos. C'est un secret. Personne ne peut savoir.

— Je comprends. » Elle s'écarte de moi pour me regarder dans les yeux.

Je la regarde fixement, cherchant la vérité sur son visage.

*Elle ne le dirait à personne,* a dit Hutch.

*Tu ne peux pas en être sûr,* ai-je répondu.

L'expression de Lana est solennelle. « Teddy, je te le promets. »

Je devrais être heureux. Lana est à moi. Mais un

soupçon de doute subsiste. J'ai déjà vécu cette situation, et les choses se sont mal terminées.

Je hoche la tête et la serre dans mes bras, mais l'intimité est brisée. Elle enfile son pantalon de marche. Je soupire et me lève. Je vais devoir rentrer en courant nu.

J'aide Lana à s'habiller. Elle me donne ma chemise à carreaux, que je noue autour de ma taille. « Qu'est-ce qu'on va faire, pour Bentley ?

— J'ai une équipe sur le coup. Elle le trouvera. D'ici là, c'est dangereux pour toi de rester à découvert. Viens. » Je la prends dans mes bras et la soulève. Il est possible que la sécurité de mon chalet soit compromise, mais ceux de mes frères sont encore mieux cachés. Ce qui signifie que jusqu'à ce que nous ayons éliminé l'assassin, nous nous installerons chez eux.

# Chapitre neuf

L *ana*

« On se voit toujours dans des circonstances nulles », dis-je à Matthias pendant qu'il m'examine le crâne. Je suis assise sur un canapé dans un nouveau chalet, bien plus grand. Il appartient aux Trois Terribles et au mystérieux Axel.

« On a grandi dans ce chalet », m'a expliqué Teddy. Il avait l'air trop préoccupé pour que je lui demande une visite du propriétaire. Depuis ma place sur le canapé, le chalet en bois brut et empli de meubles usés ressemble à celui de Teddy. La principale différence est qu'il comporte une cheminée plus grande, et que des portes tout autour de la pièce principale donnent sur des chambres supplémentaires.

Teddy est sorti téléphoner. Il discutait avec un certain Deke, mais quand je l'ai entendu parler d'opération de *nettoyage*, j'ai décidé que je n'avais pas besoin d'en savoir davantage. Puis Matthias est arrivé avec sa sacoche noire pour m'examiner.

« Je vais bien, lui dis-je en souriant. Un peu secouée, rien de plus.

— C'est à prévoir. » Il range ses instruments dans sa sacoche et retire ses gants. « Je pense que ta tête n'a rien. Pas de nouvelles blessures. Je te conseillerais de prendre du repos et d'éviter le stress les jours qui viennent, mais quelque chose me dit que ce sera peut-être difficile.

— Ça ira. Personne n'avait jamais essayé de me tuer, mais un ours métamorphe ne m'avait jamais protégée non plus.

— C'est bon signe que tu aies retrouvé la mémoire. On se demandait ce dont tu te souviendrais. » Le regard de Matthias est insistant.

« Je ne le dirai à personne. C'est promis.

— C'est bien, Lana. Il ne s'agit pas seulement du secret de Teddy. La sécurité de toute notre famille dépend de ton silence.

— Je comprends. Je ne dirais jamais rien. Je sais garder un secret. » J'entrelace mes doigts comme une petite fille sage qui répète ce que les adultes souhaitent entendre. Teddy a l'air beaucoup plus stressé depuis que nous sommes arrivés dans le chalet, et quelque chose me dit que ce n'est pas uniquement parce qu'il essaie de localiser l'assassin. Partager le secret de toute une vie n'est pas rien.

Matthias remonte ses lunettes sur son nez. L'angle rend les verres opaques et masque ses yeux. « C'est bien. Parce que si tu en parles, il y aura des conséquences. »

Je déglutis.

« Je ne veux pas t'effrayer, reprend-il d'un ton radouci, mais nous prenons notre secret au sérieux.

— Bien sûr. Moi aussi, je le prends au sérieux. C'est promis. » Je croyais que Teddy et ses autres frères étaient intimidants, et que Matthias était l'érudit, mais je me trémousse sous son regard sévère. Il serait capable de faire craquer un terroriste en deux minutes sans avoir besoin d'utiliser la force. « D'autres humains sont au courant ?

— Quelques-uns. La plupart sont des compagnes de métamorphes.

— Des compagnes ?

— Un métamorphe a un compagnon ou une compagne.

— Comme une âme sœur ?

— C'est similaire. Dans le monde humain, le concept de l'âme sœur est une idée mignonne pour les romantiques, mais pour nous autres métamorphes, c'est la chose la plus importante au monde. La compagne d'un métamorphe est l'unique personne qui lui soit destinée. Quand un métamorphe trouve sa compagne, sa partie animale l'accepte immédiatement. Ils sont destinés à être ensemble, pour la vie. C'est le destin.

— Le destin », dis-je à mon tour à voix basse.

Teddy n'a-t-il pas marmonné quelque chose à propos du destin, la première fois que nous avons couché ensemble ?

Je m'enlace la taille pour contenir la joie qui m'envahit. Suis-je la compagne de Teddy ? La seule au monde qui lui soit destinée ? Il ne me serait jamais rien arrivé d'aussi merveilleux. J'aimerais que ce soit vrai.

J'ai envie de poser un million de questions, mais elles peuvent attendre Teddy.

Il est sur le pas de la porte, le portable qu'il a emprunté à Matthias dans la main. « C'est terminé ? demande-t-il.

— La patiente a été examinée. Tout va bien. »

Je lui adresse un petit salut de la main et lui fais signe de venir près de moi. Ses épaules sont crispées, mais il s'approche lentement. Il s'assied sur le canapé et me serre contre lui. Nous nous détendons immédiatement.

*Compagne.* Le mot résonne en moi, m'emplit de chaleur

et m'enivre. Je ressens une connexion avec Teddy depuis le début. Cette histoire de compagnon fonctionne-t-elle dans les deux sens ?

« J'ai de bonnes et de mauvaises nouvelles, dit Canyon. La bonne nouvelle, c'est qu'on a trouvé et détruit les drones.

— Il en reste au moins un en un seul morceau ? demande Teddy en grognant.

— Non, répond Hutch. Canyon a inventé un nouveau jeu. Ça s'appelle *Éclate un drone contre un rocher avec une branche.*

— C'est comme du baseball, mais la balle te tire dessus, ajoute Canyon.

— Désolé, reprend Hutch en donnant à Teddy un sac en tissu au contenu cliquetant. On s'est un peu emballés. »

Teddy plonge la main dans le sac et en sort un morceau noir brillant, plus petit qu'un portable. Un triste débris du drone. « Merde. On aurait pu s'en servir pour traquer l'assassin, dit-il en passant la main dans ses cheveux courts. Je donnerai le tout à la meute de Black Wolf. On verra ce qu'ils peuvent faire. » Il jette le morceau dans le sac. « C'était la mauvaise nouvelle ?

— Euh, non. Il y en a encore, dit Canyon.

— Où est Bern ?

— Avec Everest. Tu as appelé la meute de Black Wolf pour qu'ils viennent faire le ménage ? Parce que j'ai d'autres coordonnées pour eux. Longitude et latitude.

— Qu'est-ce que vous avez fait ? gronde Teddy.

— C'était Everest, explique Hutch. Il voulait bien faire. C'est lui qui nous a montré où allaient les drones. Il a entendu l'explosion et il a vu qu'ils vous chassaient. On les a détruits.

— Ouais, c'était génial ! l'interrompt Canyon. Ils nous tournaient autour en sifflant, et nous, on était genre... » Il esquisse des mouvements de karaté en faisant des bruits de tirs avec sa bouche.

« Canyon. » Hutch lui fait signe de se taire en passant son pouce sur sa gorge.

Remarquant le regard noir de Teddy, Canyon interrompt son récit théâtral des événements et baisse les bras. « Désolé.

— Enfin, bref, reprend Hutch. Everest nous a parlé de l'explosion. Il observait ce qui se passait depuis les bois. En fait, il a trouvé que la voiture sentait bizarre quand il a ramené Lana jusqu'au parking.

— Alors, pourquoi il l'a laissée là-bas ? » s'agace Teddy.

Je lui frotte le dos. Il se tait, ferme les yeux et se pince l'arête du nez. « Peu importe.

— Everest est parti en avant pour suivre la piste, dit Hutch. Donc, pendant que l'assassin envoyait des drones à vos trousses, Everest le chassait.

— Pitié, dis-moi que vous l'avez attrapé.

— En quelque sorte. » Hutch jette un coup d'œil coupable dans ma direction.

Teddy le remarque. Il s'adosse au canapé pour passer le bras autour de mon épaule. « Tu peux parler librement devant Lana. Elle sait tout, maintenant.

— Ah ouais ? » Des sourires identiques étirent les lèvres de Canyon et Hutch. « Bienvenue dans la famille.

— Merci. » Je leur rends leurs sourires. À côté de moi, Teddy est crispé, mais c'est normal après tout ce que nous avons enduré. Ses épaules se détendent légèrement lorsque je lui prends la main.

« Bref, Everest le pourchassait. Et l'assassin avait déjà l'air terrifié...

— Si les drones filmaient, il m'a vu muter », dit Teddy.

Les frères se taisent un instant pour assimiler cette

information. « Alors, ce qui est arrivé est une bonne chose, dit Hutch. Pendant qu'il le pourchassait, Everest a accidentellement fait tomber l'assassin d'une falaise. »

Teddy baisse la tête et se couvre le visage d'une main.

« Il a survécu ? demande Matthias.

— Non, il est très, très mort », répond Hutch.

Je pousse un cri et me plaque la main sur la bouche. Tous les frères me regardent. « Eh bien, ce n'est pas la pire personne à qui ça aurait pu arriver, dis-je une fois que j'ai retrouvé ma voix.

— Ha ! C'est clair. » Hutch hoche la tête avant de regarder Teddy. « C'est pour ça que j'ai besoin de te donner les coordonnées GPS. Everest et Bern attendent avec le corps.

— O.K., lâche Teddy en donnant son portable à Canyon. Rappelle le dernier numéro et demande une autre équipe de nettoyage.

— La classe ! » Canyon s'empare du téléphone et sort du chalet en courant.

« Vous avez trouvé du matériel, à part ça ? demande Teddy à Hutch.

— Non, mais on peut aller vérifier.

— On donnera tout ce qu'on trouve à la meute de Black Wolf, au cas où ça les aiderait à localiser les assassins. »

Je soupire. Je n'ai jamais entendu une conversation aussi bizarre, et ça inclut celle avec un producteur de films et la responsable de ma marque, qui voulaient tourner une publicité pour GoddessWear avec des paons dressés, le décollage d'une navette spatiale et des mannequins dans une piscine remplie de gelée rouge. Mais l'univers de la promotion d'une marque vestimentaire a beau être bizarre, me faire pourchasser par des assassins et apprendre l'existence des ours métamorphes décroche le pompon.

« Tu crois que l'assassin travaillait avec une équipe ? demande Matthias.

— Peut-être. Mais maintenant, je pense plutôt que les drones étaient son équipe, répond Teddy.

— Ça veut dire que c'est terminé ? »

Personne ne me répond. Teddy me serre plus fort dans ses bras. « Peut-être. Mes amis de la meute de Black Wolf sont des experts. Ils essaient de trouver Bentley. »

*Bentley*. J'entrelace mes doigts avec nervosité. « Tu es sûr que c'est lui le responsable ?

— Lana. » Teddy me prend le menton et me fait tourner la tête pour que je le regarde. « À part l'assassin, ton frère par alliance est la seule personne qui a essayé de te tuer au cours de ces dernières quarante-huit heures. D'après moi, il continue, et ça dégénère. »

Mince. C'est une chose de faire partie d'une famille dysfonctionnelle. C'en est une autre d'accepter que mon frère par alliance essaie de me tuer pour toucher ma part de l'héritage.

Je déglutis.

Teddy me caresse la joue du pouce. « Je te protégerai, poupée.

— Je sais », dis-je en un murmure.

Il appuie son front contre le mien. Dès que son odeur me parvient, tout le stress dans mon corps s'évanouit.

« Tu sens tellement bon, dis-je en enfouissant la tête dans le creux de son cou pour respirer profondément. Quand tout sera terminé, je mettrai cette odeur en bouteille et j'en ferai un parfum de bougies d'ambiance.

— Lana.

— Ne t'inquiète pas. Ces bougies seront très viriles. Et je ne révélerais jamais les secrets de fabrication de ma marque. » Je me colle contre lui.

Je ne vois pas son visage, mais je sens sa joue se soulever lorsqu'il sourit.

Canyon rentre dans le chalet et tend à Teddy son téléphone. « Ça y est. Deke a dit qu'ils s'en occuperont.

— Deke est tellement cool », dit Hutch. Canyon hoche la tête.

« Qui est-ce ?

— Un ami, il faisait partie de mon unité, me répond Teddy.

— Dans l'armée ?

— Ouais. C'est un loup métamorphe ! s'exclame Canyon. Il fait partie de la meute de loups de Black Wolf. Ils habitent à Taos.

— Il y a des loups métamorphes ? » Je me tourne vers Teddy, les yeux écarquillés. « Comme... des loups-garous ?

— Ils se transforment en loups au lieu d'ours, donc... ouais, dit-il en me caressant la cuisse.

— Ouah. » Je me trémousse sur le canapé. À chaque passage des doigts taquins de Teddy, de la chaleur se déploie à travers mon corps. Il me regarde comme s'il voulait m'emmener loin de ses frères, dans un endroit isolé. J'en ai envie aussi, pourtant ma curiosité prend le dessus. « Tout ça est tellement incroyable. Il y a tout un monde dont j'ignorais l'existence. Comment vous avez réussi à garder le secret ? »

Les doigts de Teddy se figent.

« On sait comment rester cachés, me répond Matthias. Et si un humain apprend ce qu'il n'est pas censé savoir, il existe des moyens de s'assurer qu'il oublie. »

Eh ben. Ça n'augure rien de bon...

Je me recroqueville contre Teddy et ne pose plus de questions.

« L'important, c'est que l'assassin soit éliminé, dit Teddy. Et qu'on ait survécu.

— En fait... » Hutch s'éclaircit la gorge. « On n'avait pas fini de te dire les bonnes et les mauvaises nouvelles. On ne t'a pas encore parlé des mauvaises nouvelles.

— Quoi encore ? » Teddy recommence à se masser le front.

« La vraie mauvaise nouvelle, c'est que Daisy est passée chez toi peu de temps après ton départ. Elle organise une réunion d'urgence. Darius sera là.

— Darius ? » Un grondement fait vibrer le torse de Teddy.

« Ouais. Daisy a dit qu'il allait présenter son idée pour sauver la ville. On est tous censés voter, pour ou contre.

— Quand ? aboie Teddy.

— Ce soir.

— Je vais lui parler. Essayer de voir si elle peut reporter », dit Matthias.

Hutch se gratte la tête. « Je ne sais pas, grand frère. Daisy est très déterminée. Elle a dit qu'il était temps de passer à l'action. Et Darius est venu spécialement pour la réunion.

— D'accord, dit Teddy d'une voix grave. Chaque chose en son temps. On s'organise avec la meute de Black Wolf. On s'assure de nettoyer les dégâts.

— Et la réunion publique ? Tu veux que Darius gagne ? demande Canyon.

— D'accord, grogne Teddy. Si tout se passe bien lors des prochaines heures, on ira tous voter. Mais je pense qu'on est tous d'accord. S'assurer qu'il n'arrive rien à Lana est la priorité. »

En voyant ses frères approuver en chœur, je suis si émue que je manque de fondre en larmes.

# Chapitre dix

*ana*

Après quelques précieuses minutes à nous câliner sur le canapé, Teddy reçoit un message de la meute de Black Wolf.

« Ils ont besoin de faire un debrief avec moi, soupire-t-il après avoir rangé son portable dans sa poche. Je dois y aller. Reste ici, en sécurité.

— D'accord. Ça ira.

— Je reviens dès que je peux, poupée. » Teddy m'embrasse, une fois sur les lèvres et une fois sur le front.

« Je ferai une petite sieste, dis-je avant de bâiller, une main devant la bouche. Je suis fatiguée. » Et bouleversée. Mais pas à cause des bombes qui font exploser tout ce que je croyais savoir sur le monde ou parce qu'on a voulu attenter à ma vie. Non, je suis bouleversée par la façon dont Teddy et ses frères m'ont accueillie. Après des années passées à être ignorée par ma famille proche, j'ai l'impression d'avoir été recueillie.

« Tu peux dormir ici. Hutch et Canyon ne seront pas loin. Ils te donneront tout ce dont tu as besoin. » Teddy m'embrasse de nouveau, puis il se tourne pour pointer du doigt deux des Trois Terribles. « Je compte sur vous pour protéger Lana. »

Hutch et Canyon se redressent. « Chef, oui, chef ! s'écrie Canyon en esquissant un salut militaire. On la protégera de nos vies.

— Même si une armée venait la chercher, on en viendrait à bout.

— La victoire ou la mort !

— D'accord. C'est bien. Je vous fais confiance. » Tandis que Teddy se penche pour sortir du chalet, je m'essuie les yeux avant qu'Hutch et Canyon ne voient mes larmes.

Je finis par m'endormir sur le canapé. À mon réveil, je suis entourée d'une couverture. Hutch se déplace dans la cuisine, mais je ne vois personne d'autre.

Il m'entend me réveiller et vient m'apporter un verre d'eau. Je le remercie à voix basse avant de dissimuler mon sourire derrière le verre. Ces frères ont beau être des ours féroces, ils se comportent en vrais gentlemen.

« Tu as bien dormi ? me demande Hutch en restant à mes côtés.

— Oui. J'ai raté quelque chose ?

— Non. Teddy n'est pas encore rentré, mais il ne devrait plus tarder. On va préparer le dîner avec Canyon. Du saumon grillé et une salade avec du fromage de chèvre et des myrtilles.

— Ça a l'air bon.

— C'est le plat préféré de Teddy. Après le dîner, on ira tous à la réunion publique. Matthias n'a pas réussi à convaincre Daisy de la reporter, alors Teddy a demandé à tout le monde de se mobiliser. On sera tous là pour arrêter Darius. Chaque vote compte. »

Je m'assieds en repoussant mes tresses. « Et le sujet de cette réunion, c'est de sauver la montagne ?

— Ouais, dit Canyon en passant la tête dans la pièce depuis le couloir.

— Au fait, avec tous ces événements, je n'ai pas eu l'occasion de poser la question. Pourquoi c'est si important d'empêcher Darius d'agir ? Vous dites que vous devez sauver la montagne, mais de quoi ? Qui la menace ?

— C'est une longue histoire. » Canyon s'approche lentement et s'installe dans un fauteuil usé en face du canapé. « En gros, le conseil municipal avait besoin d'argent pour la ville. Pour construire de nouvelles routes. Réparer le château d'eau, rénover les égouts, ce genre de trucs. La ville a contracté des prêts.

— Non, des obligations, rectifie Hutch. Ils ont appelé ça comme ça.

— On s'en fiche, dit Canyon secouant la main. Malheureusement, l'obligation a été rachetée par un fonds d'investissement géré par de vrais requins. Et maintenant, ils veulent leur argent.

— En plus d'intérêts ahurissants, ajoute Hutch. Daisy dit qu'elle préférerait devoir de l'argent à un cartel qu'à un fonds d'investissement.

— Beurk. Je comprends ce qu'elle veut dire. » Goddess-Wear reçoit un grand nombre d'offres de la part d'investisseurs intéressés, y compris de fonds de placement. Qualifier ces gens de requins reste une façon polie de les décrire. « Alors, vous leur devez combien ?

— Environ dix millions. Pour une petite ville, c'est une somme énorme.

— Mais ça ira, affirme Canyon en posant les pieds sur la table basse. On gagnera cet argent. J'ai des tonnes d'idées.

— Tu parles, on a tout essayé. On a commencé à élever

des poules pour vendre les œufs. Mais on en mange la plupart.

— Je suis un ours en pleine croissance, dit Canyon en tapotant son ventre nu.

— Mais bien sûr. » Hutch lève les yeux au ciel.

Son frère se redresse et claque des doigts. « Et les ruches ? On pourrait vendre le miel.

— Oh, ce serait mignon, dis-je. J'imagine déjà le logo : les Ruches de Bad Bear.

— Non. Everest ne veut pas nous laisser prendre du miel, dit Hutch. Il est trop attaché aux abeilles. Et puis, comment on gagnera dix millions en vendant des produits sur un marché ? On doit trouver une autre idée. » Il pose son menton sur ses mains, l'air morose. « Teddy a une entreprise de vols en hélicoptère, mais il n'a pas encore prévu de développer son activité.

— Et après notre petite sortie d'aujourd'hui, ça m'étonnerait qu'il me laisse approcher l'hélico de sitôt, dit Canyon d'un air aussi abattu que son frère.

— Dommage. Je pourrais vous coudre des combinaisons assorties.

— Des combinaisons assorties ? Ah, on doit vraiment convaincre Teddy !

— Bon courage, marmonne Canyon. Quoi qu'il en soit, on doit trouver un moyen d'obtenir l'argent rapidement.

— Compris. Et quel rôle joue Darius ?

— Il a des idées pour rembourser la dette, mais elles impliquent toutes de vendre des parcelles de terrain pour construire des immeubles d'appartements.

— Ce n'est pas forcément une mauvaise chose, dis-je après un moment de réflexion. Il y a une pénurie de logements, et s'ils sont construits de manière écoresponsable... »

Canyon grimace. « D'après Teddy, tout ce qui importe à

Darius, c'est de s'enrichir. Ça m'étonnerait qu'il fasse quoi que ce soit qui réduirait son profit.

— Je vois.

— Ce soir, Darius présentera ses projets pour rembourser la dette. Et on votera tous. Le truc, c'est qu'on doit proposer une alternative, sinon des gens risquent de choisir l'idée de Darius. Et aussi, Teddy pense que Darius a tout organisé pour obliger la ville à accepter son projet d'immeubles. Devine à qui appartient la société immobilière qui les construirait ?

— À Darius ?

— À Darius.

— D'accord. » Je comprends tout, maintenant. La haine de Teddy envers son jumeau, sa façon de lui reprocher tous les problèmes de la montagne. « Teddy pense que Darius a mis la ville dans une situation où elle serait obligée d'accepter de construire des immeubles résidentiels ?

— Quelque chose comme ça. Je dois reconnaître que le plan de Darius est bien meilleur que ce que veut faire le fonds d'investissement, dit Hutch. Si on rate des remboursements, ils prendront probablement le contrôle de la ville, ils mettront en place des mesures d'austérité et ils vendront des parcelles de la montagne à des exploitations forestières.

— Ce n'est pas bon, dis-je en grimaçant.

— Non. Ça détruirait notre habitat naturel. »

Hutch et Canyon paraissent si déprimés que je tape dans mes mains, les faisant sursauter. « Les gars ! On peut renverser la situation. On peut rassembler l'argent.

— Mais... dix millions de dollars ?

— On peut y arriver. On va trouver une solution. J'ai déjà quelques idées, mais avant tout, le plus important : j'ai besoin de votre aide. »

J'ai toute l'attention des deux triplés.

« Même si je trouve un moyen de collecter des fonds pour la montagne et qu'on arrive à convaincre Teddy de me laisser assister à la réunion municipale, qu'est-ce que je vais mettre ?

— Je peux t'aider, m'assure Hutch en se levant d'un bond. Attends. » Il revient en tirant une vieille machine à coudre noire estampillée du logo Singer sur le côté.

Sans me lever, je me rapproche de la machine. « OMG ! Elle est en état de marche ?

— Oh, oui. C'est celle de M'man. Elle nous a appris à nous en servir, dit-il en posant la lourde machine sur la table basse devant moi. Maintenant, il nous faut juste du tissu. »

Je souris. « J'ai quelques idées. »

* * *

*Teddy*

« Et voilà, on a terminé. » Lance, loup métamorphe de la meute de Black Wolf et ancien membre de mon unité à l'armée, claque la portière noire du van sur lequel nous étions en train de travailler. « Plus de corps. Et pour mon prochain tour, je vais faire disparaître la voiture qui a explosé.

— Merci. » Mon ours est impatient de retourner auprès de Lana.

Lance remarque mon agitation, et un grand sourire flotte sur ses lèvres. « Oh, et bienvenue au club.

— Le club ?

— Le club des métamorphes qui ont trouvé leur compagne. Lana est ta compagne, non ? »

J'hésite. Je ne l'ai pas marquée, mais le désir de le faire

est là, bien sûr. Je ne peux plus prétendre que ce n'est pas vrai. Aucun doute, elle est ma compagne.

« Ouais. » C'est bon de l'admettre, mais ça me terrifie.

« Ouais, répète Lance en hochant la tête devant mon expression. Crois-moi, je sais exactement comment tu te sens en ce moment. Heureux et fou à la fois.

— C'est que... » Je me pince l'arête du nez. « Elle est tellement fragile.

— Tu serais protecteur avec elle même si elle n'était pas humaine. Et elle est la cible d'un assassin. Même si ce n'était pas le cas, tu aurais quand même envie de l'enfermer dans un bunker et de la cacher au monde entier.

— C'est à peu près ça. D'ailleurs, tu as des infos sur le frère par alliance de Lana ? »

Lance perd son humeur joviale. « On cherche toujours Bentley Dupree. Il est malin. Il se planque. Je parie qu'il restera caché jusqu'à ce qu'il soit sûr que Lana est morte.

— On peut le lui faire croire », dit Rafe en s'approchant, suivi de Deke. Ce dernier enroule de la corde, ses lunettes rondes aux verres noirs sur le nez. J'ignore totalement pourquoi il en avait besoin, et je ne veux pas le savoir.

« Notre prochaine étape est de faire croire à Dupree que Lana est morte, me dit Rafe.

— Comment ?

— Channing et quelques hackeurs s'occupent de pirater les lignes de communication de l'assassin. On enverra un message à Dupree de sa part pour réclamer le paiement et on lui dira que la mission est accomplie. Ça devrait le faire sortir de sa cachette. Et on lui tombera dessus.

— D'accord. C'est un bon plan.

— Ça va aller, mon frère. » Lance me tape dans le dos et se penche pour me serrer un instant dans ses bras. Je cogne mon épaule contre la sienne et lui tape dans le dos à mon tour, puis fais de même avec Rafe.

« Merci, mon frère. » Je salue Deke de deux doigts. Il hoche la tête.

« Et vous devez nous rendre visite bientôt avec Lana, ajoute Rafe. Adèle et les filles voudront la rencontrer. Elles pourront discuter avec elle et l'aider à s'habituer plus vite à être la compagne d'un métamorphe.

— C'est une bonne idée. Ça lui plaira sans doute.

— Elle en aura besoin, m'assure Lance. Nos compagnes sont des dures à cuire, mais c'est sûr que s'unir à une humaine n'est pas sans complications.

— Putain, c'est peu dire, marmonne Deke.

— Les humaines compliquent tout, dit Lance en haussant les épaules. Mais elles en valent la peine. Ça se passera bien. » Après une dernière tape dans le dos, Rafe et les autres montent dans leurs véhicules et s'en vont.

Je les salue de la main pendant qu'ils s'éloignent. Lance, Deke et Rafe ont tous des compagnes humaines, et ça a marché pour eux. Ils ont confiance. Mais ils ne savent pas que j'ai déjà vécu ce cas de figure.

Tiffany était humaine. Et elle m'a trahi.

*Lana n'est pas Tiffany.* Je n'ai jamais ressenti ce genre de choses avec Tiffany.

Mon ours est absolument certain que Lana est notre compagne. Je peux l'être, moi aussi.

* * *

*Lana*

. . .

Une heure plus tard, j'ai confectionné une jupe à partir des morceaux d'un jean. Hutch regarde par-dessus mon épaule pendant que j'épingle les pièces de tissu en lui expliquant ce que je fais.

Des aiguilles plein la bouche, je demande : « Je peux te poser une question personnelle ? » J'attends qu'il hoche la tête en haussant les épaules. « Où est votre mère ?

— M'man ? Elle va bien. Elle s'est installée seule, pour être tranquille. Elle hiberne.

— Elle hiberne ?

— Quelques jours après nos dix-huit ans, elle nous a dit qu'elle nous aimait, mais qu'elle avait élevé sept garçons, huit si on compte Everest, et qu'elle avait besoin d'une pause. Depuis, elle dort presque tout le temps.

— Oh, waouh. » À vrai dire, ça a l'air sympa. Avoir la possibilité d'hiberner de temps à autre ne me dérangerait pas. « Attends, pourquoi on ne compterait pas Everest parmi les garçons qu'elle a élevés ?

— Elle ne l'a pas officiellement adopté. Un jour, il est sorti de la forêt et il s'est assis pour manger avec nous à la table de piquenique. Everest est comme ça. Il vient quand il en a envie, et le reste du temps, personne n'arrive à le trouver. Mais il fait quand même partie de la famille.

— La famille », dis-je à voix basse. J'adore leur famille. La mienne n'avait rien à voir.

« Hé, vous avez presque fini ? demande Canyon depuis la cuisine. Teddy a envoyé un message. Il arrive. J'ai préparé le gril et j'ai besoin d'aide. On doit commencer à manger maintenant pour être à l'heure à la réunion publique.

— Je serai prête. » Je sors ma nouvelle jupe en jean de la machine à coudre et la tiens devant moi. « Donnez-moi juste une seconde pour me changer. »

Cette fois, au lieu de regarder la chorégraphie fluide de

la préparation du dîner, j'y participe. Synchronisée aux gestes des deux frères, je découpe la salade et mets le saumon à cuire sur le gril. Hutch et moi effectuons des allers-retours entre la cuisine et les tables de piquenique pour y disposer des assiettes, des couverts et des serviettes.

Matthias et Bern arrivent les premiers. Le triplé gothique me prend une lourde pile d'assiettes des mains et en pose une devant chaque place.

« Tu dois te reposer, me dit Matthias.

— J'ai fait une sieste. Je me sens bien, c'est promis.

— Hé, Lana, assieds-toi ici, me dit Canyon en me faisant signe. Tu seras entre Teddy et moi. »

Je lui souris en prenant ma place. J'ai l'impression d'avoir quatre nouveaux frères. Toute une nouvelle famille.

*Sois prudente,* me prévient une petite voix dans ma tête. *Ça ne durera peut-être pas.* Mais je la repousse. Je dois rester positive.

Matthias consulte son portable, puis le range dans sa poche. « Teddy arrive. Il dit de commencer le dîner sans lui.

— Il ferait mieux d'arriver vite. Sinon, il n'aura pas le temps de manger avant la réunion, dit Canyon.

— En plus, Everest va manger tout son saumon. » Bern plonge des ustensiles dans la salade et me sert.

« Everest vient ? J'avais envie de le rencontrer, dis-je en souriant. Quand il n'est pas sous sa forme d'ours, je veux dire.

— Il est super, me dit Hutch en posant une panière près de moi. Très silencieux. Assez timide. Il viendra à la réunion. Entre Teddy et lui, tu seras totalement en sécurité, Lana.

— Et nous ? proteste Canyon.

— Et nous. On montera la garde. »

Matthias pose sa fourchette. « Tu viens à la réunion ?

— J'aimerais bien. Si Teddy pense que ça ne risque rien.

— Everest est là », dit Canyon en me donnant un petit coup de coude.

Une ombre tombe sur la table. Je me protège les yeux pour regarder en direction du soleil couchant et du géant qui le bloque.

Plus qu'un homme, Everest est une montagne à la peau bronzée. Sa grosse barbe rivalise avec celle de Teddy. Quand il me salue d'un hochement de tête solennel en levant la main, je reconnais tout de suite l'énorme ours polaire qui m'a saluée timidement de derrière les ruches.

Une nuée d'oiseaux s'envole des arbres à l'approche du vrombissement d'un moteur. Une moto tout-terrain noire s'approche et freine au dernier moment en projetant de la terre sur la façade du chalet. Le pilote retire son casque et passe une seconde à recoiffer ses cheveux noirs en crête avant de s'approcher tranquillement des tables de piquenique.

« Et voilà Axel, dit Matthias pour me présenter le dernier des frères de Bad Bear. Tu l'as aussi rencontré sous sa forme d'ours, il me semble.

— C'était l'ours noir dans la cuisine, murmure Hutch.

— Oh. » Je me redresse. « Bonjour. Je m'appelle Lana. »

Axel retire sa veste en cuir, révélant ses deux bras entièrement tatoués. Il est aussi grand que les adolescents, mais plus costaud. Avec son front haut et ses lèvres pleines, il m'évoque un James Dean au dos voûté, si le rebelle sans cause était joué par Daniel Henney. « Salut », dit-il, menton levé. Il fait mine de s'asseoir à côté de moi, mais Canyon secoue les bras.

« Non, mec. C'est la place de Teddy, dit Hutch.

— Lana est la copine de Teddy, explique Bern.

— Ah ouais ? » Axel me regarde d'un air endormi avant

d'aller s'installer lentement à côté d'Everest, à l'autre bout de la table. « Une autre humaine ? »

A-t-il dit... une *autre* humaine ?

Le silence s'abat sur la table. Le saumon devient sec dans ma bouche. Est-il interdit de sortir avec une humaine ?

« Comment ça, une autre ? » Personne ne me répond.

« La meilleure humaine, me défend Hutch.

— Ne sois pas malpoli, murmure Matthias à Axel.

— Désolé, dit-il avec un haussement d'épaules.

— Ce n'est pas grave. Je suis humaine, c'est vrai, dis-je en haussant les épaules à mon tour.

— C'est rien. Tu ne peux rien y faire. » Involontairement, Bern me démoralise encore plus.

« Elle a des idées pour sauver la montagne, dit Hutch.

— Oh ? » Matthias me regarde par-dessus la monture de ses lunettes.

J'avale rapidement ma bouchée de saumon. « Hum, j'en ai quelques-unes, mais j'y réfléchis encore.

— Ce sera une surprise, dit Canyon pour me tirer d'affaire. On l'aidera à les présenter, Hutch et moi.

— C'est bien », nous encourage Matthias.

Je baisse les yeux sur mon assiette. Je l'espère. Je ne veux décevoir personne.

À part des bruits de couverts et quelques murmures pour demander du sel, les minutes suivantes se déroulent en silence pendant que les frères de Bad Bear dévorent leurs assiettes. Le saumon, la salade et les miches de pain disparaissent aussi vite qu'Hutch et Canyon peuvent les remplacer. Je picore mon assiette. Le commentaire d'Axel m'a rappelé que je ne connais rien à la culture métamorphe. Être métamorphe est un secret précieusement gardé. Teddy et Matthias ont été clairs là-dessus. Il paraît logique que les relations avec des humains soient rares. Quand Matthias m'a dit que certains métamorphes avaient des compagnes humaines, ça m'a donné espoir, mais je me suis peut-être emballée.

Et si je n'étais pas la compagne de Teddy ? Et si une métamorphe existait quelque part pour lui ?

Et, si je suis sa compagne, une relation peut-elle fonctionner entre nous ? Ou mon humanité creusera-t-elle un fossé grandissant qui finira par nous séparer ?

J'ai vraiment, vraiment envie que Teddy arrive. Lorsque je suis avec lui, je ne réfléchis pas. Je ne stresse pas. Je ne fais que ressentir. Je peux être moi-même, et ça suffit.

Son odeur me parvient avant que j'entende sa voix. « Ma belle. »

*Teddy.* Je me tourne avec soulagement et ferme les yeux quand il m'embrasse le front.

« Ces sales ours s'occupent bien de toi ?

— Oui. » Je m'écarte pour l'embrasser sur la bouche.

Hutch embroche un steak de saumon, l'entoure de deux tranches de pain et tend le sandwich à Teddy. « Tu es en retard. Dépêche-toi de manger. On doit partir pour arriver à la réunion à l'heure. »

Teddy commence à dévorer son sandwich au saumon. « Tu es mignonne comme ça, me dit-il entre deux bouchées.

— Merci. » Ravie, je recule sur le siège pour lui montrer ma nouvelle jupe en jean et son T-shirt, que j'ai altéré de façon à faire tomber le col sur une épaule.

« Elle voulait une nouvelle tenue pour la réunion », dit Hutch.

Teddy s'étrangle. « Chérie, non, c'est dangereux.

— Pourquoi pas ? demande Canyon. L'assassin est mort et au fond d'un ravin. S'il revient en zombie, on le dégommera encore une fois. » Il donne des coups de poing dans le vide. Bern esquive les poings de son frère pour s'emparer du dernier morceau de pain.

Au bout de la table, Everest lève les bras et fait craquer les articulations de ses énormes mains. Le son me rappelle des coups de feu lointains.

Canyon montre son frère le plus imposant. « Tu vois ? Everest adorerait un autre round contre un assassin. Il est prêt.

— Qu'a dit la meute de Black Wolf de la situation ? demande Matthias.

— Ils sont en train de pirater les lignes de communication de l'assassin pour envoyer un message au frère de Lana, répond Teddy. Celui qui a mis sa tête à prix. Ils vont essayer de le faire sortir de son trou.

— Alors, ça va, affirme Canyon. C'est une petite réunion publique de rien du tout. Il n'y aura presque personne. On sera avec elle. Elle ne risquera rien.

— C'est le meilleur moment pour qu'elle sorte, ajoute Hutch. Son frère ne sait toujours pas qu'elle est vivante. »

Je baisse la main en m'apercevant que je joue avec le col de mon nouveau haut. « D'après vous, que fera Bentley quand il apprendra que je ne suis pas morte ?

— Ça n'a pas d'importance. On s'en occupera, me dit Teddy.

— Ce qui me rappelle une de mes idées pour réunir de l'argent pour la montagne. Lana, je ne t'en ai pas parlé tout à l'heure parce que je pensais que c'était un secret, mais tu fais partie de la famille, maintenant. » Canyon attend d'avoir l'attention de tout le monde et annonce : « Imaginez ça : des ours métamorphes assassins.

— Oh, ouais ! s'écrie Bern en donnant un coup de poing dans la table.

— Super », marmonne Axel, la bouche pleine. Everêst fait de nouveau craquer les articulations de ses doigts.

« Non, disent Teddy et Matthias à l'unisson. Absolument pas.

— Oh, allez ! grognent les trois triplés. Ce sera tellement cool. On peut améliorer nos compétences en combat.

— Bern peut apprendre à mieux piloter l'hélicoptère », renchérit Hutch. Bern hoche la tête si fort que ses cheveux lui tombent devant les yeux.

« Réfléchis-y, insiste Canyon.

— Je n'ai pas besoin d'y réfléchir, répond Teddy. Si je vous laissais participer à ce genre de missions, M'man me tuerait.

— M'man hiberne. Elle n'a pas besoin de le savoir », marmonne Canyon en s'affaissant sur son siège.

Je me mords la lèvre pour me retenir de sourire.

« Allez, on débarrasse la table. » Teddy désigne les restes du dîner, son sandwich terminé. « On doit partir à la réunion.

— Mais attends, on va laisser Lana ici toute seule ? » demande Canyon en se levant de nouveau d'un bond.

Teddy hésite. « Je resterai avec elle.

— Quand j'ai parlé à Daisy, j'ai eu l'impression que la ville était vraiment divisée sur le projet de Darius. Presque équitablement à la moitié. Ce seront sans doute quelques votes qui feront pencher la balance, dit Matthias.

— Chaque vote compte, affirme Hutch. On doit tous y aller. C'est notre dernière chance de sauver la montagne.

— S'il te plaît ? » Je fais la moue.

Teddy se frotte le front.

Je déglutis. « Tant pis. Ce n'est pas grave. » Je me hâte de prendre une panière et de partir vers le chalet.

« Lana... Lana, attends. » Teddy me rattrape avant que

je sois rentrée et me bloque la porte. Ses autres frères passent à côté de nous, les bras chargés pour débarrasser. Je garde la tête baissée pour dissimuler mes larmes.

« Viens. » Teddy m'entraîne sur le côté du chalet, où nous pouvons être seuls. « J'ai besoin de te savoir en sécurité.

— Je ne risquerais rien. Je serais avec vous tous. Est-ce que je serai vraiment plus en sécurité, toute seule dans le chalet ? Et ne me dis pas que quelqu'un va rester pour me protéger. Vous devez tous être présents à cette réunion.

— Cette foutue réunion...

— Est importante. Elle est importante pour vous. Je sais que je suis un fardeau...

— Merde, Lana, tu n'es pas un fardeau. Ce n'est pas ce que je voulais dire.

— Je sais. Je sais que ce n'est pas idéal. Je voulais ai-aider, c'est tout. » Ma gorge se noue.

« Viens là. » Il me prend la panière des mains et la jette par terre pour me serrer dans ses bras.

Je me colle contre lui, reconnaissante de son étreinte. « Vous m'avez tellement aidée, et c'est à moi de vous soute-nir. C'est important pour vous, j'aimerais participer. C'est agréable de faire partie du groupe. »

Teddy me serre contre lui en marmonnant un juron.

« Vous formez une famille. C'est génial. Exactement ce qu'une famille devrait être. Du moins, ce que je pense qu'une famille devrait être. La mienne n'a jamais été comme ça, même si j'en rêvais.

— Chérie. Je suis désolé.

— Ce n'est pas grave.

— Si, dit-il en me prenant le visage dans les mains. Tu as toujours le sourire, mais tu n'as pas été traitée comme tu aurais dû l'être. Je suis désolé que tes parents soient morts et que ton frère soit le pire trou du cul du siècle.

— Merci.

— Tu mérites la famille de tes rêves.

— Je crois que je l'ai trouvée », dis-je en un souffle contre ses lèvres. Il penche la tête pour m'embrasser. Ses grandes mains descendent se poser sur mes fesses. Je me retrouve soulevée, chevauchant la cuisse de Teddy. Je serre sa taille entre mes jambes et le laisse me donner un baiser insistant.

Pressés contre son torse, mes tétons se réchauffent et picotent.

« Tu es sûre ? » me demande-t-il quand nous reprenons notre souffle. Il me pose, et je repousse mes tresses. « Ça ne te dérange pas de supporter mes frères pour être avec moi ?

— J'aime bien tes frères.

— Tu es bien la seule. » En voyant mon expression, il ajoute : « Je plaisante. J'aime mes frères. Surtout Everest. Il ne passe pas son temps à parler. Mais parmi tous les endroits sur la montagne, je ne comprends pas pourquoi il a installé ses ruches près de chez moi.

— À mon avis, pour la même raison qu'Axel garde ses saucisses dans ton congélateur et que les Trois Terribles n'arrêtent pas de te casser les pieds pour s'entraîner à la cornemuse. Ils t'apprécient. Vous formez une famille. Ils veulent être proches de toi. C'est ce que fait une famille. » Mince, je vais encore pleurer. Je me sens à la fois émue de faire partie de leur famille et triste de savoir que malgré mes efforts, ni Bentley ni même mes parents n'ont jamais rien voulu avoir à faire avec moi. Je cligne des yeux à toute vitesse.

Teddy me reprend dans ses bras. « Je suis désolé,

poupée. J'arrêterai de me plaindre d'eux. J'aime mes frères... Ils me rendent dingue, c'est tout.

— D'après ce que j'entends dire, c'est aussi ce que fait une famille, dis-je en me serrant contre lui. Ça va mieux avec un câlin viking. » Mes seins ont tellement envie d'effleurer ce torse dur qu'ils sont douloureux, mais je m'écarte et remets en place le col élargi de mon T-shirt. « Enfin, allons à la réunion.

— J'ai envie de t'emmener dans un chalet isolé et de t'y garder une semaine, grogne-t-il.

— Ça me plairait.

— Cette nuit, je mets les triplés dehors. Il n'y aura que toi et moi, seuls.

— D'accord, dis-je à voix basse. Tant que ça ne dérange pas les triplés.

— Ils n'ont pas le choix.

— C'est d'accord ! » Une voix étouffée nous parvient. Je regarde autour de nous sans en trouver l'origine. Une fenêtre s'ouvre au-dessus de nos têtes, et la tête de Hutch apparaît. « On peut dormir quelques nuits dans la forêt. »

Je me colle contre Teddy, surprise. Il m'étreint et crie à son frère : « Cette conversation est privée !

— On est des métamorphes, tu te souviens ? demande la voix étouffée de Canyon, derrière Hutch. On entend tout ce que vous dites.

— C'est vrai ? » J'articule en silence en regardant Teddy.

Il hoche la tête, l'air fatigué. « Tu vois pourquoi j'ai envie d'être seul avec toi ? »

Une dispute éclate au-dessus de nous. Hutch s'efface, et la tête de Bern apparaît à sa place. « Hé, Lana, j'ai une idée. Tiens, dit-il en me lançant une veste noire à capuche. Elle peut porter ça. Pas de rose. Cache tes cheveux. » Je m'exécute, et il hoche la tête, satisfait. « En mode furtif.

— Tu vois, dit Canyon en se serrant pour passer la tête à côté de Bern. Maintenant, elle est camouflée. Elle ne risquera rien du tout.

— Personne ne filme la présentation, ajoute Hutch. Ce ne sera pas retransmis. Et Daisy demande à tout le monde d'éteindre son portable au début de la réunion. »

Teddy croise ses bras musclés. « Ça ne me plaît quand même pas.

— S'il te plaît, Teddy. » Je me place devant lui et me penche pour le regarder à travers mes cils. « Si à tout moment, tu penses qu'il y a un danger, on s'en ira. Je te suivrai sans discuter.

— Tu ne me quitteras pas d'une semelle.

— Promis. » Au-dessus, les triplés ont trouvé le moyen de faire tenir leurs trois têtes à travers la fenêtre. Nous attendons tous en retenant notre souffle.

« Très bien, grogne Teddy.

— Ouais ! » J'applaudis. « Vous êtes prêts ?

— Ça, oui ! me répondent les triplés.

— Est-ce qu'un ours chie dans les bois ? » ajoute Canyon.

Je le regarde sans comprendre, surprise.

« Oui », confirme Hutch. À côté de lui, Bern acquiesce de la tête. « Ça, c'est clair. »

# Chapitre onze

*Teddy*

Je prends la main de Lana et l'entraîne vers les tables de piquenique. Chacun a fait sa part, et toute trace du dîner a été débarrassée.

Lana siffle. « Votre mère vous a bien élevés.

— Ouais. » Je salue Matthias et Everest de deux doigts avant qu'ils ne s'enfoncent dans la forêt. Lana commence à les suivre, mais je la retiens par la main.

« Par ici, poupée. »

Elle plisse le nez en trottinant à côté de moi. « On ne va pas en ville à pied ?

— Non. » Je passe à côté d'Axel sur le chemin vers la cabane à outils. Il démarre sa moto tout-terrain, nous salue de la tête et s'éloigne rapidement. Une fois que j'ai trouvé les traces que je cherche, je les suis jusqu'à l'arrière du chalet, où nous attend un quad recouvert d'une bâche. Je retire cette dernière. « On va y aller avec ça. Il en très bon état.

— Ah oui ? » Lana semble sceptique. Le quad est un engin composé de différents appareils, avec d'énormes roues tachées de boue, une cage de sécurité et un banc en guise de siège. Certaines parties ont également été récupérées sur une voiturette de golf.

Je la hisse sur le siège, puis l'embrasse. « Tu peux t'accrocher, poupée ?

— Bien sûr. »

Je ne peux pas lui tenir la main en conduisant, mais le siège est assez petit, et le sentier plein de bosses. Lana se colle contre moi et s'accroche. Mon ours approuve. Il veut garder ses pattes sur elle à tout moment. Il aimerait aussi que j'effectue un demi-tour avec le quad et que je trouve une grotte isolée pour nous y cacher pendant la prochaine décennie. Le fait que je pense qu'il s'agit d'une bonne idée ne l'aide pas.

*Il faut faire des compromis.*

« Ça va ? » demande Lana, la main sur mon genou. Tout mon corps est crispé.

Je hoche la tête, incapable de trouver ma voix pour lui répondre. Pendant que nous roulons sur la route, je reste en alerte en cas de danger. Chaque bruit et chaque frémissement de feuille me rend nerveux.

Lana doit sentir que je suis préoccupé. « Tu t'inquiètes à cause de Darius ?

— Un peu.

— Ça va aller, dit-elle en me frottant le genou. La réunion va bien se passer. »

Je lui prends la main et dépose un baiser sur sa paume. « Oui. Merci, poupée. Mais après cette sortie, on se fait discrets, dis-je avec fermeté.

— C'est d'accord. Mais... combien de temps ? Même si j'adore l'idée de m'enfermer quelque part avec toi pendant un mois, à un moment, je devrai dire à mon équipe où je me trouve et quand je prévois de rentrer de vacances. »

C'est vrai. Lana n'est pas une ermite viking, comme moi. Elle est célèbre, à la tête de son entreprise.

« On trouvera une solution. » Il s'agira d'un autre compromis qui ne plaira pas à mon ours. *Les humaines compliquent les choses, mais ça ne signifie pas que ça ne peut pas marcher.*

« Tu crois que tes amis réussiront à arrêter Bentley ? » demande Lana après un moment.

J'arrête le quad pour prendre son visage dans mes mains. Je l'embrasse comme si je souhaitais marquer sa bouche. « Ils ne se reposeront pas avant de l'avoir fait. Je ne laisserai rien t'arriver. Je te le promets. Je te protégerai de lui, de tout le monde. Tu n'es pas seule. »

* * *

*Lana*

Je suis à deux doigts de me dégonfler. De demander à Teddy de me ramener et de me faire l'amour jusqu'à ce que nous ayons oublié la ville, son frère et le mien. Mais ce n'est pas juste. Teddy m'a tant aidée. C'est à mon tour de lui venir en aide.

« Merci, dis-je en respirant un grand coup. Allez, en piste. »

Alors que Teddy est sur le point de redémarrer le quad, quelqu'un pousse un grand cri sur notre droite, dans les arbres. Je me recroqueville contre Teddy, mais ce ne sont que les triplés. Ils sortent de la forêt en courant et nous dépassent en tapant sur la carrosserie du quad.

« Débiles », marmonne Teddy. Mais j'entends un sourire dans sa voix.

« Je les trouve gentils. »

Il grogne et tourne la tête. « Canyon, descends ! »

L'adolescent torse nu s'accroche à l'arrière du quad. En riant, il se balance à la cage de sécurité avant de détaler à toutes jambes. Dans la lumière du soleil couchant, deux silhouettes en kilts et une entièrement vêtue de noir courent et zigzaguent devant nous sur la route jusqu'à l'entrée de la ville de Bad Bear.

À contre-jour du coucher de soleil, la petite ville est plus charmante que sa carte postale. Une unique route la traverse en son centre, entourée de trottoirs et de bâtiments anciens qui ne semblent pas avoir été rénovés depuis le dix-neuvième siècle. Pas de feux tricolores, mais le bitume noir est récent. Sans doute financé par l'obligation.

Nous passons devant un bar aux airs de saloon, dont la grande enseigne en bois proclame le nom : Le Seau percé. Il aurait sa place à l'arrière-plan d'une scène de western. Il y a même un abreuvoir poussiéreux à côté de la longue rambarde en fer. L'endroit parfait pour attacher des chevaux.

En face se trouve la Négoce, une épicerie dotée d'une terrasse couverte où sont disposés des fauteuils à bascule. Comme le Seau percé, l'enseigne de la Négoce semble d'époque.

« C'est adorable. Pourquoi vous ne m'avez pas dit que la ville était comme ça ? C'est tellement pittoresque ! Pas éton-nant que ma mère l'ait adorée.

— La Négoce était un arrêt du Pony Express, explique Teddy en haussant les épaules. Il est toujours tenu par un descendant de la famille d'origine. Pas grand-chose n'a changé, par ici.

— Je vois ça. » Toute la ville est parée de touches modernes, mais sinon, c'est comme si le temps s'était arrêté.

Elle constituerait un excellent plateau de tournage. Ce qui me donne une idée...

Nous passons ensuite devant plusieurs vastes champs entourant une colline, avec un grand parapet en pierre sur un côté qui crée une sorte de scène.

Je la montre du doigt. « Qu'est-ce que c'est ?

— C'est Daisy qui a voulu la construire. Une espèce de scène pour donner des représentations de théâtre en extérieur. Elle a été construite, mais le soir où la pièce devait avoir lieu, un gros orage a éclaté et il a fallu la déplacer en intérieur. Elle n'a plus jamais servi depuis.

— Hmmm. » La scène n'est pas immense, mais les champs alentour ajoutent énormément de place. J'ai déjà discuté avec les triplés de plusieurs façons de réunir de l'argent et de demander des subventions, mais j'ai désormais encore plus d'idées. Mon esprit s'est remis à fonctionner à toute vitesse, ce qui m'indique que je suis totalement remise de ma blessure.

La réunion publique a lieu dans un vieux bâtiment en adobe. Teddy m'apprend qu'il s'agissait autrefois d'une école avant qu'elle ne soit reconvertie en un centre communautaire. Dans une longue salle, des rangées de sièges sont disposées face à une estrade. Le bâtiment dégage une odeur ancienne sous celle des produits nettoyants.

Une main posée dans mon dos, Teddy me guide à l'intérieur et salue de la tête les personnes que nous croisons. Chacune le reconnaît et me regarde avec curiosité. J'ai envie de les saluer de la main et de leur sourire, mais la capuche de la veste qui dissimule mes cheveux me cache la moitié du visage. Je suis censée être incognito. Je laisse Teddy m'entraîner jusqu'à l'avant de la salle.

Les frères de Bad Bear occupent le premier rang. Assis au bout de la rangée, Everest déborde de son siège, qui grince sous sa carrure massive. Même Matthias et les adolescents dégingandés donnent l'impression d'avoir été installés à la table des enfants. Je suis restée avec des ours métamorphes si longtemps que les meubles à taille humaine me paraissent minuscules.

Teddy s'installe précautionneusement sur sa chaise, puis pose le bras sur mon épaule. En face de nous, tout à droite de l'estrade, je vois Darius dans un costume. Il salue Teddy d'un hochement de tête, et moi d'un clin d'œil.

Un grondement vibre dans le torse de Teddy. Je me penche pour poser une main sur son genou. « Merci de m'avoir permis de venir », dis-je pour détourner son attention.

Il couvre ma main de la sienne, mais la tension ne quitte pas ses épaules.

Canyon est assis à ma gauche. « Voilà la maire, dit-il en montrant la dame aux cheveux blancs qui monte sur scène.

— Daisy, c'est ça ?

— Ouais, dit-il avec un petit rire. Ça lui va bien, hein ? »

Comme pour rendre hommage à son prénom, qui signifie marguerite en anglais, Daisy porte une robe à imprimé floral et un gros bandeau sur la tête sur lequel sont accrochées des fleurs artificielles. On dirait que des marguerites lui poussent partout autour du crâne. Une marguerite est collée sur chacune de ses sandales compensées. J'adore qu'elle ait complètement adopté le thème.

Daisy s'approche du podium en traînant des pieds. Elle vacille un instant lorsqu'elle monte sur la petite estrade qui lui permettra d'atteindre le microphone. Je retiens mon souffle, mais elle réussit à monter.

Quand elle a terminé d'ajuster le microphone, le silence s'est fait dans la salle.

« Bienvenue à tous à cette tribune d'urgence de la ville

de Bad Bear. Comme vous le savez, nous avons de légers ennuis.

— C'est peu dire ! » crie quelqu'un dans le fond de la salle.

Daisy regarde avec sévérité l'homme au Stetson poussiéreux qui l'a interrompue. « J'ai entendu, Abraham Benson. Je vois que tu n'as pas changé depuis que je t'ai enseigné les maths au collège. Et ta mère ne t'a-t-elle pas appris qu'il faut retirer son chapeau en présence de gens polis ?

— Si, m'dame, marmonne-t-il en enlevant son chapeau.

— C'est Abe, murmure Canyon. Le propriétaire du Seau percé. Il n'y a que Daisy qui peut l'appeler Abraham.

— Elle a été institutrice ?

— Prof de maths en cinquième pendant trente ans. Si elle était une ourse, elle hibernerait toujours.

— Je te demanderai de ne plus m'interrompre, à présent, dit-elle à Abe. Et si quelqu'un se met à jeter des boules de papier mâché, je saurai que c'est toi. »

Abe se rassoit au fond de sa chaise en la faisant grincer. « Elle savait toujours, marmonne-t-il à ses voisins, qui hochent la tête avec commisération.

— Comme je le disais, nous avons un petit problème d'argent. Heureusement, monsieur Medvedev est venu nous aider à tout mettre à plat. Vous le connaissez plutôt en tant que Darius, l'un des Deux Terribles. »

Je me tourne vers Teddy et articule : « Les Deux Terribles ? » Il lève les yeux au ciel.

« Oh, oui, dit joyeusement Canyon. À l'origine, c'étaient Teddy et Darius, les ours terribles.

— Chut », dit Hutch.

Sur la scène, après avoir cette fois qualifié leurs *légers ennuis* de *situation délicate*, Daisy vient de présenter Darius comme le PDG des entreprises Medvedev. Apparemment, sa société a déjà mené à bien plusieurs projets immobiliers à Albuquerque et à Santa Fe. Elle a investi dans des régions qui manquaient de logements et de commerces de proximité. Remplacé des zones de désert alimentaire par des bâtiments à usages multiples accueillant des magasins et des habitations, avec des trottoirs et des espaces paysagers aménagés avec goût pour donner envie à de nombreuses personnes d'y habiter et d'y être heureuses pour toujours.

Du moins, si l'on en croit Daisy, qui a l'air de lire une brochure des entreprises Medvedev. Plus elle encense Darius, plus les muscles de la cuisse de Teddy se crispent.

« Merci d'accueillir Darius Medvedev », termine la maire. L'assemblée applaudit poliment.

Darius monte sur scène avec un sourire de politicien. Il a enlevé sa veste de costume et déboutonné son col, tempérant son look de PDG avec une apparence plus détendue et accessible. Il embrasse Daisy sur les joues, puis l'aide à descendre les marches et à rejoindre sa place avant de remonter sur l'estrade d'un bond pour s'approcher du microphone.

« Chers citoyens de Bad Bear, bonjour. Tout d'abord, j'ai une confession à faire. Pendant mon année de première, c'est moi qui ai volé le boxer sur le fil à linge du vieux Luther et qui l'ai accroché en haut du mât.

— J'en étais sûr ! » lance un homme voûté au fond de la salle — sans doute le vieux Luther.

Depuis sa chaise, Daisy secoue son index en direction de Darius.

Il baisse la tête en feignant la honte. Ses cheveux lui tombent sur le visage, lui donnant l'air d'avoir dix ans de moins. « J'ai laissé un avoir à la Négoce à votre nom, monsieur Luther.

— Ça ira », répond le vieux Luther, satisfait.

Darius perd le sourire. « Mais plus sérieusement, les amis, je dois vous présenter des excuses. Quand j'ai proposé au conseil municipal de contracter une obligation, je croyais qu'il s'agissait de la solution à nos problèmes. Et c'est ma faute si le fonds de placement Adawulf a décidé d'investir dans la ville. Je me suis rendu personnellement à New York pour m'entretenir avec les Adawulf. Ce sont des gens très bien, une organisation familiale, mais ils sont aussi à la tête d'une entreprise et ils ont besoin d'un retour sur investissement, comme tout le monde. Mais heureusement, reprend-il en haussant la voix, ils sont prêts à nous accorder un peu plus de temps pour rembourser nos dettes. Surtout quand je leur ai montré l'intérêt à développer le territoire et à bâtir des logements de qualité ainsi que des commerces qui mettront en valeur la beauté de notre montagne. »

Darius se lance ensuite dans son baratin. Sa présentation est tape-à-l'œil et bien ficelée. Avec l'aide de quelques assistants, qui ont l'air d'adolescents recrutés dans le club de théâtre du lycée, il installe plusieurs trépieds. Sur chacun, une planche de présentation l'aide à exposer les grandes lignes de son projet. Il y a peu de texte, et énormément d'images de personnes souriantes assises sur des bancs ou promenant leur chien, le tout devant des maisons de ville avec le sommet de la montagne de Bad Bear en arrière-plan. À en croire la présentation, ces aménagements immobiliers résoudront le problème de dette de la ville, fonctionneront avec zéro émission de carbone et réduiront sans doute aussi le taux de cancers et de maladies cardiaques.

Je murmure à Canyon : « Les gens vont tomber dans le panneau ?

— Ça a l'air pas mal », dit-il en haussant les épaules.

C'est vrai, ça a l'air joli. Mais quelles seront les infrastructures nécessaires pour répondre aux besoins de tant de nouveaux logements ? Et si l'afflux de nouveaux habitants attire plus de commerces, les grandes chaînes de magasins prendront-elles le marché en poussant à la faillite les charmants commerces locaux ?

Je me mords la lèvre. Je ne dirai rien avant d'être sûre que c'est justifié.

Teddy s'avère en mesure de jouer l'avocat du diable.

Darius se détourne de sa présentation et demande, les bras écartés : « Des questions ?

— Quelques-unes, répond Teddy en se levant, les pouces dans les passants de son jean.

— Je t'en prie. » De la main, Darius lui donne la parole. Un grand sourire étire ses lèvres, mais le geste est un peu sarcastique.

Teddy prend son jumeau au mot. Il saute sur l'estrade et s'avance, un large sourire révélant ses dents. Il prend le microphone des mains de Darius, puis le pousse d'un coup d'épaule. « Volontiers. Je m'appelle Teddy. » Un larsen résonne, mais il ne se démonte pas. « J'aimerais vous rappeler ce qu'a dit Darius lui-même au début de son discours. C'est en partie à cause de lui qu'on est dans ce merdier. Et je ne pense pas qu'on peut se fier à lui pour nous en sortir. »

* * *

*Teddy*

Une mer de visages me regarde fixement tandis que je me protège les yeux de la lumière aveuglante des spots sur la scène. Je ne suis pas étonné que Darius souhaite se retrouver sous le feu des projecteurs. Il a toujours adoré le théâtre au lycée.

S'il veut du spectacle, je vais lui en donner. Ce soir, je vais le remettre à sa place. Notre dernier combat s'est soldé par un match nul, mais cette fois, nous verrons qui est le dernier debout.

Je m'éclaircis la gorge et continue : « Ouais, la présentation a l'air sympa. Mais l'idée d'une obligation qui résoudrait tous nos problèmes l'était aussi. Demandez-vous si un homme qui s'acoquine avec des requins de fonds d'investissement agit vraiment dans l'intérêt de notre ville.

— Ce n'est pas faux, dit le vieux Luther.

— Bien dit ! » crie Canyon. Darius le foudroie du regard.

Je me déplace sur l'estrade et montre les panneaux représentant des personnes souriantes devant leurs jolis logements. « Je trouve que ce nouveau projet de développement a fière allure. Mais il s'accompagnera de coûts d'infrastructure. Combien devrons-nous encore dépenser pour les routes et le réseau d'égouts ? » Je fais une pause pour laisser mon argument faire effet. Je dois démolir la présentation point par point jusqu'à ce que tous comprennent. « Je ne dis pas que c'est impossible à réaliser. De nombreuses banlieues rencontrent ce problème, et elles vendent plus de parcelles pour assumer les coûts de construction rapide. Le résultat ? Un développement constant et des dettes supplémentaires. Vous avez bien entendu, les amis : des dettes supplémentaires. De nouveaux logements ont besoin de nouvelles infrastructures, et ce sera à nous de les financer. Pour les financer, on devra contracter une autre obligation. On se retrouvera dans la même situation, encore et encore.

— Il a raison », dit quelqu'un au fond de la salle.

Darius éponge de la sueur sur son front. À cet instant,

les spots brûlants ne lui rendent pas service. « Les nouveaux logements rapporteront des impôts pour payer...

— Ça ne suffira pas. » Darius sait projeter sa voix aussi bien que n'importe quel acteur ayant joué Hamlet, mais j'ai toujours le microphone. « Et puis, qui rachètera nos obligations alors que la ville est presque en état de cessation de paiement ? »

Darius me regarde avec stupéfaction. Je lui montre les crocs. *Eh oui, mon frère. Tu n'es pas le seul à comprendre les obligations municipales. Je n'ai pas besoin d'être diplômé d'une grande école de commerce pour parler d'économie.*

« J'ai l'assurance du fonds d'investissement qu'il nous proposerait de bonnes conditions...

— Donc, on serait endettés auprès d'eux pour toujours. » Je suis à présent face à face avec Darius. J'ai l'impression de regarder une version métrosexuelle de moi-même dans un miroir, une version qui met du gel dans ses cheveux et de l'eau de Cologne. « J'aimerais que tu te serves de tes contacts avec ces investisseurs pour obtenir une autre réunion. Pour leur dire d'aller se faire foutre. » Je tends le micro à Darius. Il ouvre la main pour le prendre, mais je le lâche à la dernière seconde.

« Oooh », soufflent quelques petits malins au premier rang. Quelqu'un d'autre commence à applaudir. Lana. Je lui adresse un signe de tête.

« À toi », dis-je à Darius à voix basse.

Abe, le propriétaire du Seau percé, se lève et remonte son pantalon. « Eh bien, j'en ai assez entendu. Et ma seule question, c'est : si le projet de développement est une si mauvaise chose, alors quelle est ton idée ? » Il tourne lentement en cercle pour s'adresser à tous ceux qui l'entourent. « Teddy nous a donné toutes les raisons pour lesquelles on devrait refuser l'offre de Darius. Mais quelle est l'alternative ? Fermer tous les services publics ? Des mesures d'austérité ? C'est ce qu'a proposé le fonds d'investissement quand la ville a commencé à avoir des retards de paiement. Avant tout, les investisseurs veulent leur argent. Et n'oubliez pas que nous avons utilisé le nouvel hôpital du comté comme garantie. Le fonds d'investissement s'en saisira, et il faudra aller jusqu'à Santa Fe pour recevoir des soins médicaux. »

Pour Abe, cette réponse était étonnamment bien construite. Je considère Darius avec méfiance. Il soutient mon regard, les sourcils haussés. Apparemment, il a plusieurs coups d'avance.

« Moi, je propose qu'on vote pour les immeubles d'appartements », déclare Abe.

À quelques rangs de lui, une grande femme maigre avec une veste en peau de daim prend la parole. « Et moi, je propose que tu retournes d'où tu viens : en Virginie ! »

La bouche de Lana forme un petit cercle. Avec mon ouïe de métamorphe, j'entends Canyon lui murmurer : « C'est Terri, la propriétaire de la Négoce, en face du Seau percé. Abe et elle se détestent. C'est une longue histoire.

— Ferme-la, Terri, rétorque Abe à la femme. Mon arrière-arrière-grand-père s'est installé ici avant le tien ! Il avait tout autant le droit d'être là...

— Et quand son puits s'est asséché, il a volé l'eau du nôtre ! » Terri tape le sol de ses bottes de cowboy. Abe et elle vont commencer à se hurler dessus d'un instant à l'autre. Leur querelle est profonde et ancienne.

J'échange un regard avec Darius, puis nous levons les yeux au ciel. Il a ramassé le microphone, mais lorsque j'essaie de le prendre, il m'en empêche. Nous luttons un instant, créant un effet de réverbération dans la grande salle. La moitié de la foule frissonne et se couvre les oreilles. L'autre moitié encourage Abe et Terri. Le vieux Luther s'est également levé et raconte à qui veut l'entendre tout le mal qu'il pense des frères voleurs de boxers, des fonds d'investissement et de la présidence de Nixon.

Tout le monde s'énerve, sauf Daisy. Elle a retiré ses appareils auditifs et semble faire une petite sieste. Assise à côté d'elle, sa petite-fille essaie de la réveiller. La jeune femme d'une vingtaine d'années porte un bandeau décoré d'une marguerite, assortie à celles de sa grand-mère.

« Elle a une idée ! » s'exclame Hutch. Il bondit sur l'estrade et montre Lana. Elle secoue la tête, mais Canyon l'encourage à se lever. Bern et lui la font monter sur scène.

« Non. » Je veux l'empêcher de s'approcher du podium, mais Darius me saisit le bras.

« Laisse-la faire, Théodore. Je veux entendre ce qu'elle va proposer. »

Je gronde, mais la distraction permet à Hutch de faire passer Lana à côté de moi. Elle est tout à coup devant le podium, Darius à côté d'elle.

« Bonjour, lui dit-elle avec un beau sourire en montrant le microphone. Je pourrais avoir ça ?

— Laissez-la parler ! » crie Bern. Avec un sourire de requin, Darius donne le micro à Lana. Les personnes présentes se rassoient. Abe et Terri se disputent toujours bruyamment, mais Everest se lève de son siège en bout de rang et s'approche lentement d'eux. Il ne dit rien pour les faire taire. Ce n'est pas nécessaire. Il se contente de les regarder d'un air menaçant jusqu'à ce que Terri et Abe la ferment et se réinstallent sur leurs sièges.

« Bonjour tout le monde, je m'appelle Lana L... euh, je suis une amie de Teddy. » Elle déglutit et me regarde. Je l'encourage d'un signe de tête. C'est important pour elle. Elle tenait à nous aider. Je peux bien la laisser faire.

Et ensuite, je l'emmènerai directement de la scène à un

lieu retiré, où je la garderai attachée au lit jusqu'à ce que Bentley ne représente plus un danger.

« J'ai quelques idées pour rattraper les retards de paiement de la ville, et aussi pour rembourser sa dette. Une bonne fois pour toutes, ajoute-t-elle avant de s'éclaircir la gorge. Mais commençons par le commencement. Le fonds d'investissement ne peut pas imposer de mesures d'austérité ou saisir des biens sans une décision de justice, donc, vous avez du temps. Et je parie que le fonds préférerait largement négocier avec vous pour obtenir l'argent.

— Comment on les paie ? Il n'y a pas d'argent ! crie Abe.

— Il y a plusieurs moyens ! Tout d'abord, j'ai vu un bel espace en plein air en arrivant ici. Un nouveau festival de musique cherche un lieu pour sa première édition. Cet endroit est exactement ce que recherchent les organisateurs. Il ne faudrait pas beaucoup insister pour les convaincre de l'organiser ici.

— Comment ? » La question vient de Terri, qui a les bras croisés, comme Abe.

« Je suis amie avec Anara, répond simplement Lana, nommant une star majeure de la pop. Elle a commencé dans une petite ville comme celle-ci, et elle a envie de donner de la visibilité aux artistes émergents de son label. Elle sera l'artiste principale. »

Au nom de la chanteuse, les personnes dans l'assemblée se redressent, intéressées.

« J'aime bien Anara. De la bonne musique, déclare Terri.

— Pff, lâche Abe. Qu'est-ce que ça va nous coûter ?

— Oh, vous ne la paierez pas pour chanter. Elle coproduit l'événement. Elle vous paiera pour l'espace. La première année, vous devrez réinvestir la somme pour construire les installations, ajouter des toilettes publiques, ce genre de choses. Mais ça ne coûtera pas énormément d'argent. Et ça vous permettra d'accueillir d'autres projets, comme un festival artistique ou d'autres événements musicaux. Des artistes viendront peut-être ici au lieu de jouer au Kit Carson Park de Taos. Ils oublieront Coachella ! » Elle lève le poing. Son enthousiasme est contagieux. Les gens murmurent entre eux en envisageant l'idée. « L'événement créera des emplois, et une partie des employés sera recrutée localement. Donc, plus d'emplois, surtout pour les étudiants qui adoraient le théâtre au lycée. » Elle sourit aux assistants, qui ont l'air sur le point de se mettre à applaudir. « Et ça attirera des touristes, ce qui signifie plus de clients pour les commerces des environs. » À ce commentaire, Abe et Terri se rassoient avec des sourires satisfaits.

« La plupart des festivaliers ne passeront pas la nuit dans la montagne, mais ça pourrait s'avérer une aubaine pour les locations de vacances. La ville pourrait créer un site Internet de réservations pour les hébergements saisonniers. Comme Airbnb, mais la ville certifierait les logements en échange d'un pourcentage des bénéfices.

— Je pourrais créer le site », propose Hutch. D'autres personnes acquiescent de la tête. Lana est en train de les convaincre.

« Au fait, je suis d'accord avec Darius. Dans une certaine mesure. Pour complètement rembourser l'obligation, je pense que vous devriez envisager de construire des logements. Mais pas forcément ceux que proposent les entreprises Medvedev. Vous pourriez lancer un appel d'offres en stipulant que le projet doit être écoresponsable et protéger des zones naturelles désignées. Le projet de développement choisi financerait ses propres routes et le raccordement au réseau d'égouts. Et vous pouvez faire passer des arrêtés municipaux pour soutenir les commerces locaux et décourager les grands magasins.

— Mais qu'en est-il des prochaines mensualités de remboursement ? demande Darius, assez fort pour être entendu malgré les murmures. La ville a besoin d'argent tout de suite. »

Lana penche la tête sur le côté. Sa capuche est tombée en arrière, et les pointes roses de ses tresses apparaissent. « Il existe de nombreuses façons d'utiliser ce que vous avez déjà pour gagner plus d'argent. Par exemple, mon oncle Benny est à la recherche de nouveaux lieux de tournage pour des films. Je parie que cette ville serait parfaite. Le Nouveau-Mexique est de plus en plus populaire pour les tournages.

— Je trouve que tout ça a l'air merveilleux ! dit Daisy, que sa petite-fille a aidée à monter les marches. Nous devrons agir vite. L'été approche à grands pas.

— Je vais appeler mes contacts ! s'exclame Lana. Dès que j'aurai fait réparer mon téléphone. Et je peux inviter Anara ici pour qu'elle découvre les lieux. Si la ville lui plaît, elle fera l'annonce sans attendre. Elle pourra même la filmer ici, dans la rue principale. »

Canyon saute sur scène et se penche sur le micro. « Je connais aussi... hum... la créatrice d'une marque de vête-ments. Elle aimerait tourner quelques publicités ici, pour commencer. » Il échange un sourire avec Lana.

« Eh bien, avec tout ça, les gens sauront situer Bad Bear sur une carte, approuve Daisy. Merci pour tes idées, ma chère. »

Lana lui adresse un sourire radieux. « Ça fera les gros titres de la presse ! Faites-moi confiance, nous n'aurons aucun mal à mettre le monde entier au courant. »

J'aurais dû le voir venir, mais j'étais subjugué par le génie de Lana. Je prends tout à coup conscience de la réalité de ce qu'elle propose. Je vacille, le souffle coupé comme si j'avais reçu un coup de poing dans le plexus solaire.

Des caméras. Des équipes de tournage. Des paparazzis.

Darius se penche vers moi. « Sérieusement, c'est l'idée de ta copine ? C'est pareil qu'avec Tiffany. »

Un grand froid m'envahit. Il a raison, et tort à la fois.

Ce n'est pas pareil qu'avec Tiffany.

*C'est bien, bien pire.*

# Chapitre douze

L*ana*

Ça s'est bien passé. Du moins, je l'espère. Parler en public n'est pas l'activité que je préfère, mais je sais me défendre. Même si j'ai mal aux joues à force de sourire, je salue et remercie tout le monde avant de descendre de l'estrade et de rendre le micro à Daisy.

Elle me serre le bras quand je passe à côté d'elle. « Eh bien, rien n'est fixé, mais on dirait que nous avons quelques options, tout compte fait. Merci à tous d'applaudir Lana et ses idées ! » Parmi les applaudissements polis, j'entends taper du pied et des cris d'encouragement. Surtout de la part des triplés au premier rang, mais ils me réchauffent le cœur.

Une ombre tombe sur moi. Teddy. « Par ici. » D'une main dans mon dos, il me guide vers les coulisses. Nous passons à côté de Darius, qui sourit d'un air mauvais. Je le regarde sans comprendre.

Canyon apparaît à côté de moi. « C'était super ! Tu as réussi ! Tu as sauvé la ville ! Tu connais vraiment Anara ?

— Canyon, l'interrompt Teddy d'une voix nouée. Retourne t'asseoir. »

L'adolescent se fige en voyant l'expression de son frère. Sa pomme d'Adam remue, puis il s'éloigne vers l'avant de la salle.

Mes yeux ne se sont pas encore remis des spots, mais je décèle la tension de Teddy à sa posture. « Teddy ? Qu'est-ce qui ne va pas ?

— Rien. » Sa voix est sèche. Il me prend la main sans douceur et m'entraîne plus loin derrière la scène. Nous entrons dans une salle de repos avec des meubles en bois, quelques perruques et un vieux piano droit.

Quand je remarque son expression sombre, du froid emplit tout mon corps.

Je lui lâche la main. « Il n'y a pas rien. Tu es contrarié.

— On en parlera plus tard. »

Remontée sur la scène, Daisy demande à la ville de voter pour ou contre la proposition de Darius.

Je déglutis, une main sur la poitrine. « Tu dois y aller. Va voter.

— Reste là, me dit-il après avoir murmuré un juron. Je reviens très vite. Ne bouge pas. Ne montre pas ton visage. Et garde ta capuche sur tes cheveux. »

Je remonte la capuche. Quelque chose ne va pas, pas du tout. « Je suis désolée, je n'aurais pas dû monter sur scène. Je pensais aider. Tout s'est passé si vite... »

Avec un autre juron, Teddy se retourne et me serre contre lui. Il m'étreint avec force, puis m'embrasse le front. « Attends-moi ici. Sois prudente. Je reviens tout de suite. »

Je touche l'endroit où il m'a embrassée pendant qu'il s'éloigne. Je n'ai pas eu l'impression de recevoir un câlin de Viking. J'ai eu l'impression qu'il me disait au revoir.

* * *

Alors que j'attends le retour de Teddy en me mordant la lèvre, une jeune femme entre dans la salle de repos. Elle porte un bandeau fleuri identique à celui de Daisy.

« Pardon, tu es Lana Langmeyer ?

— Oui ? » Si j'ai l'air d'hésiter, c'est parce que je ne suis pas sûre que je devrais révéler mon identité. C'est sans doute pour ça que Teddy est si contrarié. Je n'aurais pas dû monter sur scène devant tout le monde... Je me suis laissé emporter.

« C'est ce que j'espérais ! Je ne suis pas résidente de Bad Bear, alors je ne vote pas. Je me suis dit que je te trouverais peut-être ici. Je suis une très grande fan de GoddessWear. » Elle écarte les mains pour montrer sa robe ajustée, qui moule ses courbes et son ventre. Il s'agit de mon modèle le plus populaire.

« Je vois ça. Tu es superbe. Le lavande te va bien.

— Merci ! » Elle se touche les cheveux, puis grimace avant de retirer son bandeau. « Je sais que ça ne va pas avec les fleurs artificielles. Ma grand-mère aime que je porte des marguerites.

— Je trouve ça adorable. Comment tu t'appelles ?

— Maisy. Enfin, c'est Daisy, mais tout le monde m'appelle Maisy. Oh là là ! Je n'arrive pas à croire que je suis vraiment en train de te parler ! s'exclame-t-elle, les mains sur ses joues roses. Je n'étais pas sûre que c'était toi jusqu'à ce que je voie ton Instagram. J'adore ton entreprise.

— C'est super... » Mon ventre se noue lorsque je prends conscience de ce qu'elle vient de dire. « Mais qu'est-ce que tu as vu sur Instagram ?

— Oh ! Quelqu'un t'a identifiée dans une publication », dit Maisy en sortant son portable.

Ma colonne vertébrale se glace. Quelqu'un a filmé ma présentation improvisée. Je me vois sur la scène, mes tresses roses bien visibles. En légende, il est écrit : *Je suis à une réunion municipale, et cette fille ressemble vraiment à Lana. @GoddessLana, c'est toi ?* Comme je suis identifiée, plusieurs personnes ont commenté. *Chérie, j'adore cette coiffure !* Quelqu'un a identifié Anara, et ses fans laissent également des commentaires. La publication a déjà été *likée* plus d'un millier de fois.

« Oh, non... » Je serre la capuche autour de mes cheveux, comme si ça allait changer quelque chose. « Tu peux supprimer la publication ? Je ne suis pas censée être ici.

— Non, désolée, ce n'est pas la mienne.

— Crotte. » J'ai la tête qui tourne. Je ferme les yeux.

« C'est un problème ? Tu te caches ? »

Maisy paraît inquiète. J'ouvre les yeux et essaie de me forcer à sourire. Je me sens malade.

« En quelque sorte. Il ne faut pas que l'on sache que je suis ici. » Ou même vivante. « Il y a un moyen de sortir par l'arrière du bâtiment ? » Je regarde autour de moi, prête à détaler sur-le-champ. Je n'en ferai rien, bien sûr. J'attendrai Teddy.

« Oui, par là-bas.

— Merci. Le vote est presque terminé ?

— Il est terminé. On doit y aller », dit Teddy depuis la porte. Je cours à sa rencontre.

Je salue Maisy en essayant de me comporter normalement : « Ça m'a fait plaisir de te rencontrer.

— Allez, viens. » Teddy m'entraîne vers le fond de la salle. Nous passons à côté de Darius, qui pose les panneaux de sa présentation contre le mur.

« Au revoir, Lana », dit-il. Je n'aime pas le ton de sa voix.

Je me tourne vers Teddy. « Qu'est-ce qui s'est passé ? Il a remporté le vote ?

— Non. Ta présentation a marché. Assez pour les habitants soient convaincus qu'ils ont d'autres possibilités et qu'ils ne sont pas obligés d'adopter le projet de Darius. »

Je déglutis. C'est une bonne chose, non ? On dirait que Teddy a envie de frapper quelque chose.

Je lui agrippe le bras. « Teddy. La petite-fille de Daisy m'a montré son smartphone. Quelqu'un m'a filmée et a publié la vidéo sur Instagram. Je suis vraiment désolée.

— Ce n'est pas ta faute, poupée. » Un peu de douceur se glisse dans sa voix nouée. « J'ai reçu l'alerte de mes amis de l'armée. Ils surveillent ton nom et ils peuvent effacer la vidéo.

— Il y a une chance pour que l'assassin ne l'ait pas vue ?

— On verra bien. Pour l'instant, je dois t'emmener en lieu sûr. »

* * *

Le lieu sûr se révèle être encore un autre chalet niché profondément dans les bois. Celui-ci se trouve non loin d'une cascade.

« On est chez Matthias. L'endroit devrait être sûr. »

Je m'assieds lourdement sur le canapé. Teddy fait les cent pas. Il est resté silencieux pendant tout le trajet jusqu'ici.

Il y a vraiment un gros problème.

« Tu seras en sécurité ici, dit-il en se tournant vers la porte.

— Où vas-tu ?

— Je dois rappeler mes amis et parler de quelque chose à Matthias. »

Je me lève en me tordant les mains. « Teddy, s'il te plaît, parle-moi. Je vois bien que tu es contrarié. »

La main sur la poignée de la porte, il s'arrête et baisse la tête.

« Je suis désolée d'être montée sur scène. J'essayais d'aider, c'est tout.

— Ouais. D'aider. » Il se frotte les yeux. « Tu as parlé de ton plan avec Hutch et Canyon avant de le présenter ?

— En partie. De mon oncle Benny, de tourner une publicité. J'ai eu l'idée du festival quand on est passés devant le lieu de spectacle en plein air.

— Je vois.

— J'ai fait quelque chose de mal ? »

Il ne s'est toujours pas retourné pour me regarder. « Ça ne va pas marcher.

— Quoi ?

— Tu es célèbre.

— Pas tant que ça.

— Quelqu'un t'a reconnue immédiatement. Et toutes tes idées pour rapporter de l'argent à la ville… elles impliquent toutes des tonnes de journalistes et de nouveaux venus dans la montagne. Tu es censée être morte, Lana. Tu ne peux pas brancher ton portable et te mettre à appeler des gens.

— Mince, dis-je en un murmure. Je n'ai pas réfléchi.

— Non, le problème, c'est que tu as réfléchi. Tu as réfléchi comme une humaine. »

Je tressaille.

« Tu croyais vraiment que faire venir la presse et des équipes de tournage dans la montagne résoudrait nos problèmes ?

— Je croyais que ça aiderait.

— Je t'ai confié un secret. Et la première chose que tu

fais, c'est monter sur une scène pour annoncer à tout le monde que tu vas attirer l'attention de tous les médias sur notre montagne. Pour nous, la discrétion est plus importante que tout. On ne peut laisser personne apprendre notre existence. On doit rester cachés. Donc, pas de caméras et pas de foules de gens. »

Je cligne rapidement des yeux pour en chasser des larmes brûlantes. « Je peux arranger les choses, dis-je d'un ton suppliant. Dis-moi quoi faire, et je le ferai.

— Non. Le mal est fait. Daisy et les autres ont hâte de faire venir une tonne de touristes ici. Les humains sont tous les mêmes. » Son expression est devenue froide. Il me regarde comme il regarde Darius. Comme si je l'avais trahi.

Il se tourne de nouveau vers la porte.

« Où est-ce que tu vas ? » Ma voix menace de devenir stridente.

« J'ai besoin d'air. Reste là.

— Teddy, s'il te plaît. » J'ai le ventre noué. Je ne veux pas qu'il s'en aille. Ce n'est pas que je m'inquiète pour ma sécurité, mais plutôt que j'ai l'impression de le perdre. Il est vraiment en colère.

« Je dois réfléchir à ce que je vais faire. Ne te fais pas de reproches, Lana.

— C'est ma faute. » Je me retiens de pleurer en regardant le plafond afin d'obliger mes larmes à repartir d'où elles sont venues. « Je ne voulais pas créer de problèmes.

— Je sais. C'est peut-être mieux qu'on s'en rende compte maintenant.

— Qu'est-ce que tu dis ?

— Ça ne marchera pas entre nous. Tu es humaine. Je suis un ours métamorphe. On vit dans des mondes différents. »

J'appuie la main contre mon sternum, où j'ai l'impression de sentir mon cœur saigner dans ma poitrine.

J'ai enfin trouvé une famille. Dommage que je ne sois pas de la bonne espèce.

Cette fois, je ne dis rien lorsqu'il ouvre la porte. Il murmure dans sa barbe. Quelque chose qui ressemble à : « Je n'aurais pas dû commettre cette erreur à nouveau. »

* * *

*Teddy*

J'ai l'impression de me déplacer sous l'eau. Mes sens sont atténués, étouffés. Dans ma poitrine, mon ours grince des dents et rugit.

Je l'ignore.

« Il reste du temps », dit Matthias. Nous nous trouvons derrière le quad, entre la cascade et le chalet. J'ai toujours adoré le bruit des chutes d'eau. C'est paisible, musical. Mais ce soir, je n'entends rien.

Je n'ai pas souffert autant quand Tiffany m'a trahi. Mais c'est ma faute. J'ai de nouveau accordé ma confiance à une humaine.

« La sangsue se tient toujours prête à agir. Tu peux l'emmener et lui effacer la mémoire. » Matthias attend ma réponse. Après une minute de silence, il s'éclaircit la gorge. « Tu peux toujours l'aider, Teddy. Même si elle ne se souviendra pas de toi, ça ne veut pas dire que tu oublieras. Tu peux quand même traquer son frère et t'assurer qu'il ne lui fera aucun mal.

— Ouais », dis-je d'une voix rauque. Mais elle oubliera

son séjour dans cette montagne. Ses souvenirs de sa randonnée pour disperser les cendres de ses parents. Elle ne se souviendra pas que Bentley a tenté de la tuer, ce qui est peut-être pour le mieux. Mais elle ne se souviendra plus de la montagne de Bad Bear et de mes frères. De moi.

Mon ours crie en essayant de se libérer. Mais pour une fois, j'ai le contrôle.

Matthias attend patiemment. Je me souviens de notre conversation similaire, il y a des années. Ce n'était pas beau à voir. Je lui ai hurlé dessus. Je me voilais la face. Il a fallu que Darius et lui s'y prennent à deux pour me calmer.

Maintenant, je suis froid. Toutes mes émotions sont enfouies profondément en moi, avec mon ours déchaîné. « Si on fait ça... si on efface ses souvenirs... tu peux me promettre que ça ne la perturbera pas ? Qu'elle pourra toujours diriger son entreprise et vivre une longue vie ?

— Il n'y a aucune garantie, mais elle a de grandes chances d'aller bien. » Après une pause, Matthias reprend : « Tiffany s'y est fait. Ça a pris un moment, mais il avait fallu effacer plus de souvenirs. Des mois. Avec Lana, il ne faudra effacer que ces derniers jours. »

Seulement quelques jours se sont écoulés ? J'ai l'impression d'avoir toujours connu Lana. D'une certaine façon, c'est le cas. Je l'ai attendue toute ma vie.

La faire sortir de ma vie sera comme me couper un membre. Merde, je pourrais tout aussi bien m'arracher le cœur.

Mais c'est le seul moyen. Je dois protéger ma famille. Les triplés me haïront pour lui avoir fait ça, mais ils comprendront. Un jour.

« J'imagine que s'il faut lui effacer la mémoire, il vaut mieux ne pas attendre plus longtemps et agir tout de suite. » Ma poitrine se serre comme si mon cœur se flétrissait.

Je m'attends à ce que Matthias me réponde que c'est le mieux pour elle, mais il n'écoute pas. Il est tourné vers le chalet, dont la porte est ouverte. « Lana. »

Je me retourne d'un bloc.

Sa peau noire est blême. « Teddy ? De quoi parlez-vous ? Comment ça, *lui effacer la mémoire ?* »

# Chapitre treize

L *ana*

Je vais vomir.

Teddy ne détache pas son regard coupable de mon visage.

Matthias s'éclaircit la gorge. « Je peux t'expliquer.

— Non. Je vais le faire », dit Teddy d'une voix de plomb en posant la main sur l'épaule de son frère. Il paraît soudain très vieux.

Il prend une inspiration, puis dit d'une traite, comme s'il retirait un pansement : « Les vampires, les sangsues, peuvent effacer les souvenirs. On fait appel à eux quand un humain apprend notre existence et qu'on a besoin qu'il nous oublie. Le vampire peut effacer sa mémoire pour que l'humain ne se souvienne plus des métamorphes. »

Les humains.

Les métamorphes.

Si extrême. Tout est noir ou blanc. Je croyais qu'il existait une connexion entre Teddy et moi. Je croyais qu'il était mon compagnon et moi sa compagne, que le destin nous avait réunis. Je croyais avoir trouvé une famille. Mais il s'exprime comme s'il était membre d'une espèce, et moi d'une autre. C'est pire qu'avoir un beau-père caucasien fortuné. Bien pire.

« Tu me ferais ça ? Tu me forcerais à t'oublier ? À nous oublier ? »

Le regard de Matthias fait des allers-retours entre Teddy et moi. « Je vais vous laisser discuter. » Il me salue d'un petit geste de la tête avant d'entrer dans son chalet.

Teddy me tourne toujours le dos, les épaules crispées. « C'est peut-être mieux comme ça.

— Quoi ? C'est vraiment ce que tu penses ? Tu penses que ce serait mieux si ce n'était jamais arrivé ? Si je n'avais jamais découvert qui tu es ? Si on n'avait jamais été ensemble ? »

Lorsque Matthias a parlé des compagnons et des compagnes, je me suis fait de faux espoirs. Mais de toute évidence, je ne suis pas la partenaire destinée à Teddy. Parce qu'à cet instant, il essaie de me larguer comme une vieille chaussette.

Et je ne le laisserai pas faire. « D'accord. Faites-le, dis-je avec aplomb.

— Quoi ? » Teddy lève la tête. « Poupée...

— Non, tu n'as plus le droit de m'appeler comme ça. Je vais t'oublier, tu te rappelles ? Je veux le faire. » Dans mes poumons, l'air s'est transformé en lames. Chaque respiration est douloureuse. « Je croyais que ça se passait bien, entre nous. C'est ce que je ressentais. Je croyais que j'allais faire partie de ta famille.

— Lana... » Il pose la main sur mon bras, mais je me dégage. Finis les câlins vikings. S'il me prend dans ses bras, je vais fondre en larmes.

« Tu sais quoi, Teddy ? Tu as raison. Ton secret est trop important. Si ça peut vous aider, si ça peut protéger ta famille, je veux le faire. » Je me retourne et toque à la porte du chalet. « Matthias ? J'aimerais m'en aller. »

Matthias sort à pas feutrés avec une expression impassible. Je me sens infiniment fatiguée. « J'aimerais y aller maintenant. Je me porte volontaire pour me faire effacer la mémoire. On peut s'arrêter pour prendre mon sac et mes affaires ?

— Lana. » Teddy est à mes côtés. Je lève la main pour ne pas le voir. « Non, je ne veux plus te parler. Je ne veux plus te voir. Si cette relation se termine, c'est moi qui choisirai comment. Emmène-moi voir le vampire », dis-je à Matthias. Je n'aurais jamais imaginé prononcer ces mots un jour.

Matthias me regarde en coin. J'ai l'impression qu'il voit au-delà de mes épaules crispées et des larmes qui coulent sur mon visage. « Tu en es sûre ?

— Certaine. Mais je veux y aller avec toi, pas avec lui. » J'ai tourné le dos à Teddy pour ne m'adresser qu'à Matthias. Si quelqu'un doit me conduire quelque part pour effectuer cette procédure, ce sera lui.

« Lana, gronde Teddy. Je ne veux pas que ça se termine comme ça.

— Dommage. Tu as fait ton choix, et maintenant, j'ai fait le mien, dis-je sans quitter Matthias des yeux. Maintenant, j'aimerais m'en aller. »

* * *

Matthias nous fait descendre de la montagne à bord du quad. Nous effectuons un arrêt devant le chalet des triplés pour récupérer mon sac. Il ne semble y avoir personne, mais par précaution, Matthias me laisse dans le véhicule et court chercher mes affaires. Nous sommes du même avis : si les Trois Terribles ont vent de ce que je m'apprête à faire, la situation se compliquera encore. Dans le meilleur des cas, ils feront une scène. Dans le pire, ils demanderont à Everest de me kidnapper pour essayer de me secourir. Je reste assise dans le quad, aux aguets, m'attendant à entendre des cris d'outrage. Je m'attends à moitié à voir Hutch et Canyon sortir du chalet en criant à Bern de démarrer l'hélico pour que je puisse m'enfuir.

Mais rien de tel ne se produit. Matthias ressort du chalet, mon sac à dos rose à la main, et me rejoint. Le tissu est lumineux dans le noir, mais cette vue ne me réjouit pas comme elle le ferait d'ordinaire. Je me sens complètement vidée. L'idée d'essayer de voir le bon côté des choses m'épuise.

Je me demande distraitement comment s'y prend un vampire pour effacer la mémoire de quelqu'un.

Matthias laisse le silence se prolonger pendant que le quad avance sur le sentier cahoteux entre les rangées d'arbres sombres.

Je me force à ouvrir la bouche et à poser quelques questions. « On va rouler combien de temps ?

— Quelques heures. »

Je m'installe plus profondément dans le siège. Je ne garderai mes souvenirs de Teddy que pour quelques heures. Les bons. « Ça fera mal ?

— Non.

— Comment tu le sais ? On t'a déjà effacé la mémoire ?

— Non, Lana. On ne m'a jamais effacé la mémoire. Mais ça ne fait pas mal. C'est comme se faire hypnotiser. Tu auras l'impression de t'endormir. »

C'est approprié. Je m'endormirai, et tout ce que j'ai vécu sera comme un rêve. Me réveillerai-je reposée, ou effrayée et confuse, comme après un cauchemar ? J'imagine que ça n'a pas d'importance.

Matthias parle toujours d'une voix douce et calme, comme celle d'un professeur. Je regarde dans le vide sans l'écouter. Il finit par se taire et me jette un coup d'œil.

Je hoche la tête comme pour réagir à ce qu'il a dit.

« Ça va aller, Lana.

— Hm-mm. » Ma voix semble morte.

Nous savons tous les deux que c'est un mensonge.

Le quad sort de la forêt et entre sur un parking privé qui ressemble beaucoup à celui où était garée la voiture de location avant qu'elle n'explose. « C'est la mienne », dit-il en montrant une voiture de sport rouge. Si j'étais de bonne humeur, je le taquinerais sur son bolide tape-à-l'œil, mais je ne le suis pas. Anesthésiée, je descends du quad et m'approche de la portière du côté passager.

Une grosse Mercedes est garée à côté de la voiture. Le plafonnier s'allume, révélant un grand homme blond. Je retiens un instant mon souffle, croyant qu'il s'agit de Teddy, mais c'est Darius. Je le devine à sa façon de sortir de la voiture. Pieds nus, il a enlevé son costume et porte un débardeur et un jogging.

« Bonsoir, Darius. Tu es allé courir ? lui demande Matthias.

— Je viens de revenir et de me changer », confirme-t-il. Un éclat argenté brille dans ses yeux quand il me regarde. « Qu'est-ce qui se passe ?

— Je vais me faire effacer la mémoire, dis-je. On a rompu, avec Teddy. »

Il plisse les yeux.

Matthias m'ouvre la portière, et je monte dans la voiture. Je n'ai pas envie d'en dire plus que je ne l'ai déjà fait.

J'entends les voix étouffées de Matthias et Darius, qui s'entretiennent un moment. Je n'essaie même pas d'épier leur conversation. La porte conducteur s'ouvre bientôt, mais je suis surprise de voir Darius monter à bord.

Matthias tapote contre ma vitre. « Darius aimerait te conduire. Ça te convient ?

— Bien sûr. » Quelle importance ?

Darius ajuste le rétroviseur interne. « J'aimerais te parler de quelques trucs pendant le trajet.

— Si tu veux. » Je serre mon sac contre ma poitrine et tourne la tête pour regarder par la vitre. Pour la première fois de ma vie, j'ai l'air d'une adolescente revêche.

Darius démarre la voiture, qui vrombit doucement sur la place de parking. Les mains dans les poches, Matthias reste à côté du véhicule et nous regarde partir. J'aurais sans doute dû lui dire au revoir. Mais ce n'est pas comme si j'allais me souvenir de lui ou des autres, de toute manière.

* * *

*Teddy*

Bordel, mais qu'est-ce qui m'a pris ?

Comment ai-je pu, même une seule seconde, envisager d'effacer les souvenirs que Lana a de moi ?

Dès qu'elle s'en va, c'est comme si mon cœur quittait ma poitrine. Non, plutôt comme si chacun de mes organes avait quitté mon corps. Je ne suis plus qu'une pile d'os secs, sans rien pour m'animer.

J'essaie de tituber jusqu'au chalet, mais me retrouve à genoux dans la terre. Mes jambes ne fonctionnent même plus.

« Lana. » J'essaie de prononcer son prénom, mais il ne sort qu'en un toussotement rauque. Comme si ma bouche était pleine de poussière. Trop sèche pour former le moindre mot. « Lana. » J'essaie encore, sans plus de succès.

Qu'ai-je fait ?

Est-ce vraiment la solution ? Si j'avais bien fait, me sentirais-je si mal ? Pas seulement mal. Comme si quelque chose d'horrible était sur le point de se produire.

Mais Matthias pense que j'ai raison d'agir ainsi. Comme Darius.

Avec Tiffany aussi, ils ont dû intervenir.

Suis-je simplement incapable d'accepter ce qui doit être fait ? Suis-je aveuglé par mon désir pour la douce humaine ?

*Compagne !* rugit mon ours.

Et c'est à cet instant qu'une véritable peur s'empare de moi. Si mon ours a raison et que Lana est notre compagne, je viens de tout faire foirer et de me condamner.

Les métamorphes qui rencontrent leur compagne et ne la revendiquent pas deviennent féroces.

Je viens de signer mon arrêt de mort afin de sauver la montagne.

Et sincèrement, la mort ne me dérange même pas. Mourir n'est rien à côté de la souffrance de savoir que j'ai blessé Lana. De savoir que son dernier souvenir de moi sera ma trahison totale, même si elle ne s'en rappellera désormais plus pour longtemps.

* * *

*Lana*

La boule logée dans ma gorge menace de m'étouffer. Je me concentre et respire profondément. Je n'ai pas envie de pleurer pendant tout le trajet avec Darius. Quand nous

198

passons devant le panneau de la montagne de Bad Bear, je ferme les yeux pour ne pas voir les ours peints qui gambadent sur le bois délavé.

« Alors, qu'est-ce qui s'est passé ? demande Darius d'un ton tranquille, comme s'il parlait de la météo.

— Teddy dit qu'on appartient à des mondes différents, dis-je en serrant mon sac contre ma poitrine.

— Il a raison, tu sais. C'est le cas. » J'envisage un instant de lui jeter mon sac dans la tête. Je n'ai pas envie d'entendre *je te l'avais bien dit* pendant tout le trajet. Et Darius ressemble tellement à Teddy que je n'ai pas envie de le regarder. Une version de Teddy plus coincée et tournée vers les affaires, mais tout de même. Darius a même légèrement laissé pousser sa barbe, sans doute pour la réunion publique.

Après quelques kilomètres, il reprend la parole. « Tu sais, la dernière fois que Teddy a fréquenté une humaine, ça s'est mal terminé.

— C'était Tiffany ?

— Oui, Tiffany. Teddy t'en a parlé ?

— Non. Il ne m'a rien dit du tout. » Même si j'ignore ce qu'elle a fait pour tout gâcher pour moi, j'en veux à cette Tiffany. J'en veux à Teddy. Et, bon Dieu, je n'adore pas son jumeau non plus, à cet instant.

Darius hoche la tête. « Il faut que tu saches ce qui s'est passé avec Tiffany. »

Super. Comme si ce trajet n'était pas assez horrible comme ça, je vais entendre parler de l'ex de Teddy.

Mais Darius paraît déterminé. « Teddy était jeune. Ils n'avaient que dix-huit ans. Il la prenait pour sa compagne.

— Alors, pourquoi il n'est pas avec elle ? » Une pointe de douleur me transperce le cœur. *Compagne.* Encore ce mot. Je dois faire comme si ça m'importait peu, comme si je m'en fichais. Dans quelques heures, je ne me souviendrai de rien.

Aurai-je la sensation qu'il me manque quelque chose, comme un membre fantôme ? Mes pensées s'embrouilleront-elles, là où se trouvaient les souvenirs de Teddy ? Ou alors, est-ce que ce sera comme s'il n'avait jamais existé ?

Je n'arrive pas à imaginer ne pas réussir à me souvenir de Teddy. Quoi que ce vampire me fasse, au fond de moi, je saurai sûrement que j'ai rencontré quelqu'un d'exceptionnel et qu'il n'est plus là.

« Teddy avait l'intention de passer sa vie avec Tiffany. Mais quand il lui a révélé notre secret, dès le lendemain, elle a appelé un journaliste pour lui dire qu'elle détenait le scoop du siècle. Elle a même contacté non pas une, mais trois grandes agences de presse pour essayer de faire venir des caméras et de révéler l'affaire au grand jour.

— Oh. » Je suis stupéfaite.

« Ouais. Teddy n'en avait aucune idée. Il avait emprunté le pick-up de M'man pour un achat très spécial. Il avait commandé une bague de fiançailles à un bijoutier d'Albuquerque. Pendant qu'il planifiait sa demande en mariage, Tiffany prévoyait de révéler notre secret au monde. »

Teddy a révélé ses secrets à son grand amour, et elle avait l'intention de le trahir. Pas étonnant que la perspective de caméras l'ait stressé. « Qu'est-ce qui s'est passé ?

— Je l'ai entendue parler au journaliste. Pour la croire, il lui demandait une preuve qu'elle n'inventait pas tout. Je lui ai pris son portable, Matthias lui a administré un sédatif et a contacté un vampire pour effacer ses souvenirs. Mais ensuite, il a fallu l'annoncer à Teddy. Il... l'a mal pris.

— Tu m'étonnes. » La douleur dans ma poitrine se transforme, s'adoucit. J'ai mal pour le jeune ours métamorphe, le garçon plein d'espoir qu'était Teddy.

« C'est moi qui lui ai appris la nouvelle. Il ne m'a pas cru jusqu'à ce que je lui montre les messages et les appels sur le téléphone de Tiffany. Elle n'avait pas encore tout révélé au journaliste, mais seulement parce qu'elle voulait de l'argent. Trois mille dollars. »

Mon ventre se noue. Elle espérait vendre le secret de la famille de Teddy ? Cette histoire me rend malade.

Darius jette un coup d'œil dans le rétroviseur. « Le journaliste lui a assuré qu'elle pourrait obtenir de grosses sommes et des contrats avec des maisons d'édition, mais qu'il lui fallait avant tout une preuve. L'avidité de Tiffany nous a permis de gagner du temps. Teddy et Matthias l'ont emmenée voir la sangsue.

— Ça a marché ? Elle a oublié ? » Je n'ai jamais entendu parler d'ours métamorphes dans la presse, donc ça a dû fonctionner.

« Son cas était plus compliqué. Elle était restée en couple un long moment avec Teddy. Ils se sont rencontrés au lycée et ils se sont mis ensemble quand il suivait quelques cours à la fac de la région. La sangsue a dû effacer plusieurs mois de souvenirs. À son réveil, Tiffany avait du mal à se rappeler son prénom. »

*Oh, merde.* Lorsque Darius me touche le bras, je me rends compte que j'ai gémi tout haut.

« Ça va aller, Lana. Ça ne sera pas aussi difficile pour toi. Et il est possible que nous lui ayons effacé un peu plus de souvenirs que nécessaire, parce que nous devions lui faire perdre toute crédibilité. Et ça a marché. Le journaliste a mis l'histoire de Tiffany sur le compte d'une hallucination, et notre secret n'a pas été révélé. Le ciel soit loué. »

Je tiens mon sac rose si fort que j'ai des crampes aux mains. Je desserre les doigts.

« Tiffany s'en est remise après quelques mois. Matthias a gardé un œil sur elle. Il était interne auprès du service des secours, donc il avait un prétexte pour l'examiner. Aux dernières nouvelles, elle travaille comme conductrice de poids lourds à travers le pays. Elle n'est jamais revenue dans la région. Elle ne garde aucun souvenir des ours métamorphes ou d'avoir essayé de vendre l'histoire. Mais Teddy... Quelques jours après avoir effacé les souvenirs de Tiffany, il s'est engagé dans l'armée. Il n'est pas revenu dans la montagne pendant cinq ans. »

Nous roulons encore quelques kilomètres en silence. Moi, digérant l'histoire. Darius, l'air sombre, comme s'il revivait le passé.

« C'est à ce moment que tu es parti à la fac ? » Je pose surtout la question pour dire quelque chose. Pendant qu'il se battait contre Teddy, Darius a dit avoir fréquenté une école de commerce.

« Quelqu'un devait rester pour aider M'man, gronde-t-il. Teddy était parti. Matthias devait se concentrer sur ses études pour entrer en école de médecine. Les Trois Terribles grandissaient et couraient partout. M'man n'avait pas une seconde de libre. Je travaillais dans le bâtiment et je suivais des cours le soir. J'ai appris seul à spéculer et je suis devenu un *day trader*. Puis je suis allé à New York pour obtenir mon master. Teddy pense que j'ai abandonné la famille, mais il l'a fait le premier. » Les doigts de Darius se crispent autour du volant. S'il était Teddy, je poserais ma main sur son dos pour lui détendre les épaules.

Peut-être que cette conversation ne me concerne pas vraiment, et qu'il a simplement besoin de vider son sac. Qui de mieux pour entendre votre honte secrète que quelqu'un dont les souvenirs seront bientôt effacés ?

« Tu as fait de ton mieux. Vous avez tous les deux fait de votre mieux. »

Les épaules de Darius s'affaissent légèrement. « Peut-être. C'est moi qui ai suggéré à la ville de contracter des obligations. J'étais jeune et j'avais la grosse tête. Je ne savais pas ce que je sais désormais. Maintenant, la ville est endettée, et c'est ma faute.

— Ce n'est pas grave, Darius. Tu n'as pas à te justifier auprès de moi.

— Je pense que si. Tu es importante pour Teddy. »

C'est à mon tour de me crisper. « Non, pas du tout.

— Il tient à toi.

— Peut-être. Mais pas assez pour faire en sorte que ça marche entre nous. Il veut que je sorte de sa vie. Quand les choses se sont compliquées, il m'a larguée.

— Teddy a peut-être l'air d'un gros dur, mais c'est un cœur d'artichaut. Il y a des années, il a mis la famille en danger. Il ne veut pas reproduire la même erreur. »

Alors que je fouille dans mon sac à la recherche de mon baume à lèvres, je tombe sur mon portable cassé. Le chargeur de Matthias branché à la console centrale est compatible avec mon appareil. Je le branche. « Qu'est-ce que tu essaies de dire, Darius ?

— J'aimerais simplement que tu comprennes le point de vue de Teddy.

— D'accord. Merci, j'imagine. De toute manière, ce n'est pas comme si j'allais m'en souvenir. »

Darius hésite, comme s'il avait envie d'en dire davantage, mais je regarde par la vitre. Nous roulons déjà sur l'autoroute. Combien de temps me reste-t-il avant de tout oublier ? Je devrais passer tous mes bons souvenirs en revue, mais je n'ai pas envie de pleurer quand nous atteindrons notre destination.

Darius ne cesse de jeter des coups d'œil dans le rétroviseur. Sans prévenir, il éteint ses phares et traverse les trois voies pour emprunter la sortie. J'essaie de me tenir à la poignée de maintien, mais il n'y en a pas.

« Darius ? Qu'est-ce que tu fais ? »

Il rétrograde, puis effectue un demi-tour brutal qui me fait rebondir sur le siège.

« Je crois que quelqu'un nous suit.

— Quoi ? Où ça ?

— Un SUV noir. Là-bas. On va prendre des petites routes. » Les minutes suivantes, il ne cesse de regarder dans le rétroviseur, puis il finit par se détendre. « On l'a semé. »

Mon ventre n'est plus noué, mais à mon avis, c'est parce qu'il est resté sur l'autoroute. « Qui est-ce, d'après toi ?

— Un connard d'assassin engagé par ton enfoiré de frère.

— Vraiment ? » J'ai beau me dévisser le cou, je ne vois personne sur la route sombre. Je devrais sans doute avoir peur, mais je crois que j'ai atteint mon quota pour l'année. Me faire éliminer par un assassin ne peut pas être pire que ce que je ressens en ce moment. Mon Viking m'a larguée. J'ai découvert qu'il voulait effacer ma mémoire parce que j'ai tout fichu en l'air en proposant de faire connaître Bad Bear.

Mon Dieu, j'ai fait confiance à cet homme ! Je me sentais en sécurité avec lui. Mais je n'aurais pas pu courir un plus grand danger.

Il m'a brisé le cœur. Puis il m'a envoyée voir un vampire.

D'une voix sourde, je demande : « Comment Bentley pourrait me trouver, de toute manière ? »

Darius fixe la route, les sourcils froncés, comme si elle dissimulait des tueurs et qu'il comptait les abattre d'un regard assassin. « Le portable, finit-il par aboyer. C'est comme ça qu'il te traque. » Il ouvre sa vitre, saisit mon smartphone et le jette dans la nuit.

Je me redresse. « Hé !

— Je t'en achèterai un autre.

— C'est rien, dis-je entre mes dents. On va effacer ma mémoire, non ? Je vais sûrement oublier tous les gens que j'ai connus.

— Hein ? » Darius fronce les sourcils. « Ça ne marche pas comme ça. La sangsue... le vampire, je veux dire... peut sélectionner des souvenirs précis. Il effacera seulement ceux de ces derniers jours.

— Oh. Effacer la mémoire, ça a l'air tellement définitif.

— Ouais. Tu oublieras qu'on est des ours métamorphes, mais tu te souviendras de ta vie. Matthias m'a dit d'effacer tes souvenirs à partir du début de la randonnée. Ils ne t'ont pas expliqué tout ça, avec Teddy ?

— Je ne parle plus à Teddy. Matthias l'a peut-être fait, mais j'étais bouleversée et je n'écoutais pas. »

Darius se concentre sur la route pendant un kilomètre, puis dit d'une voix douce : « Tu l'aimes.

— Ça n'a pas d'importance, dis-je avec une grimace en serrant mon sac. Dans quelques heures, je ne me souviendrai même pas de lui.

— Lana... »

Je me force à continuer : « Je sais que Tiffany l'a trahi, mais je ne suis pas elle. Je ne lui ferais jamais ça. Ni à aucun d'entre vous. Mais tu n'es pas obligé de me croire. Dans quelques heures, vous serez débarrassés de moi. » Je me détourne et ajoute en regardant par la fenêtre : « J'ai hâte.

— Redis-le avec un peu moins de colère, et je te croirai. »

Je tourne brusquement la tête pour regarder Darius. Il hausse un sourcil. À cet instant, il ressemble tellement à Teddy que j'ai envie de lui donner une claque.

« Tu l'aimes, répète-t-il.

— Bien sûr que je l'aime !

— Bon. » Il secoue la tête. Tout à coup, il fait ralentir la voiture de sport de Matthias et nous fait effectuer un nouveau demi-tour.

Je m'accroche en enfonçant mes ongles dans le cuir du siège.

« Darius ! Qu'est-ce que tu fiches ? » Je cherche des yeux un SUV noir ou n'importe quel autre véhicule qui nous suivrait, mais il n'y a rien. La route est vide.

« C'est une erreur, m'informe-t-il. Je te ramène. »

Je le regarde, ahurie.

Il accélère. « J'aime mon frère jumeau. Nous avons nos différends. Il se bat un peu plus rapidement que moi, et moi... je suis plus beau.

— Pff !

— Après ce qui s'est passé avec Tiffany, il a souffert. Au fond, je pense qu'il me tient responsable parce que c'est moi qui l'ai découvert et qui le lui ai annoncé.

— Darius, qu'est-ce que... »

Il lève la main. Je me tais pour éviter qu'il lâche totalement le volant et que la voiture fasse un tête-à-queue dans un virage. « Écoute. Je dis simplement que Teddy prend les choses plus à cœur que la plupart des gens. Depuis ce qui s'est passé avec Tiffany, il n'a pas eu de relation sérieuse. Du tout. Il s'est enrôlé dans l'armée, et ensuite, il a collaboré avec la meute de Black Wolf pour monter une entreprise de sécurité, puis pour ouvrir son entreprise de vols en hélicoptère. Mais depuis un moment, il ne fait plus que s'apitoyer sur son sort. »

Je suis bouche bée. J'essaie de comprendre ce que dit Darius tout en me tenant au siège. Il y a deux secondes, j'étais en route pour voir un vampire. Et maintenant, en un renversement complet de la situation de la part de Darius, je vais retrouver Teddy ?

Cette idée me paraît si naturelle que je crois que je vais pleurer. Mais même si Darius pense qu'effacer ma mémoire est une erreur, ça n'a pas d'importance si Teddy estime toujours que c'est la chose à faire.

— Avant, c'était un mec insouciant. Il l'est toujours, aux yeux de ses amis. Mais quand il ressent une émotion, il la ressent profondément.

— Je ne crois pas qu'il soit heureux avec moi. Il peut être un vrai ronchon.

— C'est parce qu'avec toi, il ressent des émotions. Tu lui donnes envie de plus. Il a enfoui cette facette de lui il y a longtemps. Il est ronchon parce que tu la réveilles.

— Qu'est-ce que tu en sais ? Vous ne faites que vous battre.

— C'est mon jumeau », dit-il simplement. Comme si ça faisait de lui un expert sur ce que ressent Teddy. « Et tu es sa...

— Ne le dis pas. » Je lève les mains, les paumes en l'air, comme pour arrêter la circulation. Ou pour rendre les armes. Mais je n'ai vraiment pas envie d'entendre le mot *compagne*. Je me suis déjà fait de faux espoirs quand Matthias en a parlé. « Si c'est vrai, pourquoi il m'aurait laissée partir ?

— Teddy a réagi de façon excessive. Il a commis une erreur. Mais tu es son seul espoir d'être secouru, Lana, et je ne peux pas te laisser perdre tes souvenirs simplement parce que mon frère est un gros abruti. Tu es sa compagne. »

Je tressaille.

« C'est la vérité. Tu sais comment je le sais ? Tiffany s'est précipitée pour contacter des agences de presse et faire venir des journalistes, à la recherche d'une minute de célébrité. Toi, tu es déjà célèbre, et tu te précipites pour qu'on efface ta mémoire et que personne ne découvre notre secret par ta faute. C'est de l'amour. Et je ne laisserai pas Teddy te perdre. »

Alors que j'ouvre la bouche pour dire quelque chose, j'ignore quoi, la lune éclaire un obstacle sur la route devant nous. Je hurle : « Attention ! »

La voiture de sport est dotée d'excellents freins. Darius les met à l'épreuve. Les pneus crissent, et je rebondis sur mon siège, mais nous nous arrêtons.

Plusieurs gros SUV noirs bloquent la route.

« Merde. » Darius enclenche la marche arrière et fait reculer notre véhicule, puis il repart sur la route dans le sens inverse. « Bentley a dû appeler du renfort. »

Oh, c'est vrai. J'avais presque oublié que mon frère par alliance essaie de me tuer. « Encore des assassins ?

— Toute une équipe. »

Au moment où je tourne la tête, Darius donne un nouveau violent coup de frein. Une autre phalange de SUV noirs bloque les voies. Nous n'avons nulle part où aller. Nous nous trouvons dans une espèce de canyon entouré de collines, sans routes secondaires ni traces de civilisation aux alentours. Nous sommes piégés.

« Merde. » Nous avons parlé en même temps. Derrière nous, les portières des SUV se sont ouvertes et plusieurs hommes vêtus de noir sortent des véhicules.

Darius sort son portable de sa poche. « Bon. Voilà le plan. Tu vas prendre ça et courir dans la colline, dit-il en composant le code de déverrouillage avant de me donner l'appareil.

— Je dois appeler à l'aide ? Il n'y a pas de réseau.

— Pas besoin. Il contient un traceur spécial. Je viens de l'activer avec un code de détresse. » L'ombre d'un sourire passe sur ses lèvres. « C'est Teddy qui l'a programmé. Il l'a fait pour tous les membres de la famille, dit-il en tendant le bras pour ouvrir ma portière. À mon signal, cours.

— Attends ! Et toi ? »

Cette fois, son sourire révèle toutes ses dents. Il m'évoque un requin. « Je serai l'appât.

— Mais...

— Tu es la compagne de mon frère. Je ferai le nécessaire pour que tu sortes de là vivante.

— Darius...

— Ne t'inquiète pas, gamine. » Lorsqu'il appuie son pouce sur mon nez, il ressemble tant à Teddy que j'ai envie de pleurer. Il désigne ensuite mon sac à dos phosphorescent « Oh, et je prends ça, ajoute-t-il. Tu es prête ? »

Je respire fort, comme si j'allais me mettre à hyperventiler. Après avoir dégluti, je hoche la tête.

« À trois, dit-il. Je vais les occuper. Et... ne te fais pas attraper, ma douce. J'ai besoin que tu envoies mes frères à ma rescousse. »

# Chapitre quatorze

*T*eddy

Mon ours grogne et rugit pendant une heure après le départ de Lana. Il lutte pour se libérer. *C'est trop tard,* lui dis-je. *Elle est partie.*

Elle nous a quittés. Et elle l'a fait parce que je suis un con. Dès que j'ai ouvert la bouche pour lui parler d'effacer ses souvenirs, j'ai su que j'avais tort, pourtant je l'ai fait. Je ne lui ai pas fait confiance, alors qu'elle a montré qu'elle était prête à n'importe quoi pour nous aider. Elle essayait de nous sauver, et en retour, je l'ai fait sortir de ma vie.

De ma vie, mais jamais de mon cœur. Ce serait impossible. Même avec une pioche, je ne pourrais pas la faire sortir de cet organe.

Mais ça n'a aucune importance. Je l'ai blessée. De façon irréparable. Et en ce moment, elle doit être effrayée et malheureuse. Elle doit souffrir lors de ces derniers instants où je suis encore dans sa vie.

Merde.

Elle souhaitait sauver notre ville, mais elle n'a pas pu me sauver de moi-même.

Je me passe la main sur le visage. Merde, qu'est-ce que je fous ? Comment ai-je pu la laisser partir ?

Une agaçante vibration agite ma poche arrière. Je sors mon portable.

« Putain, enfin ! s'exclame Deke, agacé. J'essaie de te joindre depuis un moment. On a trouvé Bentley.

— C'est une bonne...

— Non, pas du tout. Il se dirige vers vous avec toute une équipe pour chasser ta copine. »

Je me lève d'un bond. « Tu te fous de moi ?

— Non. Elle est avec toi ?

— Non. » *Je l'ai laissée partir.* Je ne prononce pas ces mots à voix haute. Je ne supporte pas de dire la vérité tout haut : j'avais ma compagne à mes côtés, et je l'ai fait fuir. « Elle a quitté la montagne. On est séparés. Elle est avec Matthias.

— Contacte-le, et emmenez Lana en lieu sûr. Je vais t'envoyer la dernière localisation connue de Bentley. Tu vas avoir besoin de renforts. On arrive. »

Je raccroche et appelle Matthias, mais la sonnerie de son téléphone retentit juste derrière la porte. « Merde, quoi ?

— Teddy ? » Matthias est dehors. Le quad est arrivé pendant que j'étais au téléphone avec Deke. A-t-il déjà emmené Lana voir le vampire ?

Une douleur lancinante me transperce le cœur.

La porte du chalet s'ouvre en claquant. Hutch, Bern et Canyon apparaissent en un fouillis de membres, luttant pour entrer en premier.

« Je vais te tuer ! » Canyon a les bras tendus, les doigts pliés comme s'ils se trouvaient déjà autour de ma gorge. Hutch et Bern essaient de le retenir.

« Où est-elle ? Lana ! On va te mettre en sécurité ! crie

Canyon.

— Elle n'est pas là », dit Matthias d'une voix grave derrière eux.

Axel est à côté de lui, appuyé contre le quad, un joint d'herbe à la main. « Ouais, calme-toi, petit gars. »

Mon grondement déchire la nuit et calme les Trois Terribles. Je passe à côté d'eux et demande à Matthias entre mes dents : « Où est-elle ?

— Darius voulait l'emmener. Elle a accepté. » Il hausse les épaules.

Darius. L'enfoiré.

« On doit aller la chercher.

— Elle voulait qu'on efface ses souvenirs.

— Quoi ? » Canyon s'affaisse entre les bras de ses frères. « Pourquoi ?

— Ouais, pourquoi elle est partie ? demande Hutch. On lui a préparé un gâteau. »

Everest est apparu à côté du quad. Il tient un gâteau à trois étages fait maison. Du glaçage blanc glisse sur les bords. Au sommet, l'écriture semble avoir été tracée par un bambin ou une personne sous l'emprise de la boisson. *Bienvenue dans la famille*. En dessous, une horrible tache brune est censée représenter un ours.

Axel regarde le gâteau, Everest, puis de nouveau le gâteau. « Il est parfait.

— Je ne sais pas, dit Hutch. Je crois qu'il y avait trop d'eau dans le glaçage... »

Je les interromps. « Écoutez ! Lana a des ennuis. »

Tout le monde la ferme.

« La meute de Black Wolf m'envoie la dernière position connue de l'ennemi. On doit y aller.

— Qui ? demande Canyon en se dégageant de la poigne de ses frères. Tu ne nous laisseras pas ici.

— Non. J'ai besoin de votre aide. De vous tous. » Je regarde les visages de mes frères rassemblés, y compris des triplés. Ils ont l'air très jeunes, mais ils font partie de la famille, et j'ai besoin d'eux. « On doit trouver Lana et intercepter Bentley. On prend les hélicos. Tous. »

Mon portable se met à sonner bruyamment, tout comme ceux des autres. Après un instant de confusion, nous sortons nos smartphones et les consultons.

« Qu'est-ce que..., marmonne Canyon.

— Le traceur, dis-je en serrant la main autour de mon portable. Darius envoie un signal de détresse.

— Et maintenant, nous savons où aller, dit Matthias.

— C'est le moment de lâcher les ours », dit Hutch. Il semble déterminé, mais son ton contient une interrogation.

« Oui, dis-je en lui serrant l'épaule. C'est le moment de lâcher les ours. Voilà comment on va procéder. »

* * *

*Lana*

Les battements de mon cœur résonnent dans ma poitrine et dans mes membres, mais ma respiration s'est ralentie pendant que Darius comptait.

« Un... deux... »

À trois, nous ouvrons nos portières. Je cours vers la végétation au bord de la route, mes bottes dérapant sur le sol pierreux.

Darius crie pour attirer l'attention sur lui. La tête baissée, je gravis le flanc de la colline. Une odeur de sauge s'élève quand j'écrase des plantes argentées sous mes pas. Je zigzague dans la colline à la recherche d'un moyen de me cacher. Un creux, une espèce de cavité. J'ai la main serrée autour du portable de Darius. Je pourrais prendre de la hauteur pour voir si ça permet à Teddy de me trouver plus facilement.

Au moins, au lieu d'une tenue phosphorescente, je porte toujours la veste empruntée à Bern. Elle est noire. C'est bien. Je rassemble mes tresses et les camoufle dans la capuche. Entre la veste noire et ma jupe en jean, avec un peu de chance, je me fondrai dans le paysage. À moins que les assassins ne disposent de lunettes de vision nocturne avec des détecteurs de chaleur qui leur permettent de me voir dans la nuit. Dans ce cas, je suis fichue.

Derrière moi, mon sac à dos rose brille sur le toit de la voiture de sport. Darius doit avoir une bonne raison pour l'avoir placé là. Les mains en l'air, il s'approche lentement de la ligne de SUV.

Un groupe d'hommes en noir sortent des véhicules, dont les portières sont déjà ouvertes. Les phares des voitures illuminent les longs canons de leurs armes noires.

« Ne tirez pas ! crie Darius. Ne tirez pas. » Il a l'air tellement calme. Il se tient au milieu de la route, directement dans la trajectoire des phares. La cible idéale.

Les assassins lèvent leurs armes et le tiennent en joue.

La radio de l'un d'eux grésille. « Elle est dans la colline. On la prend en chasse. »

Un grand craquement résonne contre les parois du canyon. Bien que le coup de feu ne m'ait pas touchée et n'ait pas été tiré aux alentours, je sursaute et me jette à terre. Il devait être destiné à Darius.

J'entends un rugissement monter de la route en contrebas, puis je vois une gigantesque silhouette noire se ruer sur les assassins. Darius, sous sa forme d'ours. Plusieurs coups de feu retentissent, mais le rugissement est de plus en plus fort.

Je dois faire quelque chose. Darius est en train de se battre jusqu'à la mort et de se faire tirer dessus sans interruption. Teddy a guéri très vite de sa blessure, mais il ne s'agissait que d'une coupure à la tête. Oh, et les balles des drones. Combien de balles un ours métamorphe peut-il encaisser avant de succomber ?

Je monte la pente à quatre pattes. Je dois atteindre le sommet. *Allez, Teddy. J'ai besoin que tu viennes me secourir.*

* * *

*Teddy*

Chaque fois que j'entends le claquement des pales d'un hélicoptère, j'ai l'impression d'être à la maison. Ironique que mon ours, aussi gros et féroce soit-il, adore la sensation du vent frais sur son visage. À l'armée, j'ai découvert que j'adorais le ciel. Bien sûr, il n'y a pas grand-chose qui puisse tuer un ours métamorphe. Cette absence de peur est peut-être ce qui rend l'activité encore plus amusante.

Cette nuit, ce n'est pas moi qui occupe la place du pilote, mais Bern, le casque de communication sur la tête. Je me tiens à moitié hors de l'appareil pour balayer le terrain des yeux. De l'autre côté de l'hélicoptère, Canyon fait de même. Nous nous dirigeons vers les coordonnées fournies par le GPS du téléphone de Darius. S'il se déplace, nous le suivrons.

Jusqu'à présent, il ne s'est pas déplacé.
*J'arrive, mon frère. Tiens bon.*

Matthias est aux commandes d'un autre hélicoptère avec Hutch et Everest. À bord du troisième, Axel se dirige vers Taos pour aller chercher autant de membres de la meute de Black Wolf qu'il pourra y faire monter.

Avec un peu de chance, nous arriverons à temps. Sinon...

Le grondement de mon ours fait trembler ma poitrine. Nous devons retrouver Lana à temps. Il n'y a pas d'autre possibilité.

« On est presque arrivés, marmonne Bern dans le casque. Tu as un visuel ? »

La route creuse une ligne entre les collines. Quelque part dans le canyon rocheux en contrebas, Lana est en danger de mort.

« D'après le signal du traceur, ils sont là, dit Bern. Où sont-ils ?

— Là. » Posé sur le toit de la voiture de sport de Matthias, un sac à dos rose vif brille dans le noir. Même si personne ne peut me voir, je le montre du doigt. « Sac à dos rose à deux heures.

— Bien reçu. On y va. » Bern penche l'hélicoptère pour nous faire descendre.

* * *

*Lana*

J'accorde au moins ceci au jean : il s'agit d'une matière durable qui ne se démode jamais. Un jean convient pour une tenue décontractée ou plus habillée, et il est possible de le porter toute la journée au travail et de se rendre à une soirée ensuite en ayant un look de star. En revanche, je ne recommande pas de courir avec un vêtement en jean. Savoir que ma jupe est mignonne est une maigre consolation tandis que j'essaie d'échapper à une équipe d'assassins.

Je me dirige toujours plus ou moins vers le sommet de la colline, à moitié en courant, à moitié en rampant. Mes paumes et mes doigts se sont égratignés sur des rochers, et mon T-shirt trempé de sueur est collé sur mon dos.

Plus bas, je n'entends plus de coups de feu ni de rugissements. De temps à autre, le silence insoutenable est ponctué par un hurlement ou un grognement étouffé. Les battements de mon cœur retentissent bruyamment dans mes oreilles.

Depuis combien de temps suis-je en train de courir ? Mes cuisses sont irritées et mes seins rebondissent, mais ça n'a aucune importance. L'adrénaline me pousse à grimper en haut de la colline. J'ignore si je suis toujours suivie ou si j'ai réussi à m'enfuir. Je vais peut-être devoir à moitié courir, à moitié ramper pendant des kilomètres.

Alors que je contourne un rocher, j'entends un bruit : le claquement répétitif des pales d'un hélicoptère en vol. Je me trouve suffisamment en altitude pour voir le paysage s'étaler devant moi. En contrebas, je vois la route et mon sac à dos rose briller sur la voiture de Matthias. Le clair de lune éclaire les rochers et les buissons. Deux hélicoptères volent dans le ciel. L'un est blanc. Derrière lui, l'autre est noir et plus difficile à distinguer. Ils commencent à descendre, créant de grandes bourrasques de poussière.

J'entends un cri, puis quelqu'un saute de l'hélicoptère blanc. Je n'arrive pas à reconnaître qui c'est, mais il porte un kilt. Encore d'autres cris, et deux autres personnes sautent à leur tour. Un éclair au loin illumine les trois silhouettes suspendues à des parachutes.

Ce spectacle me donne des frissons. Les hélicoptères se

déplacent au-dessus de ma tête. L'appareil noir se positionne au-dessus de la route et allume un spot, qui commence à parcourir la zone. J'entends des coups de feu tirés depuis l'hélicoptère, puis la riposte des assassins.

Ce bruit me pousse à détaler. Je me jette à terre et m'abrite derrière un rocher en rampant. Dois-je monter, ou descendre ? Mes paumes glissent sur la pierre rêche. Mes ongles sont tellement fendus, cassés et abimés qu'ils ressemblent à des griffes roses. En cas d'attaque, je pourrais agir comme un ours et griffer mon agresseur, s'il ne me tire pas dessus d'abord.

Je me blottis dans ma cachette et jette un coup d'œil à l'extérieur. Sur la route, un parachute a atterri. Une silhouette uniquement vêtue d'un kilt s'avance dans la lumière des phares des SUV. C'est Canyon. « Yee-haw ! Les ours sont là ! »

Des balles soulèvent de la poussière autour de lui. Canyon rejoint la ligne de véhicules en une roulade. À mi-chemin, son cri se mue en rugissement. Son corps mince se transforme en une forme poilue, qui continue de charger. Les coups de feu ne cessent de retentir. Devenu un ours, Canyon disparaît derrière les phares des véhicules, et je ne peux pas voir le reste de la scène. Par moments, j'entends des rugissements, des coups de feu et des cris. Je sors de ma cachette en tenant le téléphone de Darius. Si je continue à prendre de la hauteur, je verrai peut-être ce qui se passe. Même si des assassins me pourchassent, je me sens beaucoup plus en sécurité avec des ours métamorphes dans les parages.

J'entends un sifflement qui m'évoque celui d'un frelon furieux, puis des balles ricochent sur les pierres qui m'entourent.

Je hurle et me laisse tomber dans la pente. Les assassins m'ont trouvée. Je ne sais pas quoi faire d'autre.

Des rugissements secouent les buissons autour de moi.

« Teddy... »

Il est là. Il me prend dans ses bras et me protège en me couvrant de son corps. « Je te tiens, poupée », murmure-t-il.

J'ai les oreilles qui sifflent, mais plus personne ne nous tire dessus. Je presse mon visage contre son épaule et m'accroche à lui.

« Tout va bien. C'est terminé. » Il me porte jusqu'au sommet de la colline. Les bruits de bataille ont cessé.

Plusieurs ours tournent en rond sur la route. Devant l'un des SUV, les lambeaux d'un kilt décorent le bitume.

Les deux hélicoptères ont atterri. Le blanc s'est posé à côté des véhicules, le noir plus loin sur la route.

Lorsque nous passons à côté de l'appareil blanc, Bern descend de la place du pilote, le casque toujours sur la tête. « La meute de Black Wolf arrive avec Axel. Ils s'occuperont du nettoyage.

— C'est bien, grogne Teddy. Des drones ?

— Pas cette fois. »

Teddy me fait asseoir sur un rocher au bord de la route et commence à me palper. « Tu es blessée ?

— Non », dis-je à voix basse. Le voir me fait mal au cœur. Il est si beau. Si fort et compétent. Si... Et il n'est pas à moi. Ça me redonne envie de pleurer.

Il retire délicatement les cailloux sur mes genoux et examine mes mains à vif pendant que je me délecte de le voir. « Lana, je suis vraiment désolé. J'ai déconné, poupée. Je ne veux pas te perdre. J'ai vraiment eu tort. »

Mon cœur manque un battement.

« S'il te plaît, pardonne-moi. Te perdre serait la plus grosse erreur de ma vie. Je n'aurais jamais dû envisager d'effacer tes souvenirs. Je sais que je t'ai fait souffrir, mais je jure de ne plus recommencer. Plus jamais.

— Tu m'as fait souffrir, c'est vrai. » Ma lèvre tremble.

« J'ai eu peur. J'ai eu peur d'avoir mis la montagne et mon espèce en danger, et j'ai complètement perdu de vue ce que je sais. » Il soutient mon regard. « Que tu es une bonne personne. Tu es bienveillante. Tu ne nous nuirais jamais intentionnellement. Et surtout... que je ne peux pas vivre sans toi. »

Tout l'air quitte mes poumons d'un coup.

« T-tu ne peux pas ? »

Il secoue la tête, ses yeux gris pleins de tristesse. « Pas même pendant une heure, poupée.

— Moi non plus, je ne peux pas vivre sans toi », dis-je en lui enlaçant le cou.

Teddy me serre si fort que je ne peux pas respirer. J'absorbe toute sa passion. Sa force. Sa prévenance.

« On les a tous eus ? » demande Canyon en apparaissant derrière un SUV, complètement nu. Je détourne le regard.

« Habille-toi ! » aboie Teddy. Avec un sourire en coin, Canyon se retourne et repart d'où il est venu.

Nous entendons Hutch, quelque part sur la gauche. « C'est bon par ici. Teddy, tu vas vouloir voir ça. »

Teddy laisse échapper un grondement, mais qui semble plus frustré qu'énervé. Il me garde dans ses bras et me porte en direction de la voix de Hutch. J'ai l'impression qu'il refuse de s'éloigner de moi plus d'une seconde.

Une grande forme poilue est allongée à côté de la route. Hutch est agenouillé à côté, torse nu. L'adolescent n'a pas dû prendre sa forme d'ours. Ou alors, il a trouvé un moyen de garder son kilt intact ; en tout cas, il le porte.

« Oh, non ! C'est... ?

— Darius », confirme Teddy. Je gémis, la main devant la bouche.

« Il a dit qu'il créerait une diversion. Ils ont dû lui tirer dessus des dizaines de fois. » Je n'arrive pas à demander s'il est mort.

Le corps de l'ours rétrécit, et sa fourrure disparaît peu à peu jusqu'à ce qu'un grand Viking soit allongé sur le sol.

Teddy me lâche et s'approche vivement de son jumeau. Il retire sa veste et la jette sur l'entrejambe de Darius. Au même moment, celui-ci se réveille. Il se plie en deux pour rattraper la veste une seconde avant qu'elle ne le touche.

« Couvre-toi, lui ordonne Teddy.

— Tu as mis du temps à arriver, enfoiré. Qu'est-ce que tu foutais, tu déprimais dans la montagne pendant que je donnais tout pour protéger ta compagne ?

— Exactement, dit Teddy en m'attirant contre lui. C'est ma compagne. Ne l'oublie pas. »

*C'est ma compagne.* Je me colle contre son flanc et regarde Darius. Sa peau pâle est couverte de sang, mais j'ignore s'il s'agit du sien ou de celui des assassins. « Tu vas bien ? »

Il se fend d'un sourire. Sa barbe me paraît plus épaisse que d'ordinaire. « Nickel, ma belle. »

Teddy se tourne afin de s'interposer entre son jumeau et moi. « Arrête de flirter avec ma compagne.

— Je ne flirte pas, c'est promis, dit Darius en riant. Maintenant que j'ai appris à la connaître, elle me plaît. Je suis désolé de l'avoir comparée à Tiffany, tout à l'heure. Je voulais juste te faire chier.

— Tu es un trouduc, lâche Teddy.

— Oui. Un gros », soupire Darius. Il se rallonge sur le bitume, l'air épuisé.

Il semble si pitoyable que je me sens obligée de dire

quelque chose. Je lève la tête pour regarder Teddy. « Il a pris une balle pour moi. Même plusieurs, il me semble.

— Pas de souci », dit Darius en secouant la main. Il regarde derrière nous et ajoute : « Matthias, désolé pour ta voiture. Je t'en achèterai une nouvelle. »

Un énorme ours à la fourrure brun clair s'approche de la voiture de sport et examine les portières criblées d'impacts de balles. Sans que je comprenne comment c'est possible, il a une paire de lunettes perchée sur le museau —il doit s'agir de Matthias. Il secoue la tête avec tristesse, puis s'éloigne à pas lents dans la nuit.

Canyon réapparaît de derrière un SUV. Il a improvisé une espèce de pagne avec ce qui ressemble au T-shirt de Hutch. « Ça va, Lana ?

— Oui, ça va. Merci d'être venus me secourir.

— Teddy, tu peux venir une seconde ? » demande Bern.

Teddy se déplace en direction de sa voix. Et, parce que nous sommes inséparables, je le suis.

Un groupe d'assassins capturés est rassemblé derrière les véhicules. Certains sont ligotés et bâillonnés. D'autres sont allongés en rang. Je ne veux pas savoir s'ils sont morts ou s'ils ont simplement perdu connaissance. J'imagine qu'ils le méritent.

Un ours polaire apparaît en tirant le corps d'un assassin dans sa gueule. Quand il passe à notre niveau, Everest lève la patte, puis il pointe une griffe vers le ciel. Je jure qu'il lève le pouce en l'air.

Hutch et Canyon nous guident jusqu'à un SUV. Des armes sont empilées à côté du véhicule.

« Regarde ce qu'on a trouvé », dit Bern d'un ton sombre.

Mon frère par alliance est assis bien droit dans le coffre, pratiquement momifié par des cordes. Une bande de chatterton lui couvre la bouche.

J'inspire, surprise.

« Il dit qu'il s'appelle Bentley Dupree et qu'il nous donnera tout ce qu'on veut si on le laisse partir, nous rapporte Hutch.

— Je propose qu'on lui laisse une longueur d'avance avant que les ours le prennent en chasse. » Le sourire de Canyon révèle une bouche pleine de crocs.

Bentley pousse un geignement derrière le ruban adhésif. Il est blanc comme un linge et semble si effrayé qu'il a l'air prêt à tourner de l'œil dans douze secondes.

« Mais sérieusement, il nous a vus muter, dit Bern. Et les assassins aussi. Qu'est-ce qu'on va faire ? »

Sur un signe de Teddy, Hutch arrache le chatterton sur la bouche de Bentley.

Ses yeux se révulsent. « Ours… » couine-t-il en un murmure rauque. Lorsqu'il regarde les frères qui l'encerclent, le blanc de ses yeux apparaît. « Ours ! Ours ! »

Sans lâcher la main de Teddy, je m'approche et me penche vers mon frère. « C'est ça, Bentley. Ce sont des ours. Des ours féroces.

— Des ours très féroces, confirme Hutch.

— Les pires », ajoute Canyon.

Tandis que je regarde Bentley dans les yeux, je m'attends à éprouver de la pitié ou une espèce de connexion. Mais rien. Il n'a jamais fait partie de ma famille. Il y a la famille que l'on trouve et celle que l'on choisit, et la vie est trop courte pour la passer à courir après des personnes qui ne nous traitent pas comme on le mérite.

Je recule dans le cercle des bras de Teddy. Les frères de Bad Bear se rapprochent de nous, prêts à me protéger de tout et quiconque.

« Emmène-les voir la sangsue et demande-lui de les faire oublier, ordonne Teddy. Tous.

— On s'en occupe. » Les Trois Terribles obligent Bentley et les assassins restants à se lever et à s'éloigner. Un assassin se débat, mais Everest le soulève de force et le traîne jusqu'à la fourgonnette, à la façon d'une mère chat portant son chaton par la peau du cou.

Matthias réapparaît. Il a de nouveau l'air présentable, vêtu d'un jean et d'un T-shirt repassés sortis de je ne sais où. Sans doute du coffre de sa pauvre voiture. « Axel arrive avec la meute de Black Wolf. Je les ai prévenus que l'action est terminée. Et j'ai envoyé un message à la sangsue pour qu'elle s'attende à recevoir du monde, dit-il avant de me regarder. Tu vas bien, Lana ? Si tu souhaites toujours venir, je peux t'emmener aussi.

— Non, gronde Teddy.

— Non, ça va. Beaucoup mieux. » J'ai les jambes fatiguées. C'est une raison suffisante pour me blottir contre le torse de Teddy. « J'ai envie de rester avec Teddy.

— Je ne te laisserai pas t'éloigner, dit-il en me prenant dans ses bras.

— Très bien. Je m'occupe de la suite, dit Matthias en hochant la tête.

— Tant mieux. » Teddy me serre contre lui. « Je dois ramener ma compagne à la maison. »

# Chapitre quinze

*Lana*

Après toute cette adrénaline, je me sens somnolente, mais je me réveille quand Teddy ouvre la porte du chalet d'un coup de pied. Je lui enlace le cou pendant qu'il me porte comme une jeune mariée.

« On ne risque rien, ici ? » Je regarde autour de nous. J'ai l'impression d'avoir quitté ce chalet il y a une éternité. Je m'y sens déjà chez moi.

« Rien du tout. Plus de Bentley, plus d'assassins. » Teddy me pose sur le lit et commence à m'enlever mes chaussures de marche. Je m'allonge. Je suis couverte de coupures et de bleus, mais si heureuse.

Teddy finit d'enlever mes chaussures, puis il suit du doigt une égratignure sur mon mollet. « Poupée, je suis vraiment désolé. J'ai déconné.

— Prends-moi dans tes bras, dis-je en me redressant sur les coudes. Et ne recommence jamais.

— C'est promis. » Il monte sur le lit, mais hésite. J'ai hâte d'en arriver à l'étape de la soirée où nous nous arracherons mutuellement nos vêtements, mais Teddy semble bouleversé. Je le laisse parler. « J'aimerais pouvoir remonter le temps et effacer ce que j'ai dit.

— Ce qui est fait est fait. Maintenant, on ne parle plus d'effacer quoi que ce soit. » Je le tire vers moi pour qu'il vienne s'allonger à mes côtés — là où est sa place. « Tu as pris peur. Ce n'est pas grave. La prochaine fois, dis-moi ce que tu ressens, et on résoudra la situation. Ensemble.

— D'accord. » Il me prend la main et embrasse ma seule articulation de doigt indemne. « Tu me pardonneras ?

— Tu es déjà pardonné.

— Je n'aurais jamais dû te traiter comme ça.

— Tu as été effrayé à cause de tes souvenirs de Tiffany. Darius m'a tout raconté.

— Foutu Darius. C'est moi qui aurais dû te le dire.

— Ce n'est pas grave. Tu l'aurais fait. Il nous est arrivé plein de choses ces derniers temps. Toute cette histoire d'assassins... On n'a jamais eu l'occasion de discuter.

— Ouais. Je dois te parler de beaucoup de choses. »

Je me prépare au pire, mais il prend mon visage dans ses mains et me regarde avec une incroyable tendresse.

« Tu es ma compagne, Lana. Ça signifie que dans tout l'univers, tu es la seule au monde pour moi. Je n'aurais jamais dû te laisser partir, et je ne le ferai plus jamais. Je serai toujours à tes côtés.

— D'accord, dis-je à voix basse.

— Ce n'est pas tout. » Il ouvre la fermeture éclair de ma veste. Je me fige, mais au fond de moi, je trépigne lorsqu'il soulève tendrement les tresses sur mes épaules pour les placer autour de mon visage.

« Être ma compagne signifie qu'on sera toujours ensemble, dit-il. Mon cœur t'appartient, et je vais te montrer ce que tu signifies pour moi. » Il pose la main sur le côté de mon cou. « J'ai parlé à mes amis, ceux qui ont revendiqué des compagnes humaines. D'instinct, les métamorphes désirent marquer leur compagne, dit-il en me caressant doucement l'épaule. Cette nuit, j'aimerais te marquer. Je ne veux plus perdre de temps. Mon ours ne veut plus que tu aies le moindre doute sur ce point : tu es à moi. »

* * *

*Teddy*

Lana m'observe à travers ses longs cils, stupéfaite. Je pourrais passer une éternité à regarder ses beaux yeux bruns.

« D'accord. Comment ça fonctionne ?

— Je te mords. Mon odeur sera imprimée dans ta peau et avertira les autres métamorphes que tu es à moi. Ce sera douloureux, mais j'essaierai d'être doux, et la cicatrisation sera plus rapide que pour une blessure ordinaire.

— Je te fais confiance. » Son murmure me fait presque tomber à genoux.

« Tu es parfaite pour moi. Je te marquerai, mais d'abord, je vais te faire du bien.

— Tant que tu n'es pas trop doux. » J'entends un sourire dans sa voix. Elle se redresse pour rapprocher son visage du mien. Je laisse nos lèvres entrer en contact, l'embrasse passionnément et glisse ma langue dans sa bouche. La fouille, la dévore. J'ai envie qu'elle me sente de partout.

Je lui embrasse la mâchoire, le creux du cou. Après avoir retiré son T-shirt et sa brassière, je l'allonge sur le dos et dépose des baisers sur la courbe de son sein.

« Ma sublime, sublime femme, dis-je tout bas.

— C'est vrai ?

— Que tu es sublime ? Putain, oui.

— Que je suis à toi.

— Tu as été à moi à l'instant où j'ai senti ton odeur dans la forêt. Mais j'étais trop stupide pour m'en rendre compte jusqu'à ce qu'il soit presque trop tard. » Je serre la main autour de son sein et donne un coup de langue sur son téton sombre jusqu'à ce qu'il se dresse en une pointe dure.

« Mon ours viking fou. » Elle me griffe les épaules à travers ma chemise. Je la retire. J'ai envie qu'elle me marque la peau.

Je descends le long de son ventre doux en l'embrassant et déboutonne la jupe en jean qu'elle a confectionnée. Mon génie, talentueuse et créative. Dès que je lui ai retiré la jupe, j'enlève sa culotte à l'aide de mes dents, puis lui écarte les jambes pour la lécher.

Dès que ma langue touche son sexe, elle crie et lève les hanches pour venir à la rencontre de mon visage. De la pointe de la langue, je suis le contour des lèvres de son sexe, écarte la chair douce, puis la pénètre. Je découvre son clitoris et fais rouler ma langue sur le petit bouton de chair jusqu'à ce qu'il se raidisse et gonfle pour moi. Puis je le prends délicatement entre mes lèvres pour l'aspirer.

« Teddy... »

Je me promets de mériter ces gémissements désespérés au moins trois fois par jour jusqu'à ce que nous quittions tous deux ce monde. Ensemble, bien sûr. Pendant notre sommeil. En rêvant l'un de l'autre.

Je prends mon temps pour décrire des cercles autour de son clitoris, lui donner de petits coups de langue et le sucer jusqu'à ce que Lana se trémousse et gémisse. J'attends ce moment pour me redresser, enlever mon jean et m'allonger sur ma belle compagne.

« Je ferai attention », dis-je. Je préviens mon ours. Nous devons rester précautionneux avec elle. Elle est humaine. Si je la mords trop profondément ou au mauvais endroit, je pourrais la blesser sérieusement.

Lana n'en a cure. Elle serre mes hanches entre ses jambes pour attirer mon bassin vers le sien. En riant à voix basse, j'approche mon érection de son sexe et frotte mon gland dans son désir.

Elle est prête.

Plus que prête.

Lorsque je la pénètre, la sensation d'être à ma place est si intense qu'elle me tire un frisson. Il n'y a absolument rien d'aussi satisfaisant que de m'accoupler avec ma compagne, ma compagne revendiquée.

« C'est si bon d'être en toi, poupée », dis-je en gémissant. Je donne volontairement de lents coups de reins en elle.

Sa tête retombe sur l'oreiller. « Pour moi aussi, c'est bon, Teddy. J'adore que tu sois si gros. Et comment tu te lâches. »

Ah, merde. Avec elle, il m'est impossible de me retenir. Je place les mains de chaque côté de sa tête et accélère le rythme. Je la possède plus fort, de façon plus ambitieuse.

J'ai envie que le moment où je fais de Lana ma compagne dure toujours, mais je suis au désespoir. J'ai l'impression que je vais mourir si je ne la revendique pas maintenant.

Tout de suite.

Putain, tout de...

« Oh, par le ciel. » Mes testicules se contractent.

Lana remue les hanches, et je peux soudain m'enfoncer encore plus profondément en elle. « Oui ! Teddy, juste là ! »

Je pousse un juron, désormais incapable de faire autre chose qu'aller et venir en elle, à l'endroit précis où elle l'a réclamé. J'ai besoin de satisfaire ma compagne. Je dois la faire jouir, comme si ma vie en dépendait.

J'imagine que c'est le cas.

« Lana. » Ma voix est étranglée et je me sens fiévreux. Je sens le changement se produire. Mes crocs s'allongent pour la marquer. Mes yeux ont dû changer de couleur.

« Oh, mon Dieu. Teddy. Teddy. Teddy ! » Lana hurle pendant que je continue mes coups de bassin, et nous jouissons de concert. Ses muscles puissants enserrent mon membre et palpitent autour de mon érection pendant que je me vide en elle.

J'attends que la vague puissante de l'orgasme nous ait déposés sur terre pour la marquer. J'attends que Lana devienne molle entre mes bras et continue de gémir doucement. Alors, et seulement à ce moment, je baisse la tête et enfonce mes dents dans la chair douce de son sein. Je mords le haut de la courbe, là où la peau s'élève pour rencontrer son épaule.

Elle pousse un cri silencieux et écarquille les yeux. Ses mains se posent sur ma tête.

Oh, par le ciel. Si l'expérience la traumatise, je me donnerai des coups. J'ouvre délicatement la bouche et m'écarte. « Je suis désolé, ma poupée. Tu vas bien ? » Je passe la langue sur la morsure pour la nettoyer et lui faire bénéficier des propriétés cicatrisantes de ma salive. Elle n'est pas aussi puissante que celle d'un vampire, mais ça l'aidera.

« Waouh. Hum, oui, ça va. Tu m'as marquée ? Tu m'as mordu le sein. »

Je passe le pouce sur sa joue. « Oui, ma poupée. J'adore ces seins. Je voulais y voir ma marque chaque fois que tu seras nue.

— Je suis à toi, maintenant ? » demande-t-elle avec un petit rire.

Mon ours grogne de satisfaction. *Ma compagne.*

Je répète les mots à voix haute pour en faire profiter Lana. « Pour toujours, ma poupée. Les ours ne prennent qu'une compagne. On ne peut plus revenir en arrière, maintenant.

— Comme si je pouvais en avoir envie un jour. »

La catastrophe a été évitée de peu. Avoir failli effacer ses souvenirs et sa tentative d'assassinat sont des événements trop récents pour que l'idée de la perdre ne me fasse pas frissonner. « Je ne te laisserai plus jamais partir. Plus jamais, dis-je en une promesse.

— D'accord, Viking. » Elle ferme les yeux. La revendication, le sexe et la folle journée l'ont rattrapée.

Je m'allonge à côté d'elle et me colle contre son corps, un bras sur sa poitrine. « Je t'aime.

— Mmm, murmure-t-elle d'une voix endormie. Moi aussi, je t'aime, ours viking. »

# Épilogue

*ana*

« Tout ce que je dis, c'est que son loup est brun clair et qu'il est énorme. Aussi grand qu'Everest. »

Teddy me sourit, de cet air indulgent qu'il a toujours quand il me trouve ridicule et mignonne. « Qu'est-ce que tu essaies de dire, poupée ? »

Je regarde autour de nous. À bord du quad au milieu de la forêt, nous nous dirigeons vers la ville. Même s'il n'y a personne dans les parages, je ne prends aucun risque. « Matthias est un pizzly, dis-je à voix basse.

— C'est une théorie intéressante. Tu pourrais tout simplement lui demander, tu sais.

— Je l'ai fait ! Il m'a regardée sans rien dire. Très mystérieux. J'ai perdu mes moyens et j'ai commencé à parler de l'efficacité des pilules contraceptives humaines quand on sort avec un métamorphe. Tu sais, au cas où ton sperme super puissant d'ours métamorphe dégommait mon stérilet et me faisait tomber enceinte. Je veux être prête. »

Je devine que Teddy ne s'attendait pas à ce sujet de

conversation. Son front se plisse, mais il reste remarquablement calme. « Qu'est-ce qu'il a dit ?

— Qu'il y a beaucoup de jumeaux dans ta famille. » Je déglutis. J'ai beau rêver d'un ourson brun mignon courant dans notre chalet ou dans notre domicile à Los Angeles, j'espérais au moins passer notre lune de miel sans avoir un enfant. Ou trois.

« Quand tu tomberas enceinte, que ce soit de jumeaux, de triplés ou d'un mélange des deux, on assurera. Ensemble. » Sans lâcher le volant du quad, il me prend la main et l'embrasse juste au-dessus de ma bague de fiançailles en morganite.

De la chaleur se déploie dans mon ventre. J'attends que le quad soit garé pour demander : « Alors, tu veux des enfants avec moi ?

— Oh, oui. Un jour. » Il lâche le volant et se penche vers moi. « D'ici là, je ferai de mon mieux pour te remplir de mon super sperme de métamorphe à la moindre occasion. Tu sais, pour s'entraîner, dit-il en me mordillant l'oreille.

— Mmm, bonne idée.

— Mais d'abord, on doit assister à cette réunion, sinon Daisy va m'enguirlander. »

Teddy m'aide à descendre du quad. Je porte une tenue californienne, une combinaison couleur or rose scintillante avec des bottes à talons hauts assortis. Nous arrivons de mon bureau, installé à notre domicile de Los Angeles, pour assister à la réunion de la ville. L'entreprise de vols en hélicoptère de Teddy s'est révélée utile. Jusqu'à ce que j'ouvre un bureau de GoddessWear près de la montagne de Bad Bear, je serai sa seule et unique cliente. Il était réticent à l'idée d'organiser un mariage, mais je lui ai assuré qu'il s'agirait d'un événement intime, sans chichis et sans caméras.

Je ne lui ai pas encore parlé des kilts mauves.

« Lana ! » Maisy nous salue quand nous entrons dans la salle de réunion. Je la rejoins en trottinant et la serre dans mes bras avant de l'embrasser sur les joues.

« Regarde-toi, dis-je en reculant pour contempler sa tenue.

— Un modèle original de Lana Langmeyer. » Maisy prend la pause pour me montrer ma nouvelle création, la robe moulante ajourée que tout le monde s'arrache. Teddy m'avait déjà marqué le sein lorsque je l'ai conçue. Quand je porte la mienne, apercevoir ma poitrine généreuse le rend fou.

« Le rose te va bien, dis-je.

— C'est vrai. » Matthias s'est approché de notre petit groupe. Il regarde Maisy de la tête aux pieds et hoche la tête d'un air approbateur.

La gorge nue de Maisy rosit, puis la couleur remonte vers son visage. Elle plaque la main sur son cou, désormais rouge. « M-merci. Je... euh, je dois aller... aider ma grand-mère. » Elle s'éloigne en hâte. Je me promets de charrier Matthias plus tard pour avoir flirté avec une jeune femme du village.

« Bienvenue chez vous, dit-il en se penchant pour m'embrasser la joue. On est installés à l'avant. On vous a gardé des places. »

Everest se tient comme un videur devant le premier rang, où les ours sont installés. Les triplés sont avachis sur leurs sièges. Axel semble endormi. Tout au bout, un homme blond familier est assis droit comme un piquet, vêtu d'un costume gris, une mallette à ses pieds.

Je m'installe entre Teddy et Matthias, puis demande : « C'est Darius ?

— Oui, répond Matthias. Venu soumettre un autre projet immobilier, il me semble. »

Pendant que nous attendons le début de la réunion, mon portable sonne. Je le sors pour consulter mes notifications.

« Tu ferais mieux de le ranger, m'avertit Teddy. Sinon, Daisy...

— Je sais, je sais. » J'étouffe un petit cri en lisant le message de ma directrice financière.

« De bonnes nouvelles ? me demande Teddy, qui devine toujours ce que je ressens.

— D'excellentes nouvelles. Je te dirai plus tard. » J'éteins mon téléphone et le range dans mon sac. Je te dirai plus tard. »

Sur scène, Daisy demande le silence. « Écoutez-moi, tout le monde. » Maisy lui tend un maillet, qu'elle frappe contre le podium. « Nous nous réunissons aujourd'hui dans des circonstances très différentes, dit-elle avant de s'interrompre pour s'assurer que chacun la regarde. Je suis heureuse d'annoncer l'ouverture du fonds fiduciaire de la montagne de Bad Bear, une organisation à but non lucratif dédiée à la préservation de la beauté des espaces naturels de cette montagne. Ce matin, le fonds a reçu un don de dix millions de dollars. Il nous servira à rembourser la dette de la ville. » Daisy marque un autre temps d'arrêt, mais personne ne parle. Toutes les personnes assises sont bouche bée.

Les fleurs artificielles sur le bandeau de la maire remuent lorsqu'elle hoche la tête. « J'aimerais remercier le donateur, qui souhaite garder l'anonymat. Nous acceptons toujours des offres de construction de logements, mais grâce à ce nouveau fonds fiduciaire et au remboursement de notre dette, nous pouvons prendre notre temps pour choisir ce qui est le mieux pour la montagne. Merci. » Elle donne un coup de marteau sur le podium, puis descend de l'estrade avec l'aide de Maisy. Dans la salle, toute l'assistance est agitée, partagée entre le saisissement et le soulagement.

« Qu'est-ce qui vient de se passer ? demande Hutch.

— Nous avons eu beaucoup de chance, lui murmure Matthias. Quelqu'un qui a les poches profondes aime beaucoup cette montagne.

— C'est merveilleux ! » dis-je en évitant son regard insistant. Il a compris. Il a toujours deux ou trois coups d'avance. Ou alors, ses lunettes lui permettent de voir les rayons X. « On rentre fêter ça au chalet ? »

Alors que nous nous levons, Darius s'approche de nous, la main tendue comme pour serrer la mienne, mais il la met dans sa poche quand Teddy me colle contre lui. « Félicitations.

— Pourquoi ça ? demande Teddy.

— Tu n'as pas vu ? Un nouveau rapport financier de GoddessWear a été publié. Je parie que Lana t'a annoncé la bonne nouvelle.

— Hum, mon entreprise vient d'être évaluée à un milliard de dollars. » Je murmure, même si je sais que tous les ours métamorphes à la ronde m'entendent.

« C'est super, ma poupée ? » Teddy ne voit pas du tout ce que ça signifie.

« Tu es la seule propriétaire de l'entreprise, c'est bien ça ? demande Darius.

— Oui. »

Teddy me regarde avec confusion. « Alors, ça veut dire...

— Que je suis milliardaire. Techniquement. Ce n'est pas comme si j'avais la somme dans la poche.

— C'est fantastique. Bravo, me félicite Matthias.

— Merci », dis-je à voix basse.

Teddy attend que nous soyons de nouveau à bord du quad, en train de rouler dans la forêt et entourés d'une relative intimité pour me demander : « C'est toi la donatrice, n'est-ce pas ?

— Oui. Enfin, techniquement, le don a été effectué par le domaine de mes parents. Bentley a même donné son accord. » Sa personnalité a beaucoup changé depuis que sa mémoire a été effacée. Pour le mieux, heureusement. Bien sûr, je ne sais pas si sa personnalité aurait pu empirer.

Teddy freine, arrête le quad et se tourne pour me prendre le visage entre les mains. « Je t'aime, ma poupée.

— Moi aussi, je t'aime. » Mon souffle lui caresse un instant le visage avant qu'il me donne un baiser brûlant.

Nous nous séparons en sursaut en entendant un trio de cris. Hutch, Bern et Canyon sortent de la forêt en courant. À travers les arbres, les ombres dansent sur les grandes silhouettes d'un ours polaire et d'un grizzly... ou potentiellement d'un pizzly.

Les Trois Terribles tapent sur la carrosserie du quad en poussant des cris et dépassent le véhicule sans ralentir. « Allez, Lana ! On va faire un gâteau ! » s'exclame Hutch.

Teddy se pince l'arête du nez.

« J'adore ta famille », lui dis-je.

Il soupire et accélère. « Moi aussi. Mais après le gâteau, je les mets dehors et je t'attache au lit.

— OMG », dis-je en un souffle.

J'ai hâte.


Fin

Merci d'avoir lu *Le Secours de l'Alpha* ! Si vous avez aimé ce livre, nous vous serions reconnaissantes de laisser une évaluation ou un commentaire ; ils sont très importants pour les auteurs indépendants. Vous en voulez encore ? Découvrez bientôt le prochain livre de la série *Alpha Bad Boys* : *L'Ordre de l'Alpha* !

# L'Ordre de l'Alpha ~ Extrait

*Channing*

Je rampe à travers les sapins en direction de la maison. Il s'agit d'une maisonnette à un étage, construite à l'écart de la route et entourée d'arbres. La propriété est située au fond d'une impasse, et le jardin jouxte la forêt nationale de Coconino. Énormément de nature et d'espace pour courir. Mon loup approuve.

Mon frère a également approuvé la propriété lorsqu'il l'a achetée il y a quatorze ans et s'y est installé avec sa nouvelle compagne, alors enceinte. Quand la vie était belle et l'avenir radieux.

Puis il est mort, et tout a changé.

Presque tout. La maison est toujours la même. Elle a été bien entretenue. La peinture est écaillée et le toit a besoin d'être remplacé, mais sinon, elle est figée dans le temps.

Les odeurs sont les mêmes. Le genévrier, l'érable negundo, le sapin.

Lorsque le vent se lève, je sens une autre odeur. Une

odeur que je tente de ne pas remarquer. Elle s'insinue dans mes sens, une odeur délicieuse qui allonge mes crocs et me met l'eau à la bouche.

Du lilas et de la lavande.

Ma kryptonite.

Mon loup souhaite traverser la quinzaine de mètres qui nous sépare de la maison pour trouver la source du parfum et s'en délecter.

Mais je me retourne et dépasse la maison en trottant silencieusement. Je grimpe sur la colline, là où un pin ponderosa s'élève vers le ciel. Je me souviens encore du jour où nous sommes montés sur la colline. J'ai admiré la vue du mont Elden, mais mon frère n'avait d'yeux que pour sa maison. Pour cette épouse humaine et son jeune fils qui jouait sur la terrasse.

*Promets-moi,* m'a-t-il demandé il y a tant d'années. Il était instructeur au camp militaire Navajo, mais une personne qui savait ce qu'il était lui avait proposé de l'engager. Quelqu'un qui avait besoin de gens comme lui sur le terrain. Seulement pour une mission à court terme.

Je me frotte contre l'écorce du pin à la recherche de traces de l'odeur de mon frère.

Et je le sens : un puissant musc de loup mâle. L'odeur ressemble à celle de mon frère, mais il est mort. Donc, il doit s'agir de celle de Geo, son fils.

*Mon neveu a couru dans ces bois.*

Ça veut dire qu'il a muté. Nous n'étions pas sûrs qu'il le fasse. Lorsqu'un métamorphe se reproduit avec un humain, ses enfants perdent parfois la capacité de muter. Mais les hormones de la puberté ont dû activer les gènes de loup métamorphe de Geo.

Ce qui signifie que je ne peux plus garder mes

distances. Julia ne saura pas comment guider son fils à travers ce changement.

Geo a besoin de moi.

En regardant plus attentivement, je remarque des griffures sur l'arbre. Comme si Geo était tourmenté par sa nouvelle forme. Frustré et seul.

Merde.

Deke m'attend déjà sur le lieu de la mission. Si je suis en retard, il fera la tronche. Plus que d'habitude. Je reviendrai demain matin dès que cette mission sera accomplie.

Je descends rapidement la colline et contourne la maison en laissant une grande distance entre elle et moi. Une lumière s'allume à l'étage, dans la chambre, et une silhouette féminine apparaît un instant à la fenêtre. Je meurs d'envie de changer mes plans et de revenir vers la maison. De m'assurer que la porte est verrouillée. De m'assurer qu'elle est en sécurité.

Mais à la place, je me retourne et fuis la tentation.

Je fuis la seule femme que j'aie jamais désirée.

La seule femme que je ne peux pas avoir.

* * *

*Julia*

Le réveil sonne toujours trop tôt. Je me tourne et frappe l'appareil assez fort pour le faire tomber de la table de chevet. Je suis de la vieille école : je me sers encore d'un réveil. Je ne dors pas à côté de mon téléphone. Sinon, je débuterais chaque jour en le consultant, et ma journée de travail commencerait au moment où j'ouvre les yeux.

Je n'ai jamais été matinale, mais j'ai du travail. Et ces

jours-ci, emmener Geo au collège est plus difficile que jamais.

Après m'être douchée, j'enfile la tenue que je porte pour travailler à la maison, un legging confortable et un joli chemisier, puis je descends à la cuisine. En passant, je frappe à la porte de Geo.

« C'est le matin, dis-je. Bientôt l'heure de l'école. » Je frappe encore une fois, puis attends d'entendre un grognement étouffé confirmant qu'il m'a entendue. Je m'oblige à descendre l'escalier en me retenant d'entrer dans sa chambre pour m'assurer qu'il commence à se préparer. Je prépare du café en tendant l'oreille, espérant l'entendre entrer sous la douche.

J'essaie de lui laisser de l'intimité et de ne pas l'étouffer. Mais c'est difficile, bien plus que je ne m'y attendais.

Une photographie de notre famille est accrochée sur le réfrigérateur. Moi, Geo et feu son père, Geoffrey. C'est la dernière photographie que nous avons prise ensemble. Geo avait trois ans, et son petit visage mignon m'émeut. Il est le parfait mélange entre son père et moi. Il a mes sombres cheveux soyeux et mon teint légèrement hâlé, mais la structure de son visage est celle de son père. Et il a aussi hérité des yeux de Geoffrey, d'un vert saisissant. Des yeux qui brillent quand leur nature de loup est sur le point de prendre le dessus.

La première fois que les yeux de Geo ont brillé à la lumière comme le faisaient ceux de Geoffrey, je suis restée comme un lapin pris dans les phares. J'ai dû quitter la pièce avant que Geo ne s'aperçoive que j'étais sur le point de faire une crise de panique. J'avais presque oublié que j'étais une humaine élevant un métamorphe. Un métamorphe qui, un jour, serait capable de muter en un loup gigantesque. *Et à ce moment-là, que ferai-je ?* Je n'avais jamais imaginé devoir affronter ce moment seule, sans Geoffrey pour me guider.

J'ai presque composé le numéro que son frère m'a donné en cas d'urgence. Presque. Il y a dix ans, Channing s'est engagé dans l'armée. Je pensais que nous le verrions entre ses périodes de service, pendant les fêtes, mais il n'est jamais revenu.

Geo ne reconnaîtrait même pas son oncle s'il le croisait dans la rue. Mais je comprends. Il fait partie d'une espèce d'unité spéciale. Il n'est sans doute pas rentré dans le pays depuis des années. Mais tout de même, avoir de ses nouvelles aurait été agréable. Une lettre. Un SMS. Un cadeau de Noël à son neveu. Bien sûr, les métamorphes ne fêtant pas Noël, j'en attendais peut-être trop. Pour Halloween, alors ?

Mais non, rien. Aucun contact, à part l'argent qui arrive dans des enveloppes comme par magie. Ce que j'apprécie, mais l'argent n'est pas vraiment mon langage de l'amour favori. Donc, pour tout le reste, j'ai dû me débrouiller toute seule. Mais ça va. Geo et moi, on s'en sort très bien tous les deux. Nous formons notre propre unité spéciale.

Avant que mon café ait fini de couler, la porte de Geo s'ouvre en grinçant, et il sort à pas lourds dans le couloir. Je retiens ma respiration jusqu'à ce que j'entende l'eau de la douche commencer à couler à l'étage.

Ce matin ne sera peut-être pas une lutte.

Des e-mails et des messages font vibrer mon smart-phone. Je le débranche de son chargeur dans la cuisine et parcours les messages tout en ouvrant le réfrigérateur. J'en sors des œufs et du lait. Ainsi que du bacon. Les méta-morphes ont besoin de viande. C'est ce que Geoffrey avait coutume de me dire. Il était capable de dévorer cinq hamburgers en un seul repas. Et ça, c'était pendant un jour de repos.

Mon assistante m'a déjà envoyé cinq e-mails. Au lieu de passer du temps à répondre à chacun d'entre eux, j'appelle directement son bureau tout en posant la poêle sur la cuisinière, puis je commence à casser des œufs.

« Bonjour, Kelly, c'est moi. J'ai reçu tes messages. Je me suis dit que ce serait plus simple de t'appeler. » Je réponds à ses questions une par une tout en battant six œufs et en plaçant le bacon sur le gril.

Les tranches grésillent quand Geo descend bruyamment l'escalier.

Je termine l'appel. « Bonjour, dis-je joyeusement à mon fils en souriant. Je t'ai préparé du bacon. »

Il ne répond pas, mais il paraît moins grognon que d'habitude. Ses cheveux sont dressés en d'adorables pointes, et je dois me retenir de toutes mes forces pour ne pas traverser la cuisine et lui caresser la tête, comme je le faisais auparavant.

« Ton iPad est chargé pour l'école ? » Son école a fourni une tablette à chaque élève au début de l'année. L'établissement se revendique une école STEM, je crois. Je déteste ça : avec un clavier, Geoffrey n'a pas besoin d'apprendre à épeler ou à écrire. L'autocorrection et la fonction de reconnaissance automatique de la parole sont ses meilleures amies.

« Ouais, répond-il en grognant.

— Remplis ta gourde, s'il te plaît. »

Il se penche sur son sac à dos, en sort la gourde et la remplit.

« Je suis contente que tu te sois douché. » Voilà, un peu de renforcement positif. « Tu as mis du déodorant ? »

Il renifle son T-shirt, comme pour vérifier. Pour un

enfant avec un odorat si sensible, on pourrait s'attendre à ce qu'il remarque l'augmentation de ses propres odeurs corporelles.

« Geo... » Je n'ai pas envie de lui faire des réflexions. Lorsque je le fais, il se met sur la défensive, comme si je critiquais son nouveau corps et son odeur, alors que je l'aide à prendre soin de son hygiène de base.

Avec un grognement, il se retourne et remonte lourdement les marches. Il est si délicat avec les odeurs que j'ai dû acheter cinq marques de déodorant avant d'en trouver une qu'il ne déteste pas. Un déodorant naturel parfumé au cèdre et au bois de santal.

Quand mon gentil petit garçon est-il devenu un adolescent grognant et puant ? C'était tellement plus simple lorsque je pouvais le mettre de bonne humeur en le chatouillant. Le chatouiller fonctionne rarement, désormais. La dernière fois que j'ai essayé, j'ai été choquée par la longueur de ses membres... et j'ai failli recevoir un coup de pied involontaire.

Je remplis son assiette dans la cuisine, puis la pose sur la table.

« Le petit déjeuner est prêt ! » dis-je au pied de l'escalier. Je me retiens de lui demander de descendre avant qu'il refroidisse. Me souvenant d'une question que j'ai oublié de poser à Kelly à propos d'une tâche, je la rappelle tout en essuyant les comptoirs et en vidant le lave-vaisselle. Normalement, c'est à Geo de le faire, mais il sera en retard pour le collège s'il s'en occupe maintenant. Au moins, il a sorti la poubelle. Il n'a pas remplacé le sac dans la poubelle, mais c'est un début.

Un courant d'air frais pénètre par l'avant de la maison. Quand je vais voir, je trouve la porte d'entrée entrouverte.

« Bon, voilà, c'est tout. Je dois emmener Geo à l'école,

mais je serai disponible dans une demi-heure », dis-je à Kelly. Je raccroche en regardant fixement la porte ouverte. Stupéfaite, je l'ouvre en grand. Je sais que je l'ai verrouillée et que j'ai mis la barre de sécurité en place hier soir. Geo est-il sorti ?

Dehors, on dirait que quelqu'un a renversé la benne. Des ordures sont étalées dans la rue. J'enfile un manteau et sors nettoyer.

Geo a dû oublier de fermer la benne, et un raton laveur entreprenant en aura profité. Une carcasse de poulet du dîner de la veille gît sur la chaussée. Je ramasse les déchets les plus odorants à l'aide d'un chiffon déchiré.

Alors que j'ai presque terminé, je prends conscience de ce dont je me sers. Le chiffon déchiré est un T-shirt. Et pas n'importe quel T-shirt. Celui d'un groupe de musique. Sur l'avant, je lis « Faust » et vois une photographie de Luna, la chanteuse, qui crie dans son microphone.

Il s'agit du groupe préféré de Geo, dont il conserve précieusement chaque produit dérivé, tel un dragon avec son trésor. Il n'aurait jamais jeté ce T-shirt. Pourtant, il était dans la benne. Il le portait hier soir, et il est à présent en lambeaux, comme si un animal sauvage s'en était emparé. Je distingue de légères traces rouges sur le tissu délavé.

Et je comprends tout à coup. Je sais ce qui s'est passé hier soir. Pourquoi la porte était ouverte et pourquoi ce T-shirt est déchiré. Je le tiens si fort que les articulations de mes doigts blanchissent.

« Oh, mon Dieu, c'est maintenant. » Depuis longtemps, j'espère et je redoute ce jour. Celui où les gènes de Geo feront surface et qu'il deviendra un loup, comme son père.

Il est temps d'avoir la grande conversation.

Enfin, nous avons déjà commencé à en parler. Lorsqu'il a commencé à avoir du poil sous les aisselles et qu'il s'est mis à muer, je lui ai rappelé qu'il était possible qu'il mute. Il semblait avoir oublié, au fil des ans. Il sait qu'il est différent. Qu'il est beaucoup plus fort que ses camarades et cicatrise plus vite. Et qu'il doit impérativement dissimuler ses différences à tous les humains. Mais nous n'avons pas parlé de mutation depuis des années. Je n'en ai pas parlé, parce que... eh bien, je n'étais même pas sûre qu'il deviendrait un loup. Il est à moitié humain, à moitié métamorphe. Geoffrey m'a expliqué que parfois, ces enfants ne peuvent pas muter. Je ne voulais pas que Geo s'imagine qu'il aurait une espèce de superpouvoir, seulement pour être déçu.

Mais s'il s'avérait capable de muter, je ne souhaitais pas non plus qu'il soit pris par surprise. Nous en avons donc discuté une fois, puis je n'en ai jamais reparlé.

Et à présent, c'est arrivé, semble-t-il. Les gènes de Geo étaient assez puissants. C'est un loup, comme son père.

Et je n'ai pas la moindre idée de comment l'aider à traverser ce changement dans sa vie.

Je rentre dans la maison, le ventre retourné par mon café. Quand j'arrive à la porte, j'ai une autre mauvaise surprise. Je découvre des griffures sur le bois vieilli, jusqu'en bas. La poignée en bronze est écrasée, ce qui est impossible. À moins que... quelqu'un doté d'une force surnaturelle ne l'ait serrée et cassée. Quelqu'un qui n'a pas conscience de sa force.

Geo dévore son petit déjeuner à table. Il mâche à peine chaque bouchée. Geoffrey mangeait de la même manière, surtout après avoir muté.

Je m'approche lentement de lui. « *Mijo*. Hier soir, tu as... » Comment poser la question ?

Geo lève la tête et blêmit en voyant le T-shirt déchiré dans ma main. Il perd un instant ses moyens. « Je n'ai pas envie d'en parler.

— Mon chéri, c'est normal, dis-je en m'asseyant à côté de lui. Tu n'as aucune raison d'avoir honte.

— J'ai dit que je ne voulais pas en parler ! » Il se lève avec colère et part dans le salon.

Je le suis. « Eh bien, il faut qu'on en parle. Tu es sorti de la maison pendant la nuit ? »

Il est à la porte et enfile son manteau. Il marmonne quelque chose.

« Comment ?

— Tu sais que oui ! » Ses yeux brillent d'un vert plus vif.

Je lui montre les lambeaux de tissu que je tiens toujours. « Qu'est-il arrivé à ton T-shirt ? Tu t'es battu ? C'est ton sang ?

— Non. J'ai... chassé. » Il marmonne le dernier mot.

Je me force à déglutir malgré ma gorge nouée. « Tu étais un loup. »

Il baisse la tête et détourne le regard. Il a essayé de me le cacher. Il ne veut pas que je le sache ? Croit-il que j'ai honte de lui ? Je fais quelque chose de travers.

Je pose le T-shirt sur une table d'appoint et tente une autre approche. « Geo, c'est normal pour un jeune métamorphe de ton âge de commencer à muter. Avec ton père, on espérait que tu hériterais de ses gènes. C'est une bonne chose. »

Il prend son sac à dos en m'ignorant.

« Je pense qu'on devrait en parler.

— Maman, non. Je vais être en retard. » Il ouvre la porte et s'en va.

Je ne suis pas une métamorphe. Comment puis-je aider Geo au cours de sa puberté ?

Pendant ma grossesse, j'ai discuté avec Geoffrey de la possibilité que notre fils hérite des gènes métamorphes, mais son adolescence et le moment où ses pouvoirs s'étaient déclenchés étaient déjà si loin... Parler de l'avenir et devoir affronter la réalité sont deux choses différentes.

Et ce n'est pas comme si je pouvais lire des livres d'éducation sur le sujet. *Comment maîtriser votre animal métamorphe. Muter facilement en sept étapes.*

Geo est sorti hier soir. Il a muté en loup, a déchiré son T-shirt et l'a taché de sang, je ne sais comment. *Au moins, il ne s'agissait pas de son sang.*

Il n'a que treize ans. Il ne peut pas se promener dehors la nuit. Sous sa forme de loup. Et si quelqu'un le voyait ?

Seigneur, c'est un cauchemar. Je ne sais même pas comment protéger mon fils. Comment réussir à le garder toute la nuit dans la maison. J'ignore s'il rentrera couvert de sang d'animal. Ou pire... s'il ne rentrera pas.

Certains chasseurs sont prêts à tirer sur un loup par pur sport. Pour avoir sa tête en trophée.

Je frissonne.

J'ouvre la porte. Geo descend l'allée.

« Geoffrey, reviens ici.

— Ne m'appelle pas comme ça ! Ce n'est pas mon nom, dit-il sans se retourner.

— Ne parle pas comme ça à ta mère », dit une voix grave. Geo et moi nous retournons vers l'interruption.

À une dizaine de mètres, une moto est garée de l'autre côté de l'impasse tranquille. Si elle s'y trouvait il y a quelques minutes, je ne l'ai pas remarquée. Un homme de grande taille vêtu d'un jogging large et d'une veste en cuir brun est appuyé contre la moto. Il traverse l'impasse en direction de notre allée. Le soleil apparaît derrière un nuage. La lumière éclaire ses cheveux blonds presque rasés et, pendant une seconde, il ressemble tellement à mon mari disparu que j'en ai le souffle coupé. Puis il penche la tête, et une fossette apparaît sur chacune de ses joues. « Salut, Julia. »

Geo s'est crispé à côté de moi. Bien qu'il ne me dépasse que de trois centimètres, il se place de façon protectrice devant moi. « Vous êtes qui ? Comment vous connaissez ma mère ?

— Tout va bien, Geo, dis-je en posant la main sur le bras contracté de mon fils. Je le connais. C'est ton oncle Channing. »

# L'Ordre de l'Alpha ~ Prochainement

**Elle est interdite. Humaine. Et la compagne de mon frère décédé.**

***Pourtant, je la désire.***

Il y a dix ans, mon frère est mort, laissant une veuve humaine et un enfant en bas âge.

J'ai gardé mes distances... J'étais jeune. Je venais de m'engager dans l'armée. Je n'avais rien à leur offrir.

Du moins, ce sont les mensonges que je me racontais.

La vérité, c'est que je ne pouvais pas me libérer de mon attirance pour *elle*. La femme de mon frère disparu.

Il serait terrible de déshonorer sa mémoire en revendiquant son épouse.

Mais maintenant, son fils est entré dans la puberté. Il est devenu un loup.

Elle a besoin que je sois là pour le guider et le protéger. Et je le ferai.

Je ferais n'importe quoi pour eux.

Le problème... c'est que c'est *elle* que j'ai envie de guider. De protéger.

**De dominer.**

C'est elle que je désire et que je désirerai jusqu'à mon dernier souffle.

~~ à venir ~~

# Livre gratuit - La Vierge et le Vampire

**Abonnez-vous à la newsletter de Renee e Lee**

Abonnez-vous à la newsletter de Midnight Romance pour recevoir livre gratuit, des scènes bonus gratuites et pour être averti·e de ses nouvelles parutions ! https://dl.book funnel.com/5p8orhhczq

# Livre gratuit de Renee Rose

**Abonnez-vous à la newsletter de Renee**

Abonnez-vous à la newsletter de Renee pour recevoir livre gratuit, des scènes bonus gratuites et pour être avertie de ses nouvelles parutions !

https://BookHip.com/QQAPBW

# Ouvrages de Renee Rose parus en français

**www.reneeroseromance.com/francaise/**

**Alpha Bad Boys**

*La Tentation de l'Alpha*

*Le Danger de l'Alpha*

*Le Trophée de l'Alpha*

*Le Défi de l'Alpha*

L'Obsession de l'Alpha

*L'Amour dans l'ascenseur (Histoire bonus de La Tentation de l'Alpha)*

*Le Désir de l'Alpha*

*La Guerre de l'Alpha*

*La Mission de l'Alpha*

*Le Fleau de l'Alpha*

*Le Secret de l'Alpha*

*La Proie de l'Alpha*

*Le Sang de l'Alpha*

*Le Soleil de l'Alpha*

*La Lune de l'Alpha*

*La Serment de l'Alpha*

*La Vengeance de l'Alpha*
Le Feu de l'Alpha
Le Secours de l'Alpha

**Les Loups-Garous de Wall Street**
*Grand Méchant Patron: Minuit*
*Grand Méchant Patron: Folie Lunaire*
Grand Méchant Patron: Marquée

**Dompte-Moi**
*Son Maître Royal*
*Oui, Docteur*
*Son Maître Russe*
*Son Maître Marine*
*Soumise à leur Punition*
*Son Maître Pompier*
Son Maître Cuistot

**La Bratva de Chicago**
*Prélude*
*Le Directeur*
*Le Stratège*
*Possédée*
*L'Homme de Main*
*Le Soldat*
*Le Hacker*
*Le Bookmaker*
*Le Nettoyeur*
*Le Coureur*
*Le Gardien*

**Les Nuits de Vegas**
*Roi de carreau*

*Atout cœur*
*Valet de pique*
*As de cœur*
*Joker Mortel*
*Dame de trèfle*
*Cartes sur Table*
*Bonne pioche*

**Alpha des montagnes**

Le héros
*Rebel*
Le guerrier

**Série Chicago Sin**

Nid de Péché
Ancré dans le Péché

**Lycée Wolf Ridge**

Brute Alpha
Chevalier Alpha
Alpha par Alliance
Le Roi Alpha

**Le Ranch des Loups**

*Brut*
*Fauve*
*Féral*
*Sauvage*
*Féroce*
*Impitoyable*

***Deux Marques***

*Indomptée (libre)*

*Tentée*
*Désirée*
*Séduite*

## Maîtres Zandiens

*Son Esclave Humaine*
*Sa Prisonnière Humaine*
*Le Dressage de Son Humaine*
*Sa Rebelle Humaine*
*Sa Vassale Humaine*
*Son Compagnon et Maître*
*Animal de Compagnie Zandien*
*Sa Possession Humaine*

## Les Épouses Zandiennes

*La Nuit des Zandiens*
*Achetée par les Zandiens*
Dominée par les Zandiens
Les Lumières de Zandia
Détenue par le Zandian
Revendiquée par le Zandian
Enlevée par le Zandian
Sauvée par le Zandian

# Toujours par Lee Savino

**Romance paranormale**

La Saga des Berserkers

**Vendue aux Berserkers**

*Rien ne pourra empêcher ces féroces guerriers de revendiquer leur compagne.*

Alpha Bad Boys

**Le Tentation de l'Alpha** avec Renee Rose

*Mon loup veut la marquer et en faire sa compagne, mais elle est humaine et délicate : elle ne survivrait pas à une morsure de métamorphe.*

* * *

**Romance et science-fiction**

Exilés sur la Planète-Prison

**La Compagne des Draekons** avec Lili Zander

Une romance extrarrestre à trois

*Un vaisseau spatial écrasé. Une planète-prison. Deux imposants extraterrestres bronzés qui se transforment en dragons. Le mieux dans tout ça ? Les dragons prétendent que je suis leur compagne.*

* * *

**Romance contemporaine**

Bad Boy Royal

*Je ne suis pas du tout en train de tomber amoureuse de mon arrogant et agaçant dieu du sexe de patron. Non. Absolument pas.*

Royally Fake Fiancé

*Le duc de Nouvelle-Arcadie a un problème d'image que seule une fiancée peut régler. Et je suis la petite veinarde qu'il a choisie pour jouer les Cendrillons.*

La belle & les bûcherons

*Après cette saison au camp des bûcherons, j'arrête complètement de baiser. Parce que : j'ai mes raisons.*

Papa à moi

*Mon héros marin sexy veut que je l'appelle « papa »...*

L'innocence brisée

**Innocence** avec Stasia Black
Une romance sombre de mafia

*Je suis le roi des bas-fonds du crime.*

*Elle est à moi, et je ne la laisserai jamais partir.*

Captive du milliardaire

**La Belle et sa Bête** avec Stasia Black
Une romance interdite
*Elle expiera les péchés de sa famille... pour toujours.*
*Elle est la Belle, et je suis la Bête.*

# À propos de Renee Rose

**RENEE ROSE, AUTEURE DE BEST-SELLERS D'APRÈS USA TODAY**, adore les héros alpha dominants qui ne mâchent pas leurs mots ! Elle a vendu plus d'un million d'exemplaires de romans d'amour torrides, plus ou moins coquins (surtout plus). Ses livres ont figuré dans les catégories « Happily Ever After » et « Popsugar » de USA Today. Nommée *Meilleur nouvel auteur érotique* par Eroticon USA en 2013, elle a aussi remporté le prix d'*Auteur favori de science-fiction et d'anthologie* de Spunky and Sassy, e celui de *Meilleur roman historique* de The Romance Reviews. Elle a fait partie de la liste des meilleures ventes de USA Today sept fois avec ses livres Wolf Ranch et plusieurs anthologies.

**Abonnez-vous à la newsletter de Renee** pour recevoir des scènes bonus gratuites et pour être avertie de ses nouvelles parutions!

https://www.subscribepage.com/reneerosefr

# À propos de Lee Savino

Lee Savino a l'intention de conquérir le monde, mais la plupart du temps, elle n'arrive même pas à trouver ses clés ou son téléphone, alors elle préfère encore rester chez elle et écrire des romances smexy (smart + sexy). Elle adore le chocolat, passe sa vie en pantalon de yoga et porte les chapeaux comme personne.

Pour de bonnes tranches de rigolade, rejoignez son groupe sur Facebook en anglais, Goddess Group, ou rendez-vous sur **https://geni.us/BredBerserkerFR** pour vous inscrire à sa news-letter et recevoir un livre gratuit.

Site web : www.leesavino.com
Facebook Goddess Group :
https://www.facebook.com/groups/LeeSavino/